Die Eiszeit gehört auch heute noch zu den größten Wundern der Welt. Bis vor ungefähr 150 Jahren wußte die Menschheit nichts über die heute bekannte Tatsache, daß große Teile der nördlichen und der südlichen Hemisphäre von gewaltigen Gletschern bedeckt waren. Noch bis in die Mitte des 19. Jahrhunderts verurteilten führende Geologen erste Theorien vehement, die die Idee einer möglichen Eiszeit erwähnten, als unwissenschaftliche Scharlatanerie. Louis Aggasiz, Charles Lyell und Elisha Kent Kane jedoch glaubten an die Eiszeit und kämpften voller Beharrlichkeit und Energie gegen den Widerstand des wissenschaftlichen Establishments für ihre Idee.
Bolles schildert die dramatischen Debatten um die Entdeckung ebenso eindringlich wie den Überlebenskampf der Expeditionsteilnehmer im Polarmeer.

»Ein fein komponiertes, tragikomisches Lehrstück in Wissenschaftsgeschichte.« Rolf-Bernhard Essig, Neue Zürcher Zeitung

Edmund Blair Bolles lebt als freier Autor und Journalist in New York. »Eiszeit« ist seine erste Buchveröffentlichng in deutscher Sprache.

Unsere Adresse im Internet: www.fischer-tb.de

Edmund Blair Bolles

Eiszeit

Wie ein Professor, ein Politiker und ein Dichter das ewige Eis entdeckten

Aus dem Amerikanischen von Astrid Becker

Fischer Taschenbuch Verlag

Für Zoé, DeVallon und Harry

Ungekürzte Ausgabe
Veröffentlicht im Fischer Taschenbuch Verlag,
einem Unternehmen der S. Fischer Verlags GmbH,
Frankfurt am Main, Februar 2003

Lizenzausgabe mit freundlicher Genehmigung
des Argon Verlages, Berlin
Die amerikanische Originalausgabe erschien unter dem Titel
›The Ice Finders. How a Poet, a Professor, and a Politician
discovered the Ice Age‹
1999 bei Counterpoint Press, Washington, D. C.

Druck und Bindung: Clausen & Bosse, Leck
Printed in Germany
ISBN 3-596-15316-6

Inhalt

KAPITEL EINS
Von ehrgeizigen, ahnungslosen Männern
9
Die Suche nach dem eisfreien Polarmeer • Charles Lyell ignoriert die Gletscher • Eine wichtige Vorlesung in Paris und ein unerwarteter Todesfall • Gefangen im Iglu • Ein Professor und seine Hobbygeologen

KAPITEL ZWEI
Taten gegen Unwissenheit
41
Elisha Kent Kane auf dem Weg ins Große Eis • Britische Geologen ehren einen Schweizer Kollegen • Können Findlinge schwimmen? • Fünf Monate zu Fuß durch die Alpen • Karpfen und Rhabarber haben eine Idee • 140 Tage in der Dunkelheit • Louis Agassiz redet sich um Kopf und Kragen

KAPITEL DREI
Wechselfälle des Herzens
103
Ein weiterer Winter im Eis? • Neue Erkenntnisse – alte Erklärungen • Gletscher in Schottland • Die *Advance* sitzt fest. Letzte Rettung oder sicheres Todesurteil?

KAPITEL VIER
Am Nullpunkt
145
Charles Lyell besucht die Niagarafälle • Blaue Bänder in den Gletschern • Ein Journal für die Nachwelt • Der *Scotsman* auf der richtigen Fährte • Die Experten bleiben blind

KAPITEL FÜNF
Vorstoß nach Hause
175
Das Ende der *Advance* • Drei Muschelsucher auf dem Ärmelkanal • Louis Agassiz erobert Amerika • Elisha Kent Kane kehrt als Held zurück • Charles Lyell wittert Gletscherluft

KAPITEL SECHS
Zwei Tragödien und ein Triumph
235
Ein dänischer Beamter für die Nachwelt • Grönland in aller Munde • Louis Agassiz auf der falschen Spur

Literatur
255

Danksagung
257

KAPITEL EINS

Von ehrgeizigen, ahnungslosen Männern

Die Suche nach dem eisfreien Polarmeer • Charles Lyell ignoriert die Gletscher • Eine wichtige Vorlesung in Paris und ein unerwarteter Todesfall • Gefangen im Iglu • Ein Professor und seine Hobbygeologen

Das bekannteste Gesetz der künstlichen Intelligenz lautet: Gibst du wertlose Daten ein, kommen wertlose Daten heraus. Bekommt eine Maschine keine Informationen und keine Regeln, mit deren Hilfe sie die Informationen verarbeiten könnte, bleibt sie dumm.

Es ist beruhigend, daß diese Grundregel künstlicher Intelligenz nicht immer für Menschen gilt. Sicherlich, die Alchimisten irrten von Anfang bis Ende, häufiger kommt es aber vor, daß Menschen ganz unvermutet auf irgend etwas stoßen.

Das Wissen über die Eiszeit ist von dieser eher zufälligen Art. Es gab eine Zeit, in der niemand wußte, daß große Teile der nördlichen und der südlichen Hemisphären von gewaltigen Gletschern bedeckt waren. Heute haben alle, die in der Schule nicht geschlafen haben, von dieser Eiszeit gehört. Es muß also etwas geschehen sein, das uns klüger gemacht hat. Es geht aber nicht nur darum, daß ein oder zwei neue Fakten dazugekommen sind. Unsere ganze Vorstellung von der Erde und ihren Eismassen hat sich verändert. Jeder, der dieses Buch liest, weiß etwas vom alles bezwingenden Eis – von gewaltigen Eismassen, die dahinströmen wie der Nil und Felsblöcke von der Größe eines Schlosses mit sich führen und Täler in Berge schürfen. Wenn wir befürchten, die globale Erwärmung könne die polaren Eismassen schmelzen und das Schmelzwasser würde Florida überfluten, dann malen wir uns Verhältnisse aus, die einst für Menschen unvorstellbar gewesen sind.

Bis vor ungefähr 150 Jahren wußte die Menschheit nichts Genaueres über das grönländische Inlandeis und das Packeis des Nordpolarmeeres. Vielleicht hatten Erich der Rote und andere Wikinger, die sich über Grönland bis nach Amerika durchgeschlagen hatten, eine schwache Ahnung. Vielleicht auch die Eskimos, aber alle anderen Menschen wußten nichts davon. In den 20er Jahren des 19. Jahrhunderts erklärte Robert Jameson, Naturforscher an der Universität von Edinburgh und Herausgeber einer bedeutenden Zeitschrift, seinen Studenten, die größten Eismassen befänden sich in den gemäßigten Klimazonen. Reise man nach Norden zum Pol oder nach Süden zum Äquator, würden die Gletscher kleiner, um schließlich ganz zu verschwinden.

Ungefähr zur selben Zeit, in der Jameson dies verkündete, begannen die Briten mit den ersten ernsthaften Erkundungen nördlich des Polarkreises. Nun sollte man glauben, daß es nur einiger Reisen in den hohen Norden bedurfte, um die Wahrheit über das Eis nach Hause zu bringen. Und dennoch stritten die Geographen noch 30 Jahre später darüber, ob das Nordpolarmeer ganz gefroren sei oder nicht. Ein immer wiederkehrendes Motiv zeitgenössischer Entdeckungsreisen in die Arktis war eine Schiffsladung erbärmlicher, viel zu dünn gekleideter, zitternder Seeleute, deren skorbutverfaultes Zahnfleisch blutet. Obwohl ihr Schiff im Eis festgefroren ist, richten sich ihre Blicke gen Norden auf eine dunstverhangene Bresche im Packeis. Die Gebildetsten und Optimistischsten unter ihnen sagen: »Dort, in dieser Richtung liegt unser Weg ins eisfreie Polarmeer.«

Sicherlich, sie hatten den Pol noch nicht erreicht und konnten sich also nicht festlegen, wie er aussah, aber der gesunde Menschenverstand sagt uns doch, daß den Reisenden kälter und das Meer immer eisiger wird, je weiter man sich nach Norden bewegt. Der gesunde Menschenverstand sagt uns allerdings auch, daß die Erde flach ist. Naturwissenschaftler und Führungspersönlichkeiten geben nichts auf den gesunden Menschenverstand, und das 19. Jahrhundert stand ganz im Zeichen der Naturwissenschaft und der Entschlußkraft. Alle Annahmen wurden in Frage gestellt. Optimisten bemerkten, daß selbst die am weitesten nach Norden vorgedrungenen Entdecker Vögel gesehen hatten, die nordwärts flogen; und Walfänger hatten einmal zwischen Alaska und Sibirien ein Tier zur Strecke gebracht, das die Harpune eines Schiffes aus der Baffin Bay zwischen Grönland und Kanada mit sich schleppte.

Wer jedoch in den arktischen Gewässern segelte – vor allem Walfänger –, konnte über die Vision eines offenen Polarmeeres nur lachen. Doch Männer wie der amerikanische Marineoffizier Matthew Fontaine Maury arbeiteten weiter an dieser Vorstellung. Maury ging als Vater der Ozeanographie sowie als Zeichner ungewöhnlich akkurater Karten von Wind- und Meeresströmungen in die Geschichte ein. Er war in jungen Jahren verwundet worden und seither an seinen Schreibtisch gefesselt. Derart gefangen, in seinem Büro eingeschlossen wie ein Schiff im Packeis, hätte er sich vielleicht die Hilflosigkeit der vom Eis eingeschlossenen Reisenden ausmalen können. Statt dessen stellte er sich die Seeleute in freien Gewässern vor.

1850 fügte Maury seine Theorie eines offenen Polarmeeres den schriftlichen Anordnungen einer Expedition in den Norden bei. Eine amerikanische Mannschaft machte sich jenseits des Polarkreises auf die Suche nach Sir John Franklin, einem britischen Entdecker, der etwa vier Jahre vorher verschwunden war. Maurys Hinweisen zufolge gab es jenseits der »Eisbarriere« möglicherweise ein »Meer ohne Eis«. In den Anordnungen gab es sogar Bestimmungen, was zu tun wäre, wenn es sich als leichter herausstellen sollte, durch das eisfreie Meer zu segeln, als über den Atlantik zurückzukehren. (»Setzen Sie sich in Verbindung mit einer Marineeinheit der Vereinigten Staaten oder mit Offizieren der Regierung, die im Pazifischen Ozean oder in China dienen.«)

17 Monate nach dem Erhalt dieser Befehle kehrte die Expedition aus der Arktis zurück, und ihr Leiter, Edwin De Haven, erstattete Bericht. Weder hatten sie Franklin gefunden noch hatten sie ein eisfreies Meer erreicht, doch De Haven hatte »einen breiten Kanal, der nach Westen führte«, gesehen. »Eine dunkle Dunstwolke über dem Kanal ... deutete auf viel offenes Wasser in dieser Richtung hin.« Der Kanal wurde auf Maury getauft, »nach dem ausgezeichneten Herrn ... dessen Theorie eines offenen Meeres gen Norden wahrscheinlich durch diesen Kanal verifiziert werden wird.«

1852 erreichte ein weiterer Entdecker auf der Suche nach Franklin das Ende der Baffin's Bay und stieß von dort in ein unerforschtes Gebiet vor, in den Smith Sound. Wenn das Schiff auch von einer Sturmbö in die Bucht zurückgetrieben wurde, schien der Sund doch mindestens auf weitere 50 Kilometer eisfrei gewesen zu sein. Das Schiff kehrte mit der Nachricht nach England zurück, daß die Route ins offene Polarmeer eventuell entlang der Küste von Grönland verlief, und im nächsten Frühjahr legte ein weiteres Schiff ab, um sich die Sache einmal anzugucken. Kapitän war Elisha Kent Kane, der auf der Expedition mit De Haven Schiffsarzt gewesen war und den gefrorenen Dunst über dem Maurykanal gesehen hatte. Bevor er sich auf dieses neuerliche Wagnis einließ, erklärte Kane einem Saal gebildeter New Yorker: »Franklins Aufsuchung möchte wohl am besten gefördert werden, wenn man in kürzester Richtung nach dem von mir vermuteten offenen Meere vordränge ... Unsere Aufgabe ist demnach, so weit als möglich die Baffin Bay hinaufzugehen, dann in Schlitten oder Booten weiter gegen den Pol vorzudringen und dabei an den Küsten nach Spuren der Verlorenen zu suchen.«

Kane war ein Romantiker, ein Abenteurer mit einem unbändigen Hang zu großen Ideen, unter seinen Zuhörern saßen jedoch deutlich nüchternere Gestalten. Er hielt seinen Vortrag während eines der regelmäßigen Treffen der American Geographical and Statistical Society. Die Mitglieder dieser Gesellschaft hatten Teil an den Bemühungen des 19. Jahrhunderts, Unwissenheit durch Wissen zu ersetzen. Ihnen war bekannt, daß die arktischen Gewässer von Treibeis und gewaltigen Eisbergen beherrscht wurden, und dennoch war ihnen das Große Eis dermaßen fremd, daß sie es nicht in ihre Vorstellungswelt einzubeziehen vermochten. Ihnen schwebte eher etwas wie die zugefrorenen Seen und Teiche unserer Winter vor – Wasserflächen, deren Eisdecke dünner wird, je mehr man sich von der Küste entfernt, und die bei entsprechender Größe in ihrer Mitte oft eisfrei sind. Ihre Vorstellungen beruhten auf dem, was sie bereits wußten. Deshalb konnten sie nicht erkennen, daß das alles bezwingende Eis von vollkommen anderer Art ist.

Elisha Kent Kane, der Schweizer Geologe Louis Agassiz und der Schotte Charles Lyell jedoch überwanden auf unterschiedlichsten Wegen diese Vorstellungen, die lange Zeit auch ihre eigenen gewesen waren. Sie sind die Helden dieses Buches. Gemeinsam haben sie unser Verständnis von der Erdgeschichte verändert, vom Klima, von der Rolle des Eises auf der Welt. Voller Leidenschaft, Beharrlichkeit und Poesie kämpften sie gegen den Widerstand des wissenschaftlichen Establishments für ihre Idee des ewigen Eises. Dies ist ihre Geschichte.

London, Juli 1830 …
Charles Lyell, einer der einflußreichsten Geologen des 19. Jahrhunderts, begann seine Laufbahn mit einer Zurschaustellung seiner gänzlichen Unkenntnis des Großen Eises. Durch die Veröffentlichung seines populärwissenschaftlichen Buches über alle Phänomene, von denen angenommen wurde, daß sie die Erdoberfläche verändert hatten, stand Lyell plötzlich im Rampenlicht. Irgendwie war es ihm dabei gelungen, Auswirkungen von Gletschern völlig zu übersehen, obwohl er in einer Landschaft aufgewachsen war, in der Gletscheraktivitäten deutliche Spuren hinterlassen hatten. Weniger als drei Kilometer von seinem Elternhaus im schottischen Tiefland entfernt gibt es eine Moräne, angehäufter Gesteinsschutt, der von einer sich vorwärtsschiebenden Eiswand aufgetürmt worden ist. Lyell hat sie gesehen, aber nicht zu deuten gewußt. An den Talwänden in der Nähe des Hauses sind lange Kratzer und Schrammen im Gestein zu sehen, dessen Oberfläche von dem Gletscher so glatt geschmirgelt und poliert worden ist, daß der Stein stellenweise wie ein Mamorboden glänzt. Lyell sah dies und nahm an, daß polierte Felsen in der Natur etwas ganz Normales seien. Über Schottland verteilt finden sich viele gigantisch große Felsblöcke – ein paar besonders gewaltige umgeben die Stadt Edinburgh –, die wie zufällig über das Land verstreut scheinen. Lyell sah sie und erkannte, daß diese Felsblöcke von anderen Orten dorthin transportiert worden waren, aber er scheint sich nicht vorgestellt zu haben, daß Gletscher sie getragen hatten.

In seinem Buch *The Principles of Geology* vertrat Lyell die Ansicht, daß die Welt, die wir heute sehen, durch die geologischen Aktivitäten, die uns heute bekannt sind, erklärt werden kann. Er lehnte sowohl traditionelle Erklärungen landschaftlicher Gegebenheiten – wie die Sintflut – als auch spekulative Katastrophen – wie die Erhebung einer ganzen Berggruppe in der Spanne eines Augenblicks, die einigen Geologen vorschwebte – ab. Wenn Lyell jede Senkung und jede Erhebung der Erdoberfläche erklären wollte, indem er sich nur auf heutige Ursachen und deren Wirkungsmöglichkeiten berief, benötigte er eine lange Liste von Erklärungen. So beschrieb er in seinem Buch im einzelnen die Auswirkungen von Lavaströmen, Erdbeben, Geysiren, Gezeitenbewegungen, der Bodenerosion und des Austrocknens von Sümpfen. Er beschäftigte sich sogar mit dem Transport von Felsen durch Eisberge. Doch all seinem Wissen und seinem Einfallsreichtum zum Trotz sagte Lyell nichts über die Auswirkungen von Gletschern auf die Erdoberfläche.

Eis, das dem der Eiszeit gleicht, gab es auch 1830 auf Grönland, einer gewaltigen, unter einer geschlossenen Eisdecke liegenden Insel. Gletscher erstrecken sich an all ihren Küsten, so auch entlang der Westküste, wo das Eis in monumentalen Schollen abbricht, die dann durch die Baffin Bay treiben und das Befahren des Meeres erschweren. Walfänger segelten seit Jahrhunderten durch die Baffin Bay. Sie hatten Übung darin, den kolossalen Eisbergen auszuweichen, die vom grönländischen Inlandeis abbrachen. Aus geologischer Sicht gehört Grönland zu den spektakulärsten Landschaften der Welt, aber Lyell wußte so gut wie nichts darüber. In den *Principles* erwähnte er Gletscher, und auch Grönland streifte er flüchtig, doch hatte er sich in der Geographie der Insel getäuscht und behauptete, die Baffin Bay befände sich an der Ostküste Grönlands.

Soweit sie die Eiszeit anging, war Lyells Abhandlung wertlos. Wahrscheinlich gab es nicht mehr als fünf über Europa verstreute Gelehrte in Schottland, Skandinavien, Deutschland und in der Schweiz, denen die Auslassung aufgefallen sein könnte. Zwei Generationen zuvor hatte sich ein großer und vielbeachteter Naturwissenschaftler,

Horace Bénédict de Saussure, mit den Alpen beschäftigt und eine gute Beschreibung von Gletschern erarbeitet, doch Lyell konnte dessen Arbeit ignorieren und damit auch noch durchkommen. Das lag zum Teil auch daran, daß de Saussure keine Spuren älterer Gletscher in der Schweiz erkannt hatte. Für die meisten Naturforscher und für die gebildeten Leser waren Lyells *Principles* Inbegriff des Triumphs der Fakten und geistreicher Erklärungen. Angesehene Geologen waren in diesem oder jenem Punkt anderer Meinung; aber alle zeigten sich davon beeindruckt, wieviel Lyell wußte und wie es ihm gelang, Tatsachen aus den abgelegensten Winkeln der Welt in einen Zusammenhang zu bringen.

Noch angetaner war die Generation von Naturforschern, die gerade volljährig wurde. Charles Darwin begann zu der Zeit sein viertes Studienjahr in Cambridge. Jahre später schrieb er, Lyells *Principles* »haben unsere Geisteshaltung verwandelt, und deswegen sieht man nun Dinge, die Lyell nie gesehen hat, auch durch seine Augen.« Das war ein großes Kompliment, aber es bedeutete auch, daß die jüngere Generation nichts von Gletschern erwartete.

Paris, 8. Mai 1832 . . .

Der Baron Cuvier hielt nicht viel von Lyell. Lyell hatte dem berühmtesten Zoologen Frankreichs seine Aufwartung gemacht, als er nach Paris kam, denn Cuviers Salon war das naturwissenschaftliche Pendant zu Frankreichs vornehmsten aristokratischen Zirkeln. Aber der Schotte war Theoretiker, und Cuvier hatte keinen Bedarf an dem, was er »Grundsätze« [principles] nannte. Cuvier wollte Tatsachen. Mit Tatsachen hatte er die Paläontologie erfunden und die Anatomie zu einem Forschungswerkzeug gemacht. Im Frühjahr 1832 hielt er Vorlesungen über die Geschichte der

Naturwissenschaften. Die Moral war immer dieselbe: Vergiß die Theorie. Halte dich an die Tatsachen.

Die Vorlesung, die am 8. Mai 1832 stattfinden sollte, wurde besonders ungeduldig erwartet, vielleicht auch nur, weil sie schon einmal verschoben worden war. In diesem Frühjahr wurde Paris von einer Choleraepidemie heimgesucht, und Menschenansammlungen bargen ein zu hohes Gesundheitsrisiko. Als schließlich die Epidemie allem Anschein nach am Abklingen war, wurde die Vorlesung neu anberaumt.

Ein modernes Publikum wäre wohl entgeistert von dem Eindruck, den Cuvier machte, als er das Podium betrat. Er war 63 Jahre alt, dick und wie ein französischer Aristokrat gekleidet. Seine Aufmachung suchte seine Wohlbeleibtheit nicht zu kaschieren. Sein Wissen war allerdings erstaunlich, sein Vortrag sprühte vor Esprit und Leidenschaft. Die Liebe zu den Fakten machte ihn keineswegs langweilig. Er fädelte die Tatsachen wie Perlen auf eine Schnur, so verlieh jede der nächsten ihren Glanz. Seine Zuhörerschaft bestand aus Studenten, Naturwissenschaftlern und ein paar *en-vogue*-Aristokraten, denen daran lag, von anderen modischen Leuten gesehen zu werden. Sie hörten nicht nur eine Vorlesung, sie kamen in den Genuß einer Darbietung.

Von seinem souveränen Umgang mit Fakten einmal abgesehen, zeichnete sich der Baron durch ausgeprägte politische und soziale Kenntnisse und Fähigkeiten aus. Er hatte Frankreichs turbulente Geschichte auf eine Art und Weise überstanden, die an einen ausgeschlafenen Schutzengel denken ließ. Er war während der frühen Tage der Französischen Republik das erste Mal hervorgetreten, wurde von Napoleon als Persönlichkeit des revolutionären Reichs geehrt, wurde nach der Restauration der bourbonischen Monarchie nochmals geehrt und war nun, nach einer weiteren Revolution, immer noch ein Held der Stadt. Sein einziger

Herausforderer um den Titel des größten europäischen Naturwissenschaftlers war Alexander von Humboldt, der sich unter seinen Zuhörern befand, um Cuviers Überlegungen zum Thema des Tages zu folgen: »Naturphilosophie, Evolution und Einheit«. 36 Jahre vor Darwins großem Buch schlug Cuvier vor, sich die deutschen und französischen Theorien über die Veränderung der Arten anzusehen.

Der wesentliche philosophische Unterschied zwischen Darwin und früheren Evolutionsforschern bestand darin, daß die Prä-Darwinisten Evolution als eine Art des Fortschrittes ansahen. Giraffen bekommen längere Hälse und werden dadurch zu besseren Giraffen. Vor allem die Deutschen verstanden die Natur als ein Streben nach idealen Formen. Cuvier spottete über diese Ideen; in seiner Vorlesung brüllte er seinen Hohn geradezu heraus. Durch seine eigenen Beobachtungen war er zu der Überzeugung gelangt, daß jede Spezies bereits bestens für die Umstände, in denen sie lebte, ausgerüstet war und keiner Verbesserung bedurfte. Noch wesentlicher war allerdings, daß er diese Theorien ablehnte, weil es Theorien waren und damit ein Hemmnis wissenschaftlichen Fortschrittes. Über die Jahrhunderte waren viele Theorien gekommen und gegangen, ohne, seiner Meinung nach, etwas von Bedeutung hinterlassen zu haben, doch eine Tatsache war und blieb immer eine Tatsache.

Einige seiner Zuhörer stimmten ihm zu, während andere keine Ahnung hatten, wovon er sprach. Cuvier führte den Republikanismus in die Naturwissenschaften ein, indem er die alte Sitte, Lebensformen hierarchisch zu ordnen, verurteilte. Seit den Klassikern sprachen Philosophen von der »Großen Kette des Lebens«, die alles Lebende einordnete, von der niedrigsten Form der Schraubenalge zum Menschen und schließlich über die Engel bis zum oben stehenden, allmächtigen Gott. Noch heute benutzen wir sprachliche Bilder in Anlehnung an diese Vorstellung. Wenn die Rede von der Nahrungskette oder vom fehlenden Glied ist, so beruht sie auf diesem alten Bild der Kette des Lebens. Wenn wir von »niederen Formen des Lebens« sprechen, tun wir dies in der Annahme, unser eigener Rang sei ein höherer als der der Pflanzen und Tiere.

Cuvier fand diese Hierarchie absurd. Warum sollte eine Spinne unter einem Fisch eingeordnet werden? Alle hatten ihre Rolle und ihren Platz, und alle spielten ihren Part hervorragend. »Jedes Lebewesen«, so erklärte er seinen Zuhörern an jenem Nachmittag, »trägt in einer unendlichen Vielfalt und bewundernswerten Veranlagung alles in sich, was notwendig ist. Jedes Lebewesen ist vollkommen und entwicklungsfähig, gemäß seiner Ordnung, seiner Art und seiner Individualität.« Ein Aristokrat in der Zuhörerschaft berichtete, daß er dieser Bemerkung die höchste religiöse Bedeutung beigemessen habe. Die Erhabenheit dieses Gedankens habe ihn einer Ohnmacht nahe gebracht. Cuvier war gläubiger Protestant, aber dieser Passus grenzte gefährlich an eine Aussage von der Art, jede Lilie passe so gut in ihre Umgebung, daß sie keiner weiteren göttlichen Aufmerksamkeit bedürfe, um zu gedeihen. Es ist das zoologische Äquivalent zu Newtons Universum, in das Gott nicht mehr eingreifen muß, nachdem es einmal in Bewegung gesetzt worden ist.

Traditionsgemäß wurde nichts in der Natur als so unabhängig angesehen, wie Cuvier die Arten beschrieb. Die »Große Kette des Lebens« stellte man sich tatsächlich als Kette vor, die durch ihre einzelnen Glieder zusammengehalten wurde. Die gesamte Ordnung der Natur war auf das ununterbrochene Zusammenwirken jedes einzelnen Teilchens der Kette angewiesen. In Alexander Popes Worten:

Entfernst du aus der Kette nur ein Glied –
das zehnte, tausendste –, ein Bruch geschieht.

Cuvier hatte die Fakten gesammelt, die Popes Bild den Boden entzogen. Er trat den Beweis an, daß die angeblich unzerbrechliche Kette schon vielfach aufgebrochen war: Viele Lebewesen waren bereits ausgestorben. Die alte Theorie mußte der Tatsache weichen, daß bestimmte Arten von Elefanten, Rhinozerossen, Riesenfaultieren ebenso wie viele andere untergegangen waren. Das Wissen über sie hatte man aus Fossilien; lebende Exemplare gab es nicht mehr. Cuviers Meisterstück war sein Nachweis, daß die Mammuts ausgestorben sind. Die anatomische Untersuchung hatte ergeben, daß sich diese Tiere von den asiatischen und afrikanischen Arten lebender Elefanten unterschieden. Das Mammut stellte eine eigene Elefantenart – und war zu groß, um unentdeckt zu bleiben, wenn es noch existierte. Wäre es in Südamerika noch vertreten, so hätte Humboldt davon erfahren. In Nordamerika? Lewis und Clark oder einer der vielen Pelzhändler hätten etwas von seiner Existenz gewußt. Sie waren also tatsächlich ausgelöscht.

Während der Vorlesung raunte Humboldt seinem Begleiter zu, Cuvier habe zuwenig Vorstellungsvermögen. Natürlich räumte Cuvier der Phantasie keine Rolle in den Naturwissenschaften ein. Humboldts Begleiter war über diesen Seitenhieb bestürzt, doch Humboldt genoß es sichtlich zu sticheln. Als Charles Lyell Paris besuchte, hatte ihm Humboldt überraschenderweise allen Tratsch und Klatsch weitererzählt. Lyell schrieb seinem Vater: »Wir dürfen nicht vergessen, daß Humboldt und Cuvier die beiden großen Rivalen in den Naturwissenschaften sind.«

Obwohl Cuviers Funde das Aussterben einiger Arten zweifelsfrei geklärt hatten, fanden einige Biologen diese Idee empörend. Was tat der Schöpfer? Er sollte lebende Wesen wie zum Spaß erzeugen und zerstören? Am meisten empörte sich Cuviers Pariser Kollege Jean-Baptiste Lamarck darüber. Er fand eine geistreiche Möglichkeit, die Auslöschung der Arten zu negieren. Statt nahezulegen, daß die in Frage stehenden Arten in einem noch unentdeckten Tal zu finden seien, argumentierte Lamarck, sie würden noch heute leben, allerdings verwandelt in neue Arten. Die Pflanzen- und Tierarten, die man heute fände, seien die direkten Nachkommen der verschwundenen Arten, die man nur in fossiler Form nachweisen könne. Cuvier verachtete diesen Versuch, die »Große Kette des Lebens« für die Biologie wiederherzustellen. Die Rivalität der beiden Männer wurde so stark, daß Cuviers »Lobrede« nach dem Tode Lamarcks viele Jahre lang nicht publiziert wurde, weil sie zu beleidigend war.

Humboldts Murren während der Vorlesung war jedoch berechtigt. Cuvier hatte seinen Feldzug gegen »die Theorie« schon so lange geführt, daß ihm gar nicht mehr auffiel, daß die Theorie überall war. Selbst Fakten werden in dem Moment zu Theorien, in dem man ihnen eine Bedeutung beimißt. Die Auslöschung von Arten war eine Tatsache, aber Cuvier hatte ihr die Rolle einer Theorie eingeräumt, als er sie dazu benutzte, um grundsätzlich gegen die Evolution zu argumentieren.

Cuviers Vortrag schien auch widersprüchlich. Wenn jede Art vollkommen ist, warum sterben dann manche von ihnen aus? Cuvier hatte darauf eine Antwort: Regional und zeitlich begrenzte Katastrophen machen ihnen den Garaus. So behauptete Cuvier, daß die Mammuts durch eine Kältewelle ausgelöscht worden seien. Er hatte nämlich einmal den erstaunlichen Fall eines Mammuts untersucht, das in Sibirien eingefroren war. Cuvier meinte, es sei in seinen eigenen Spuren durch einen jähen Temperatursturz festgefroren. Frost kann Weizenfelder und Orangenbäume zerstören. Vielleicht kann ein wirklich starker Frost ein Tier zum Stehen bringen, selbst ein riesiges, genau dort, wo es sich befindet, und vielleicht kann er es so leicht töten, wie der Wind einen Maisstengel knickt.

Häufiger noch sei die Katastrophe eine Überschwemmung gewesen. Geologen hatten an vielen Orten abrupte Brüche in der Flora und Fauna ausgemacht. Diese regionalen Revolutionen hatten neue Welten hervorgebracht, Arten wurden ausgelöscht und durch neue ersetzt. Lyell verwahrte sich gegen ein solches Denken. In diesem Licht schienen Katastrophen zufällig und einfach. Ganz besonders ärgerte ihn Cuviers Anspruch, die Theorie der regionalen Revolutionen sei gar keine Theorie, sondern eine Tatsache.

Als die Vorlesung vorüber war und die Zuhörer hinausgingen, wurde bereits deutlich, daß der Vortrag ein großer Erfolg, ja, der Höhepunkt des ganzen Zyklus war, wie man später sagte. Es war bestimmt eine beeindruckende Darbietung, aber vielleicht wurden die Erinnerungen auch von dem Umstand beeinflußt, daß der Baron am nächsten Tag erkrankte und sich ins Bett legen mußte. Vier Tage später war er der Cholera zum Opfer gefallen.

Mit Cuviers Tod schien eine Ära beendet, sein Einfluß machte sich jedoch viel stärker bemerkbar, als vorherzusehen war. Denn der Kollege, der neben Humboldt gesessen hatte, war der blutjunge hochtalentierte Schweizer Naturforscher Louis Agassiz.

In der Nähe des Dorfes Etah, Grönland, 29. Januar 1855 . . . Die Unkenntnis über das Große Eis ist eine Sache für Gelehrte in Paris und London und eine ganz andere für Abenteurer der Arktis. Elisha Kent Kanes Rolle in dieser Geschichte ist die eines Dichters. Er ist derjenige, der die Eiszeit vorstellbar machte. Es gelang ihm, Geld zu sammeln, um hoch in den Norden, durch die Baffin Bay in den Smith

Sound zu segeln. Dort, an Grönlands Nordküste, schnappte die Falle zu, und Anfang des Jahres 1855 saß er schon 17 Monate hier fest. Seine Mannschaft und er waren kurz vor dem Verhungern, sie ernährten sich nur noch von der giftigen Leber eines Eisbären. In ihrer Verzweiflung wollten Kane und sein Eskimoführer Hans der unerbittlich kalten 24-Stunden-Nacht trotzen und in einem Inuitdorf um Hilfe bitten.

Unerwartet kam ein Sturm auf. Wäre er allein gewesen, so hätte Kane das Schicksal des Cuvierschen Mammuts ereilt, er wäre in einer Schneewehe festgefroren. Sein Führer Hans hatte jedoch mit dem Schlimmsten gerechnet und vorsorglich ein Notiglu gebaut. Als der Sturm sie erreichte, nahmen sie Zuflucht in der Hütte aus Eis. Draußen war das Wetter todbringend, selbst drinnen war es noch so kalt, daß sie erbärmlich froren. Der Sonnenaufgang würde noch einen Monat auf sich warten lassen. Schneemassen begruben das Iglu und alles andere unter sich, während die beiden Männer in ihrer eisigen Gruft hockten und nur das eine wußten: Sie mußten ausharren, solange der Sturm währte. Zwei Tage später gruben sie sich aus und versuchten, die kurze Zeit des Mondlichtes auszunutzen, aber wegen der Schneeverwehungen war ein Weiterkommen unmöglich. Hans und Kane kehrten zu ihrem Eisloch zurück, wo sie sich vor dem schneidenden Wind verkrochen. Unter Aufbietung all ihrer Kräfte schafften sie gerade noch den Rückzug, bevor sie selbst zu zukünftigen Fossilien wurden. Die einfache Erklärung, wie die fossilen Mammuts in Eisblöcke gefroren worden waren, mußte Kane auf diese Art herausfinden: Vielleicht handelte es sich gar nicht um tropische Tiere, die von einem wundersamen Kälteeinbruch überrascht worden waren, sondern um Geschöpfe der kalten Klimazonen, die auf eine normale Schlechtwetterfront gestoßen waren.

Kane saß verhungernd in seinem Iglu, da ihn der Ehrgeiz gepackt hatte. Er war entschlossen, eine Spur zu hinterlassen, irgend etwas Großartiges zu tun, bevor er starb, und der Schatten des Todes schwebte immer über ihm. In seiner Studienzeit litt er unter akutem Gelenkrheumatismus, der sein Herz geschädigt hatte. Er überlebte die Krankheit, aber die Ärzte hatten ihn gewarnt, daß er jeden Moment tot umfallen könnte, so plötzlich, als sei er von einem Flintenschuß getroffen worden.

Zunächst hatten ihn die Krankheit und ihre trüben Aussichten gelähmt; er wurde melancholisch. Doch sein Vater, ein einflußreicher Intellektueller und Jurist aus Philadelphia, redete ihm zu, wenn sein Leben kurz sein solle, könne er dennoch das Beste daraus machen und »in der Rüstung« sterben. Der junge Mann ließ sich begeistern. Einer seiner Lehrer, der Geologe William Barton Rogers, gewann Kane für Naturgeschichte. 1842 erschien Lord Alfred Tennysons Gedicht *Odysseus*, und Kane war Feuer und Flamme. Tennyson hatte die 70 ungereimten Verse kurz nach dem Tod seines engen Freundes, des Verlobten seiner Schwester, geschrieben. Das Gedicht geht einer Frage nach, die sich jeder stellen muß: Nun, da ich begriffen habe, daß ich sterben muß, wie soll ich mein Leben leben? Das Ende des Gedichtes schien für Kane und sein geschwächtes Herz geschrieben worden zu sein, so kam es ihm jedenfalls vor:

> Der Tod schließt alles ab. Doch etwas, vor dem Ende,
> ein Werk von edlem Ruf, kann man noch tun,
> das nicht unwürdig ist der Männer, die mit Göttern
> stritten.
>
> Es ist nicht zu spät, um eine neure Welt zu suchen
> ... denn mein Entschluß besteht,

hinter den Sonnenuntergang zu segeln und hinter das Bad
aller Sterne des Westens, bis ich sterbe.

Wir sind, was wir sind,
gleichartig im Wesen, mit heldenhaften Herzen,
geschwächt von Zeit und Schicksal, doch stark im
Willen
zu streben, zu suchen, zu finden und nicht aufzugeben.

Kanes Ehrgeiz, den Tag zu nutzen, und zwar jeden einzelnen, führte ihn schließlich in den grönländischen Schneesturm. Als verantwortungsbewußter Sohn hatte er vorher sein Medizinstudium beendet, weil ihn seine Eltern darum gebeten hatten. Danach wurde er zum Lehrling des Odysseus und schiffte sich als Assistenzarzt der amerikanischen Marine nach China ein. Das war im Frühjahr 1843. Im Sommer 1845 kehrte er nach Philadelphia zurück und hatte die ganze Welt umrundet. Von China war er weiter nach Ägypten gereist, wo er sich nilaufwärts in militärische Wagnisse verwickeln ließ. Dann schlug er sich über Land nach Italien durch, von dort über die Schweizer Alpen nach Frankreich, wo er ein Schiff nach Amerika nahm. Als er nach diesen Abenteuern wieder zu Hause ankam, war sein Ehrgeiz erst richtig entfacht. Denn er hatte sich weder Ruhm noch einen guten Namen gemacht, sondern schaffte es gerade so zu einer lokalen Berühmtheit, und das stachelte ihn noch mehr an.

Prominente scheinen ein modernes Phänomen der Massenmedien zu sein, aber mehr oder weniger große Stars und Starlets gab es bereits in den 1840ern. Kane war unter den ersten, die entdeckten, daß die Presse jemanden auch ohne Ruhm oder guten Namen berühmt machen kann. Als der Krieg zwischen den Vereinigten Staaten und Mexiko ausbrach, nutzte er seine Kontakte, um ein Interview mit dem amerikanischen Präsidenten James Polk zu führen. Dieser übergab ihm bei dieser Gelegenheit eine Nachricht, die Kane an General Winifeld Scott in Mexiko weiterleiten sollte. Kane stürzte sich in Abenteuer wie diese, und wenn sie auch wenig Einfluß auf das Kriegsgeschehen hatten, wurde er zumindest prominenter dabei. Kanes Ehrgeiz war zu Kriegsende nicht verpufft, doch seiner wachsenden Berühmtheit zum Trotz hatte er noch nichts von der Art getan, die Tennyson als edel bezeichnet hätte. Vielleicht wußte er das.

Ein Mann mit dem Ehrgeiz und der Vorgeschichte Kanes wurde selbstverständlich Mitglied des Forschungstrupps, den die amerikanische Marine 1850 auf die Suche nach dem verlorenen Schiff und der Mannschaft John Franklins schickte. Zu dieser Zeit war sein Vater schon entsetzt darüber, wieviel Energie Kane auf seine Aufgabe, in voller Rüstung zu sterben, vergeudete. Er beschwerte sich: »Oh! Dieser Ruhm! Wenn man alle Kosten zusammenzählt, ist er gar nicht mehr so geheimnisvoll!«

Dem Sohn entging jedenfalls nicht, daß er immer berühmter wurde. Nach der Rückkehr aus der Arktis zeigte der Kapitän des Schiffes kein Interesse, die Öffentlichkeit über den eisigen Norden aufzuklären. »Die praktischen Aufgaben seines Berufsstandes erledigt er gut, vielleicht sogar hervorragend«, schrieb Kane über seinen Kapitän, »aber sonst ist er unwissend, und er ist stolz auf diese Unwissenheit.« Kane war bereit, diesem Mangel abzuhelfen; er begab sich auf eine Vortragsreise, auf der er seine Abenteuer in vielen Städten kundtat, und er nutzte die Gelegenheit, um sich entschieden für eine weitere Suchexpedition nach Franklin einzusetzen. Sie sollte die Route über das offene Polarmeer nehmen.

Während dieser Vortragsreise traf Kane auf andere Berühmtheiten wie Margaret Fox, eine der beiden »Fox-

Schwestern«. Die Mädchen wurden von dem Unterhaltungsprofi und Zirkusunternehmer P. T. Barnum sowie von dem Zeitungsherausgeber Horace Greeley unterstützt. Zusammen mit ihren Förderern erfanden sie den modernen Spiritualismus.

Die Fox-Schwestern konnten mit den Verstorbenen in Verbindung treten. Wenn die Mädchen riefen, antworteten die Toten ihnen durch Klopfzeichen. Jahre später enthüllte Margaret ihr Geheimnis: Die Schwestern erzeugten die Geräusche, indem sie mit den Zehen schnippten, so wie die meisten Leute mit ihren Fingern schnipsen können. Vorhänge, schummeriges Licht und eine breite Berichterstattung in den Medien verliehen ihren Vorführungen einen professionellen Charakter.

Nach damaligen Maßstäben war Margaret Fox eine unmögliche Liaison für Kane. Kane stammte aus der wohlhabenden, allseits respektierten urbanen Welt – er war gebildet, weitgereist, ein Mann der Wissenschaft. Margaret Fox war eine Autodidaktin, eine Gegnerin der Naturwissenschaften. Kane fand sie aber ungemein anziehend, und sie scheint sich in ihn verliebt zu haben. Kane zweifelte nicht eine Minute daran, daß ihre Séancen Täuschungen waren, und er drängte sie unablässig, die Vorführungen aufzugeben. In einem Brief, den er selbst wohl für einen Liebesbrief hielt, teilte er ihr mit: »Verletze ich nicht meine Würde, indem ich meine Gefühle an eine Person verschwende, die eine andere Stellung innehat als ich, Gefühle, die sie niemals verstehen kann und derer sie nicht würdig ist.« Doch sein Verlangen war stärker als sein Stolz. Kane verfolgte sie, und Margaret warf ihm den Brief nicht an den Kopf. Während der ganzen Zeit, in der Kane seine Rückkehr in die Arktis vorbereitete, hatte er eine heimliche Affäre mit ihr.

Wenn wir das Paar so sehen, wie Kane es tat – Kane, der Prediger der Vernunft, und Fox, die Marktschreierin des

Aberglaubens –, dann scheint es tatsächlich eine besonders unglückselige Liebe à la Romeo und Julia gewesen zu sein. Doch wenn wir sie als ein Paar sehen, das zu den ersten Stars der amerikanischen Massenpresse zählt, überrascht ihre Romanze nicht mehr so sehr. Prominente machen Prominenten den Hof. Für die Öffentlichkeit waren diese Publicity-Größen sowieso austauschbare Symbole menschlicher Potentiale. Aus dieser Perspektive war die ahnungslose, schwindelnde Margaret diejenige, die der Wahrheit über sie beide näher kam. Ihr war klar, daß sie beide mehr zu Amerikas Gefühlsleben beitrugen als zu seinem rationalen Diskurs. Margaret wußte, daß sie mit ihren Zehen schnipste und die Geister nicht in der Luft anklopften. Margaret wußte auch, daß ihre Zuschauer nicht auf ihre Geräusche reagierten, sondern auf ihre eigenen emotionalen Bedürfnisse. Kane seinerseits verstand nicht recht, wenn er die Suche nach einem offenen Polarmeer ankündigte und die gebildeten Kollegen ihm begeistert beipflichteten, daß sie auf einen eigenen Herzenswunsch ansprangen, auf den Traum, daß die Welt nicht dieser grausame, vom Tode heimgesuchte Ort sei, der er doch zu sein scheint.

Am 30. Mai 1853 ließ Kane als Kapitän eines Schiffes auf der Suche nach den offenen Gewässern des Nordpols die Segel setzen. Er wurde von den Gebeten und guten Wünschen der ganzen Nation begleitet. Doch vor ihm lag ein erbarmungsloses Klima, ein Wetter schlimm genug, um ein Mammut festzufrieren.

Im oberen Rhonetal in der Schweiz, 19. September 1832 ... Lyells Beitrag zu dieser Geschichte ist der eines Politikers, dem es gelingt, seine Wählerschaft für etwas Neues zu mobilisieren. 1832 war die Geologie noch keine etablierte Wissenschaft. Selbst den Begriff Geologie gab es erst ein paar

Jahrzehnte, und für viele Forscher der anerkannten Wissenschaften (wie zum Beispiel Astronomie, Physik und Chemie) bestand die Geologie immer noch aus vielen Fallen: Was ließ sich wirklich beweisen, und was war nur zu erraten? Die Geologie war eben noch eine sehr junge Wissenschaft mit einer großen Grauzone, in der sich Tatsachen und Vermutungen ununterscheidbar vermengten. Es war Lyells Bestreben, die Spreu vom Weizen zu trennen, damit Naturwissenschaftler aller Fachrichtungen die Ergebnisse der Geologie anerkennen würden. Wenn Lyells Arbeit auch unter den Geologen kontrovers diskutiert wurde, so fand sie doch bei anderen jungen Wissenschaftlern außerordentlichen Anklang.

So teilte etwa der Physiker James Forbes Lyells Hypothesen, daß die Welt durch die heute stattfindenden Prozesse erklärt werden könnte. 21 Jahre bevor sich Kane auf den Weg zum Smith Sound machte, folgte Forbes der Rhone flußabwärts. Nahe an ihrer Quelle hat die Rhone mehr von einem Bach als von einem Fluß. Hohe Berge mit imposanten Gletschern stehen zu beiden Seiten des Tals, als dramatischster unter ihnen das Matterhorn.

Die Touristen hatten die Alpen entdeckt. Schon 1818 hatte Lyell berichtet, daß in einem einzigen Jahr 1400 Touristen die Gegend um den Mont Blanc besuchten, davon tausend Briten. 14 Jahre später waren es sicherlich schon mehr als 2000. Aber nur die unerschrockensten Reisenden wagten sich bis zur Quelle der Rhone wie Forbes. Dieser Teil der Schweiz war immer noch einer der abgelegensten Orte Westeuropas.

Eines Tages kam ein Schweizer namens Ignatz Venetz zufällig des Weges und verwickelte Forbes in ein Gespräch. Venetz war Bauingenieur des Kantons Wallis. Ihm unterstanden die Brücken- und Straßenreparaturen dieser Alpenregion, in der Lawinen und Steinschlag dauernd neue Schäden verursachen. Er hatte Techniken zum Abschlagen von Gletschereis entwickelt, um das Stauen von Flüssen zu verhindern. Vielleicht besaß niemand genauere und praktischere Kenntnisse des zentralen Alpengebietes als Venetz. Venetz konnte Forbes auf ungewöhnliche Stellen an Berggipfeln und Gletschern und an der Talsohle aufmerksam machen.

Im Verlaufe ihres Gespräches erzählte Venetz Forbes von einem Artikel, den er drei Jahre zuvor für die Schweizer Gesellschaft für Naturwissenschaften geschrieben hatte. Als Bauingenieur hatte Venetz die Grenzen seines Faches überschritten, indem er sich auf Naturgeschichte einließ. Er hatte sich lange mit Moränen beschäftigt, also mit dem Gesteinsschutt, den die Gletscher vor sich herschieben. Schließlich war er zu dem Schluß gekommen, daß die alpinen Gletscher in einer früheren Epoche, die im Dunkel der Zeiten verschwunden ist, viel größer gewesen sein müssen. Forbes war fasziniert von dieser Idee, aber in seinem Tagebuch verwarf er den Gedanken, geologische Absonderlichkeiten durch »die Moräne eines riesigen Gletschers« erklären zu wollen, denn es »scheint sich dabei um eine ziemlich kühne Spekulation« zu handeln.

Forbes' Reaktion war die eines Naturwissenschaftlers, der daran gewöhnt ist, Phänomene durch andere anerkannte Phänomene erklären zu wollen. Newtons Fähigkeit, die planetarischen Bewegungen durch dieselben Gesetze der Schwerkraft erklären zu können, denen auch die Dinge auf der Erde unterliegen, war richtungweisend gewesen. Die Physiker nach ihm orientierten sich ganz selbstverständlich an dem Bekannten, wenn sie Erklärungen für Unbekanntes brauchten. Die meisten Geologen waren allerdings an ungewöhnliche Erklärungen gewöhnt. Sie beschworen Springfluten, die viel höher als alle gemessenen Flutwellen waren, oder stellten sich globale Fluten vor.

Im allgemeinen überzeugten diese Ideen niemanden außer den Urheber der Theorie. Für Forbes gehörte Venetz' Gletschertheorie derselben phantastischen Schule an. Einem Naturwissenschaftler wie Forbes leuchtete das Fundament der tatsächlichen Erfahrung der Lyellschen *Principles of Geology* unmittelbar ein. Forbes repräsentierte genau die Art gebildeter Naturwissenschaftler, die Lyell für sich gewinnen wollte.

Lyell hatte während der 20er Jahre des 19. Jahrhunderts damit begonnen, eine wissenschaftliche Geologie zu begründen, eine Geologie, die in Lyells Worten »philosophisch« war. Sein Vater wollte, daß er Anwalt werde, und weil er ein pflichtschuldiger Sohn war, legte er zunächst seine Juraprüfungen ab, obwohl sein Interesse der Geologie galt. Er hatte William Bucklands Geologieseminar in Oxford besucht und einen außerordentlich guten Eindruck auf seinen Lehrer gemacht. Auf Bucklands Einladung reisten die beiden Männer 1824 zusammen durch den schottischen Great Glen, wobei sie sich alle berühmten Seen sowie die merkwürdigen geraden Schrammen ansahen, die in einige der Hänge der Highlands eingeritzt sind.

Im darauffolgenden Jahr, also 1825, begann Lyell, Artikel für die Geological Society of London zu schreiben, in denen er die schottischen Seenablagerungen der jüngsten Zeit mit alten geologischen Formationen um Paris herum verglich. Die Methode, aktuelle Vorgänge mit vorzeitlichen Formen in Beziehung zu setzen, war bereits ein anerkannter geologischer Ansatz. Auf diese Weise hatte Buckland viele Beiträge bestritten, und Lyell tat es ihm nach. Lyell wurde jedoch immer hitziger in seiner Überzeugung, daß allein diese Methode die einzig »philosophisch« korrekte Vorgehensweise darstelle. Zur selben Zeit schrieb Cuvier über die bedeutende Rolle von Katastrophen in der Naturgeschichte, eine Annahme, die Lyell als vollkommen »unphilosophisch« abtat.

In seinen *Principles* unterstellte Lyell den religiös orientierten Theoretikern, die alle Ungereimtheiten auf die Sintflut zurückführten, und den naturwissenschaftlich ausgerichteten Forschern wie Cuvier, die sich an Katastrophen hielten, daß sie demselben Aberglauben zuarbeiteten. Genauso sicher und vielleicht genauso bewußt, wie Kane seinen Plan verwirklichen würde, ein berühmter Held zu werden, hatte Lyell seine Lebensaufgabe gefunden. Lyell sollte der Verfechter der »philosophischen« Geologie werden, die aufzeigte, wie alle geologischen Gegebenheiten durch nachweisbare und aktuell noch wirksame Prozesse in Verbindung mit dem Zeitfaktor erklärt werden konnten. Wahrscheinlich fand Forbes' Treffen mit Venetz statt, bevor Lyell je auch nur das Geringste von Venetz' Theorie gehört hatte, aber nach Lyells Ansicht lag Forbes vollkommen richtig, als er die Idee eines großen Gletschers amüsant fand und sie einfach unbesehen verwarf.

Neuchâtel, Schweiz, November 1832 . . .

Kurz nach Forbes' Zusammentreffen mit Venetz traf Cuviers begabtester Schüler Louis Agassiz in Neuchâtel ein, einer Schweizer Kleinstadt mit etwa 6000 Einwohnern. Nichts vermag die Dürftigkeit der materiellen Ausstattung naturwissenschaftlicher Institute in dieser Zeit besser zu bezeugen als die miserable Stelle, die Europas vielversprechendstem Hochschulabsolventen angeboten wurde. Cuviers plötzlicher Tod hatte Agassiz' Pariser Karriere beendet, obwohl Cuvier ihn damit beauftragt hatte, eine umfassende Studie fossiler Fische zu erarbeiten. Für Naturwissenschaftler gab es weltweit nur sehr wenige Stellen, und Agassiz mußte alle seine Beziehungen spielen lassen, um eine erbärmliche

Stelle zu bekommen. Seine Mutter hatte ihm davon berichtet, daß in Neuchâtel ein *Collège* gegründet werden sollte und daß geplant sei, auch ein Museum für Naturgeschichte einzurichten. Jeder, der einmal ein Kleinstadtmuseum besucht hat, kann sich vorstellen, wie überaus mittelmäßig ein annehmbarer Museumskurator für Neuchâtel hätte sein können, und dennoch entschied sich Agassiz für die Stelle als Lehrer und Leiter des neuen Museums.

Er schrieb an Alexander von Humboldt, der seinerseits an den preußischen Bildungsminister schrieb, der sein Bruder Wilhelm war. Damals war Neuchâtel der letzte Schweizer Kanton unter fremder Herrschaft. Neuchâtel gehörte zum preußischen Hoheitsgebiet, obwohl der Kanton an der Grenze zu Frankreich liegt und nicht an Deutschland angrenzt. Humboldt korrespondierte in dieser Sache auch mit dem preußischen Gouverneur von Neuchâtel sowie seinem Freund Leopold von Buch, einem bedeutenden Berliner Geologen.

Durch diese tatkräftige Unterstützung bekam Agassiz die Stelle. Nun war es an ihm, ob er mehr aus ihr machen wollte als einen durch Gönnerschaft ergatterten und dennoch unbedeutenden kleinen Posten. Agassiz war 25 Jahre alt und kam so entschlossen und zuversichtlich in Neuchâtel an, als wolle er London oder Berlin erobern. Auf der Stelle lag ihm der Ort zu Füßen. Er kannte die Gegend gut, denn er war am 28. Mai 1807 in Motier, einem Dorf nicht einmal 20 Kilometer von Neuchâtel entfernt, geboren worden. Dieser Teil der Schweiz liegt westlich der Alpen und östlich von einer anderen, kleineren Bergkette, dem Jura. Abgesehen von den Bergen in der Ferne wird die Landschaft vom Neuchâteler See bestimmt, der sich lang und schmal dahinzieht.

Agassiz' Vater war ein protestantischer Pastor, der der Sohn eines Pastors und Enkel eines Pastors war. Tatsächlich war er Nachfahre von Pastoren, die bis zu seinem Ururgroßvater zurückverfolgt werden konnten. Nun hatte die Familie natürlich erwartet, daß Louis diese stolze Reihe fortführen würde, doch stellte sich früh heraus, daß seine Interessen auf einem anderen Gebiet lagen. Die Natur im allgemeinen und Fische im besonderen hatten es ihm angetan. Seine Eltern ließen ihm eine Erziehung zukommen, die die Entfaltung seiner Interessen förderte. Weil man von den Naturwissenschaften damals nicht leben konnte, studierte Louis Medizin, auch wenn er diesen Beruf nie ausübte. Statt dessen nutzte er seinen Abschluß als Entschuldigung, um nach Paris zu gehen; er gab vor, sich mit der Choleraepidemie befassen zu wollen. Dort angekommen, begann er, auf Cuvier, Humboldt und die wissenschaftliche Welt Eindruck zu machen.

Nun kam er als Lehrer nach Neuchâtel zurück, wo er doch als Arzt hätte arbeiten können. Viele Jahre später, als er selbst Vater erwachsener Kinder war, bezeichneten seine Kinder ihn als »Dampflok«, der die Energie nie ausging. Diesem Namen machte er von dem Moment an, in dem er die Stadt erreichte, alle Ehre. Er ließ sich weder Zweifel noch eine etwaige Enttäuschung anmerken, sondern schien von überschäumendem Tatendrang.

Gleich im November 1832 begann er mit dem Unterricht. Im Dezember hatte er bereits die Neuchâteler Gesellschaft für Naturwissenschaften ins Leben gerufen, auch wenn es schwerfällt, sich vorzustellen, wie diese Gesellschaft mit ihren sechs Amateurmitgliedern und dem überaus begnadeten Leiter ausgesehen haben mag. Und doch wurde diese Gruppe mit der Zeit sehr hilfreich. Die Mitglieder, einige jedenfalls, arbeiteten viel und voller Selbstbewußtsein. Zwei Jahre später, im Sommer 1835, kam Lyell durch Neuchâtel und fand in Agassiz' Abwesenheit mehrere Einwohner vor, die ihm spannende Führungen zur Geologie der Umgebung von Neuchâtel geben konnten. Agassiz hatte von Anfang an fossile Fische untersucht. Er hatte sogar einen Illustrator eingestellt, einen Künstler namens Joseph Dinkel, den er schon in München als Student beschäftigt hatte. Es klingt zwar merkwürdig, daß ein Student einen Künstler von den Unterhaltszahlungen seiner nicht gerade reichen Eltern entlohnen konnte, doch Agassiz legte einfach viel mehr Wert auf seine Arbeit als auf sein Geld. Viele Jahre später hielt Ralph Waldo Emerson in einem seiner Notizbücher fest, man erzähle sich von Agassiz folgendes: Wenn ihn jemand bat, einen Vortrag zu halten oder eine andere bezahlte Tätigkeit auszuüben, antwortete er, daß er seine Zeit nicht mit Geldverdienen verschwenden könne.

Tatsächlich war Agassiz ganz mit unbezahlten Aufgaben eingedeckt. Fossile Fische zum Beispiel brachten ihm gar kein Geld ein, und doch beschäftigte er sich mit ihnen sogar im Schlaf. Für eines seiner Projekte mußte er einen im Gestein eingeschlossenen Fisch herauslösen, der nur halb zu sehen war, die andere Hälfte war im Stein verborgen. Es war an Agassiz, den Stein abzuschlagen, ohne das Fossil zu zerstören – eine Aufgabe, die nur gelingen konnte, wenn man wußte, wie das Fossil in den Stein gebettet war. Aber wie sah dieser unbekannte Fisch überhaupt aus? Cuvier hatte eine Methode entwickelt, mit der man die Anatomie eines Tieres aus den vorgefundenen Knochen erschließen konnte, Agassiz mühte sich tagelang mit dem Fossil ab. Eines Nachts erträumte er die Form des Fisches, aber am nächsten Tag, als er dem Stein gegenüberstand, konnte er sich nicht mehr an das im Traum Gesehene erinnern. In der folgenden Nacht sah er den Fisch noch einmal, und wieder hatte er seinen Umriß am Tag vergessen. In der dritten Nacht nahm er ein Blatt Papier und einen Bleistift mit ans Bett, und als er abermals von dem Fisch träumte, wachte er auf und skizzierte ihn sofort. Tags darauf brach er das Fossil aus dem Stein. Es entsprach genau seiner Skizze.

Während dieser frühen Periode in Neuchâtel scheint Agassiz auch sein Verhältnis zur Religion geklärt zu haben. Als Nachkomme einer Reihe von Pastoren, die sich fast 200 Jahre zurückverfolgen ließ, war ihm der Widerspruch zwischen den Erkenntnissen der Naturwissenschaften und der biblischen Geschichte zutiefst bewußt. Die Chronologie der Genesis war falsch. Der Tod war schon lange vor Adams Fall in die Welt getreten. Es hatte keine Sintflut gegeben. 1830 entsetzten solche Meinungen noch viele Menschen, doch Agassiz fand in seinen fossilen Fischen eine gewisse Beruhigung. Zum einen bestätigten sie das Dasein eines Schöpfers. Agassiz schloß sich Cuviers Ablehnung von Lamarcks evolutionären Ideen an, er war der Meinung, »daß Arten nicht unmerklich ineinander übergehen, sondern unerwartet auftauchen, ohne unmittelbare Verbindung mit ihren Vorgängern«. Zum anderen ließen seine Versteinerungen erkennen, daß die Fische so optimal für ihre Bedürfnisse ausgestattet gewesen waren, daß sie mit Sicherheit das Ergebnis eines intelligenten Plans darstellten. Der Schöpfer verfolgte ein Ziel, indem er alles so tat, wie er es tat, und daraus folgt, daß auch unser Leben eine Bedeutung hat.

Heute wissen wir, daß Agassiz zwar ein leidenschaftlicher junger Mann war, ehrgeizig und mit einem Kopf voller Fakten, daß er sich das große Bild der Naturgeschichte jedoch falsch ausmalte. Doch unrecht zu haben ist selbst in den Naturwissenschaften manchmal gar kein schlechter Anfang. Die drei ausschlaggebenden Personen in unserer Geschichte über die Entdeckung der Eiszeit gingen zunächst über das Große Eis in die Irre. Agassiz wurde in der Schweiz geboren, wuchs dort auf und arbeitete in der Nähe der höchsten alpinen Gletscher, aber das Eis scheint ihm nie aufgefallen zu sein. Elisha Kane trat seine Expedition zur Nordspitze Grönlands in der Erwartung an, dort Eis vorzufinden, das immer dünner wurde, um schließlich ganz zu verschwinden, wenn man sich dem Pol näherte. Charles Lyell hatte die Schweiz bereist und war quer über die Gletscher des Mont Blanc geklettert, doch war ihm die Tatsache entgangen, daß Eis die Landschaft umgestaltet. Und doch sollten diese drei Männer diejenigen sein, die der Welt die Eiszeit verständlich machten.

KAPITEL ZWEI

Taten gegen Unwissenheit

Elisha Kent Kane auf dem Weg ins Große Eis • Britische Geologen ehren einen Schweizer Kollegen • Können Findlinge schwimmen? • Fünf Monate zu Fuß durch die Alpen • Karpfen und Rhabarber haben eine Idee • 140 Tage in der Dunkelheit • Louis Agassiz redet sich um Kopf und Kragen

St. John's, Neufundland, 17. Juni 1853 ...
Elisha Kent Kane ist derjenige, dessen Bewußtsein einer größeren Verpflichtung am zweifelhaftesten erscheint. Von den dreien lagen ihm Ehre und Ruhm am meisten am Herzen. Offiziell hatte er ein bestimmtes Ziel – Sir John Franklins Mannschaft zu finden, tot oder lebendig –, aber dieses Ziel war eher illusorisch als realistisch. Wie für andere Abenteurer war dieses Ziel für ihn nur ein Vorwand, um in den Norden zu gelangen und seinen Namen in den Landkarten zu verewigen. Diese romantisch überhöhte Ausflucht machte Kane für die eher alltäglichen Beweggründe seiner Mannschaft blind. Sie brauchten Arbeit. Sie waren neugierig. Sie dachten, sie könnten behilflich sein. Kane fehlte eine der elementarsten Anforderungen eines Expeditionsleiters: der Instinkt, warum ihm seine Leute folgen.

Kanes Schiff, die *Advance*, hatte in Neufundland angelegt, um die Vorräte aufzustocken. Der Gouverneur von Neufundland gab ihm noch ein Gespann Hunde mit auf den Weg, die helfen sollten, die Schlitten zu ziehen. Die Hunde aus Neufundland waren wilder als domestizierte Rassen, und es handelte sich auch nicht um ein einzelnes Tier. Anfängern war es unmöglich, dieser Meute halber Wölfe mit der unabdingbaren Härte gegenüberzutreten. So markierte die Ankunft der Hunde das Ende des Friedens auf der *Advance*.

St. John's bot die letzte Gelegenheit, Briefe zu verschikken. In einem seiner Briefe an seine Schwester ironisierte Kane die Annehmlichkeiten einer Expeditionsleitung:

»Schnell – so empörend schnell für unsere höhere Natur – lernen wir, die Vergünstigungen des Zufalls für uns in Anspruch zu nehmen – und dieses Getue um meine Autorität fällt mir leicht, es ist, als wäre es ein natürlicher, ein wesentlicher Teil meines eigenartigen Selbst. Das beste Stück bei Tisch – der beste Platz an Deck – das Lachen über einen schlechten Witz – das geheuchelte Verstehen eines guten – das ehrerbietige Annehmen einer absurden Idee – das Aufspringen auf eine Bitte oder einen Vorschlag – all das ... nimmt er so natürlich hin wie er sich eine Bürgermeisterpfeife stopft – wie er raucht, pafft, innehält und sie weglegt, so wie es ihm gerade paßt – ich *höchstpersönlich*.«

Diese ironische Auffassung von Führung ist an Bord eines Schiffes sicherlich vollkommen fehl am Platz. Kanes Mannschaft bemerkte schnell, daß ihr Kapitän zögerte, sich durchzusetzen, wenn sein Durchsetzungsvermögen gefragt war. Seine Kraftlosigkeit unterstrich den schlechten Eindruck. Er hatte einfach nicht die Ausstrahlung eines Helden. Einer aus der Mannschaft, Henry Goodfellow, schrieb, daß Kane am Anfang »den niedergeschlagenen Eindruck eines geschwächten Invaliden« machte. Als das Schiff in See gestochen war, fügte Goodfellow hinzu, »hatte er seine Spannkraft bis zu einem gewissen Grad wiedergewonnen, doch ging es ihm gar nicht gut, geschweige denn, daß er kräftig gewesen wäre«.

Nachdem sie zwei Tage vor Kanada geankert hatte, segelte die Brigg weiter nach Grönland und überquerte den Polarkreis. Die meisten Menschen haben nur eine vage Vorstellung von den Breiten nördlich von St. John's. Obwohl St. John's auf dem 47. Breitengrad gelegen ist, dem Äquator fast so nah wie dem Nordpol, lebt weniger als ein Prozent der Bewohner der Neuen Welt nördlich davon. Kane steuerte einen Punkt jenseits des magnetischen Nordpols an. Das Schiff war fast zwei Wochen gen Norden unterwegs, als es das Dorf Fiskernaes an Grönlands Südspitze erreichte.

Mit seinen verstreut stehenden Hütten sah Fiskernaes wie ein Ort im Wilden Westen aus. Im Hintergrund erhoben sich majestätisch die Berge, die den Neuangekommenen eine erste Ahnung der furchterregenden grönländischen Eisdecke vermittelten. Bei der unerwarteten Ankunft eines Schiffes kamen alle Dorfbewohner – zum Großteil dänische Pioniere – herbeigelaufen. Die Entdecker hatten sich in eine Sphäre begeben, die jenseits der Vorstellungskraft zivilisierter Kartenbetrachter lag. Niemand konnte erahnen, daß das Reisen durch die nördliche Wildnis von einer eigenartigen Blockade erschwert wird, von dem, was Kane als die wesentliche Eigenschaft der Baffin Bay ansah – ihr »Mitteleis«.

Wenn man einen Blick auf die Karte wirft, scheint der beste Weg genau durch die Mitte der Baffin Bay zu führen, doch hier ist die Bucht so unpassierbar wie das Himalaja-Gebirge. Treibeis und Eisberge, die von Norden herunterdriften, haben sich hier fest ineinander verkeilt. Schiffe können nicht an jeder beliebigen Stelle zwischen der kanadischen und der grönländischen Küste hin- und herkreuzen. Walfänger kannten ein paar schiffbare Rinnen durch dieses »Mitteleis«; für sie war die Kenntnis dieser Routen lebenswichtig. In diesen Gewässern folgten die Schiffe meistens dem Verlauf der grönländischen Küste, auch Kane machte hier keine Ausnahme.

Im nördlichen Grenzgebiet zur Wildnis nahmen sie weitere Hunde auf, die noch wilder als die aus Neufundland waren, und ein wichtiger Mann stieß zu ihnen. Kane heuerte den Eskimo Hans Christian an. Zum Beweis seiner Fähigkeiten erlegte Hans einen Vogel mit dem Speer, woraufhin ihn Kane sofort an Bord nahm. Hans konnte jagen und in der Kälte überleben. Das sollte sich für die Expedition als entscheidend herausstellen. Man kann sich nur schwer vorstellen, wie die Crew ohne ihn hätte überleben sollen. Und dennoch stieß er erst in letzter Minute und eher zufällig zur Mannschaft. Kane war nämlich eingefallen, daß es nützlich sein könnte, einen Jäger dabeizuhaben, der das Futter für die Hunde besorgte. Vielleicht verdeutlicht nichts die ungeheure Ahnungslosigkeit über das Große Eis besser als ebendiese zufällige Art, wie Hans zur Crew stieß. Niemand ahnte, daß sie sich in eine Gegend der Welt begaben, die so unwegsam war, daß ihr Schiff als kühler Sarg in einem Meer aus Eis enden könnte.

Als sie an der Küste entlang segelten, skizzierte Kane die Landschaft, und an den Details kann man erkennen, daß ihm die geologischen Auswirkungen des Eises bewußt waren. Er zeichnete einen Abschnitt der Küste und schrieb dazu, daß die Klippen zwischen zwei Punkten, die er markiert hatte, aufgrund des Eisabschliffes vollkommen glatt seien.

Upernavik war die letzte Handelsniederlassung an der grönländischen Küste. Danach kamen noch ein paar Fischerdörfer, und dann lag das Grenzgebiet hinter ihnen. Weiter nördlich gab es keine Siedler mehr. Sogar die Walfänger wagten sich meistens nicht weit weg von Upernavik. Hier öffnet sich das »Mitteleis« und gibt einen Weg zum kanadischen Ufer der Bucht frei. Auf der grönländischen Seite liegt die Melville Bay in einiger Entfernung von Upernavik. Hier schiebt sich das Inlandeis Grönlands bis an die Küste und macht jegliche Ansiedlung unmöglich. Im Wasser treiben so viele Eisberge, daß Schiffe normalerweise abdrehen. Hier finden sich all die Eisberge, die Lyell fälschlicherweise an Grönlands Ostküste plaziert hatte. Höchstwahrscheinlich löste sich irgendwo hier sechzig

Jahre später der Eisberg, der der *Titanic* zum Verhängnis wurde. Kanes Route verlief genau durch diese Bucht.

In Upernavik konnte man von der *Advance* einen letzten Blick auf die Zivilisation werfen. Dort wurde ein weiterer Seemann an Bord genommen, ein englischsprechender Däne namens Carl Petersen, der nicht nur die Sprache der Eskimo beherrschte, sondern auch wußte, wie man Schlittenhunde führt. In seinem Tagebuch murrte Petersen, daß die Mannschaft schlecht geführt zu sein scheine, doch er stieß dazu, und dann legte die Brigg ab zur Melville Bay.

London, 24. Februar 1834 . . .

Charles Lyells Bekanntschaft mit Louis Agassiz begann mit einem auf französisch verfaßten Brief:

»Sehr geehrter Herr,
es bereitet mir eine große Freude, der Überbringer guter Nachrichten sein zu dürfen. Die Geologische Gesellschaft zu London hat mich beauftragt, Ihnen Kenntnis davon zu geben, daß Sie den diesjährigen Dr.-Castor-Preis gewonnen haben ... Rat und Vorstand der Geologischen Gesellschaft befanden ihre *Recherches sur les poissons fossiles* für preiswürdig.«

Agassiz' erstem Band seines schließlich fünf Bände umfassenden Werkes über fossile Fische wurden 30 Guineas zugesprochen. Dieses Buch beeindruckte die hervorragendsten Naturwissenschaftler in Deutschland, Frankreich und England. Den englischen Preisverleihern hatten es die Liebe zum Detail angetan, die profunden naturgeschichtlichen Kenntnisse sowie die Schönheit und Genauigkeit der Illustrationen. Jetzt wurde der ungewöhnliche Einfall, einen eigenen Illustrator einzustellen, belohnt. In Agassiz' *Recher-*

ches sur les poissons fossiles konnte man genau betrachten, wie diese versteinerten Fische aussahen, und man erfuhr, welche Rolle sie aus erdgeschichtlicher Perspektive einnahmen. Es gab in Europa möglicherweise nur einen Verleger, der bereit war, soviel Geld und Aufmerksamkeit aufzuwenden, wie dieser Bildband benötigte, um hervorragend zu werden, und das war Agassiz' selbst. Er hatte in Neuchâtel eine eigene Druckerei gegründet, damit er drucken konnte, was er wollte und wie er es wollte, in Ausgaben, die so aufwendig gestaltet waren, wie es ihm vorschwebte.

Mit Lyells Würdigungsschreiben begann die lebenslange Verbindung dieser beiden Männer. Sie bestand aus einem Teil Freundschaft und zwei Teilen Rivalität, viel gegenseitiger Achtung und etwas Bitterkeit.

Lyell als eingeschworener Gegner der Katastrophentheorie Cuviers und Agassiz als dessen ergebener Erbe schienen nicht gerade prädestiniert, die allerbesten Kollegen und wechselseitigen Unterstützer zu werden. Agassiz' Fossilienstudie leistete weit mehr, als einen blinden Fleck auf der Karte paläontologischen Wissens auszufüllen. Die Geological Society of London, für die Lyell die Korrespondenz führte, hatte Agassiz diesen Preis in Anerkennung seiner Verdienste um die geologische Grundlagenforschung überreicht. Aus britischer Sicht leistete niemand wichtigere geologische Arbeit als Agassiz. Seine Untersuchungen lieferten den Schlüssel, mit dessen Hilfe die Chronologie geologischer Ereignisse erkannt werden konnte.

Untersuchungen von Versteinerungen waren damals der aufregendste naturwissenschaftliche Durchbruch. Wie die moderne DNA-Analyse versprachen diese Forschungen, eine Geschichte zu offenbaren, die bis dahin jenseits menschlicher Kenntnis gelegen hatte. Gegen Ende des 18. Jahrhunderts erkannten die Geologen allmählich, daß sich aus den Schichten von Sedimentgesteinen die Erdgeschichte ablesen läßt. Sie zeichneten Profile ab – Querschnittsansichten der Erdkruste –, wie sie sich in zahllosen Flußufern, in Wänden von Schluchten oder in Gebirgen zeigten. Die übereinander liegenden Schichten, das sagt einem der gesunde Menschenverstand, können nur so entstanden sein, daß sich jüngere Schichten auf den schon vorhandenen, also älteren abgelagert haben. Was in der Schichtenfolge höher liegt, ist also auch jünger – dieses Prinzip hatte schon im 17. Jahrhundert der dänische Naturforscher Niels Stensen, genannt Steno, erkannt.

Im frühen 19. Jahrhundert beschäftigten sich Geologen damit, die Gesteinsschichten zu kartographieren. Zum ersten Mal waren sie in der Lage, eine erdgeschichtliche Chronologie zu erstellen. Ein Mann wie William Buckland gewann vielversprechende Köpfe für die Geologie, indem er seine Studenten auf einen Hügel führte, von dem aus man das Themsetal überblicken konnte. Von dort oben machte er sie auf Einzelheiten am Flußufer und der angrenzenden Landschaft aufmerksam, aus denen man auf die Geschichte der Umgebung schließen konnte. Auf seine klugen Studenten übte das eine ungeheure Faszination aus, all die Linien und Schichten, die sie vorher nie beachtet hatten, erzählten von vergangenen Epochen.

Doch Gesteinsuntersuchungen sind eine zwiespältige Sache. In England gibt es Kalkstein, und die Berge entlang der Grenze zwischen Frankreich und der Schweiz bestehen zum großen Teil ebenfalls aus Kalkstein. Lassen sie sich derselben Ära zuordnen? 1815, weniger als 20 Jahre bevor Lyell das erste Mal an Agassiz schrieb, machte der britische Geologe William Smith geltend, daß man mit Hilfe von Fossilien eine Verbindung zwischen Formationen beweisen könne. Die Schichten liefern die geologische Zeitenfolge einer Region, und die in ihnen eingeschlossenen Fossilien geben an, wann die jeweiligen Lebewesen auftauchten beziehungsweise ausstarben. Wollte man also die Entstehung des englischen mit dem Schweizer Kalkstein in Verbindung bringen, so lag das Geheimnis darin, die Fossilien miteinander zu vergleichen.

Der erste spektakuläre Erfolg in der erdgeschichtlichen Zeitbestimmung bestand darin, verschiedenen »Beweisen« der Sintflut den Boden zu entziehen. Englische Geologen, allen voran William Buckland, hatten mehr als genug Spuren von etwas gefunden, was sie das *Diluvium* nannten, Überreste der Sintflut. Diese bestanden vor allem aus versprengten Felsbrocken, aus merkwürdigen Erdschrammen und dem vermeintlich von einer gewaltigen Überschwemmung zurückgebliebenen Gesteinsschutt. Um 1830 wurde es jedoch augenfällig, daß sich das Diluvium nicht Resultat eines einzigen, strapaziösen, 40 Tage währenden Ereignisses sein konnte. Mit der Widerlegung wesentlicher biblischer Stellen erlangte die Geologie langsam den Rang einer ernstzunehmenden Naturwissenschaft.

Lyells Brief an Agassiz brachte Englands Anerkennung für den Kampf des Schweizer Lehrers an der Front der damals stattfindenden geologischen Revolution zum Ausdruck. Seine Arbeit war grundlegend, weil in vielen Gesteinsschichten Fische und Mollusken zugleich erhalten waren. In Agassiz' *Recherches* wurden viele dieser fossilen Fische katalogisiert und zeitlich zueinander in Beziehung gesetzt. Agassiz konnte auch aufzeigen, welches Süß- und welches Salzwasserfische waren. Das versetzte die Geologen in die Lage zu bestimmen, ob sie es jeweils mit den Ablagerungen eines Sees oder eines Meeres zu tun hatten.

Der 27jährige Wissenschaftler erstaunte die britischen Geologen. Er wußte bereits so viel über Naturgeschichte, daß er detailliert Aufschluß über im Wasser abgelagerte Gesteinsschichten geben konnte. Zu jener Zeit gab es in England scharenweise Amateurgeologen, die sich intensiv mit den Gesteinsformationen ihrer Heimat beschäftigten. Dank Agassiz hatten sie plötzlich klare Illustrationen und Angaben, mit deren Hilfe sie die Zeitbestimmung ihrer örtlichen Schichtenfolgen angehen konnten. Für die Erstellung eines derartig wertvollen Handbuches war Lyell bereit, sogar einen Schüler von Cuvier zu ehren.

Der Preis, der ihm von der Geological Society of London verliehen wurde, war einer von vielen, die ihm seine *Recherches sur les poissons fossiles* einbrachte. Er wurde auch von naturwissenschaftlichen Gesellschaften in Berlin und Paris geehrt. Die britische Geologie stand jedoch am Beginn einer besonders fruchtbaren Epoche. Amateure erarbeiteten lokale Zeitbestimmungen, und führende Geologen wie Buckland, Lyell und Roderick Murchison bemühten sich gemeinsam, das Bild der geologischen und biologischen Geschichte ihrer Insel zu ergänzen. Zu Beginn dieser erfolgreichen Periode hießen die britischen Geologen ihren Schweizer Kollegen Agassiz willkommen.

Luzern, Juli 1834 …

Der Vorsitzende der Schweizer Gesellschaft für Naturwissenschaften rief die Mitglieder zur Ordnung, und einer nach dem anderen trugen sie ihre gelehrten Abhandlungen vor. Natürlich war auch Agassiz anwesend. Zu dieser Zeit lebte er bereits seit zwei Jahren in Neuchâtel und hatte dort unzählige Projekte in Angriff genommen, Geld ausgegeben, das nicht vorhanden war, und war immer neuen Ideen hinterhergejagt. Seine Neuchâteler Gesellschaft für Naturwissenschaften bot ihm eine würdige Plattform für die Präsentation seiner Aufsätze, und er zog alle Vorteile aus der Situation. In seinem Verlag mit der angeschlossenen Druckerei gab es auch viel zu tun. Großzügigerweise hatte Alexander von Humboldt den preußischen König Friedrich Wilhelm III. dazu überredet, Agassiz zu unterstützen.

Während dieser Zeit hatte Agassiz auch noch eine freie Minute gefunden, in der er rasch heiratete. Seine Braut Cécile war die Schwester seines Klassenkameraden und besten Freundes Alexander Braun. Sie fand den Preis, den es kostete, mit einem bedeutenden Mann verheiratet zu sein, schnell heraus: Seine Gedanken kreisten nicht um häusliche Probleme. Agassiz war immer beschäftigt und oft unterwegs. Es machte ihm gar nichts aus, seiner jungen Frau mitzuteilen, daß er zu einer Konferenz nach Luzern müsse und nicht sagen könne, wann er zurückkäme.

Die anderen Teilnehmer der Luzerner Tagung waren nicht ganz so besessen, aber auch sie brachten der Wissenschaft Opfer. In Europa gab es damals nur sehr wenige Männer, die ihren Lebensunterhalt als Naturwissenschaftler verdienten – und schon gar nicht mit naturgeschichtlichen Untersuchungen. Vollzeitnaturwissenschaftler waren meistens wohlhabende Exzentriker. Der bedeutendste deutsche Geologe war der vermögende Leopold von Buch, der seine Expeditionen zu entlegenen Orten mit seinen privaten finanziellen Mitteln bestritt. Ohne solche Rücklagen brauchte ein Naturwissenschaftler eine feste Anstellung und genug Liebe zur Wissenschaft, um nebenher noch sein Möglichstes zu geben.

Auf der Luzerner Tagung war Jean de Charpentier ein typischer Vertreter der finanziell schlecht ausgestatteten Forscher. Tagsüber arbeitete er als Direktor der Salzmine in Bex, nicht weit entfernt von den höchsten Schweizer Bergen. In seiner Freizeit widmete er sich geologischen Forschungen und pflegte seine europaweiten Kontakte. Er war zusammen mit Alexander von Humboldt und Leopold von Buch zur Bergbauschule gegangen – damals der einzige Ort, an dem man etwas über Geologie und Mineralogie lernen konnte. Er war Mitglied der Naturwissenschaftlichen Gesellschaften von Breslau, Dresden, Hanau, Lausanne, Leipzig und Marburg. Er war auswärtiges Mitglied der Geological Society of London und vieler naturwissenschaftlicher Gesellschaften in Paris und den französischen Provinzen. Als Charpentier seinen Vortrag hielt, handelte es sich also um die Überlegungen eines allseits respektierten und anerkannten Forschers.

Sein Vortrag wurde allerdings alles andere als respektvoll aufgenommen. Er erklärte sich nämlich zum Konvertiten und vertrat Ignatz Venetz' Theorie, daß die Schweiz einst unter Gletschern begraben gewesen sei. Er unterbreitete sein Beweismaterial klar und anschaulich. Tatsächlich ist Charpentiers Vortragsmanuskript das erste Dokument, in dem die klassischen Beweise für die Existenz vergangener Gletscher zusammengetragen wurden. Obgleich er die Fakten gut präsentierte, schenkte ihm noch nicht einmal Agassiz – als Mann der Tatsachen – Aufmerksamkeit. Agassiz ignorierte den Vortrag, obwohl er Charpentier seit Jahren kannte und achtete. Vor seiner Zeit in Paris und seinem Studium in Deutschland war Agassiz in Lausanne am Genfer See zur Schule gegangen, und dort war Charpentier einer seiner Lehrer gewesen.

Die Anti-Gletscher-, Anti-Kälte-Haltungen jener Zeit waren dermaßen verinnerlicht und unangefochten, daß selbst die klügsten Forscher abweisend auf die Gletscheridee reagierten. Im Juli 1834 bestand das Wunder nicht in der Beschränktheit der Zuhörerschaft, sondern in Charpentiers Fähigkeit, seine eigenen Vorurteile zu überwinden. Er stellte sich vor diese Naturwissenschaftler wie ein bekehrter Sünder, der seine Fehler erkannt hatte. Charpentier hatte das erste Mal 20 Jahre zuvor, also im Jahr 1815, etwas von der Gletscheridee gehört. Damals hatte er den

Schweizer Bergbewohner Jean-Pierre Perraudin getroffen, der glaubte, daß das Rhonetal bis zur Stadt Martigny von einem Gletscher angefüllt gewesen sei. (Perraudin war nie weiter als bis nach Martigny gekommen und stellte deswegen keine Vermutungen darüber an, wie es dahinter aussehen mochte.) Die Grundlage seiner Behauptung sah er in der allzu starken Häufung erratischer Blöcke, die sich in der Talsohle verstreut fanden. Charpentier erinnerte sich: »Auch wenn ich ihm zustimmte, daß die erratischen Blöcke nicht vom Wasser transportiert worden sein konnten, fand ich seine Hypothese so ungewöhnlich oder sogar absonderlich, daß ich sie nicht für wert erachtete, sie zu untersuchen oder auch nur zu überdenken.«

In den dazwischenliegenden Jahren – also zwischen Charpentiers Gespräch mit Perraudin und der Präsentation seiner These in Luzern – übertünchte Charles Lyell die Schwierigkeiten, die bei der Fortbewegung erratischer Blöcke allein durch Wasser entstanden. Lyell hatte herausgefunden, daß Eisberge manchmal Felsbrocken mit sich führten. Wenn sie schmelzen, lassen sie ihre steinernen Passagiere einfach irgendwo liegen. Entsprechend konnten während vergangener Überschwemmungen, in denen das Land unter Wasser stand, Eisberge diese Findlinge getragen und fallengelassen haben. In den 1830er Jahren klang diese Erklärung plausibler als eine phantastische Gletschertheorie. Auch Agassiz war der Ansicht, daß Lyell wahrscheinlich recht hatte.

Charpentier änderte seine Meinung erst, als ihn Ignatz Venetz persönlich zu den Stellen im Rhonetal führte, wo er ihm zeigen konnte, was er meinte. Sehen Sie sich dies an, und hier, sehen Sie mal da, hatte ihn Venetz gedrängt und dabei insistiert, daß es sich um Gletscherspuren handele. Schließlich erkannte Charpentier die von Venetz gedeuteten Spuren. Er war gezwungen, sich zwischen seinen

Augen und seinen Vorurteilen zu entscheiden, und er entschied sich für seine Augen.

Genau darin bestand Charpentiers eigentliche Leistung. Er überwand seine Vorurteile und blickte auf eine neue Erklärung der Welt. Als Agassiz den Luzerner Vortrag hörte, war ihm eine solche Erkenntnis nicht vergönnt. Charpentier hätte die Fähigkeiten eines Dichters besitzen müssen, um seine Zuhörer zu inspirieren. Er war jedoch ein Wissenschaftler, der Fakten vortrug – und den niemand ernst nahm.

Vor Wilcox Point, Grönland, 27. Juli 1853 …

Eisnebel hinderte die freie Sicht auf die Gewässer, als die *Advance* in der Melville Bay eintraf. Kane, der angespannt in den weißen Nebel starrte, erkannte das dahintreibende Eis, das sie sicherlich umgeben mußte, nur schemenhaft. Jeden Moment konnte ein Eisberg aus dem gefrorenen Dunst auftauchen. Auf seiner früheren Expedition hatte er genau hier einen 250 Meter hohen Eisberg kalben sehen.

Die Frage, die in diesem Nebel nicht zu beantworten war, lautete: War die Bucht zu dieser Jahreszeit noch passierbar? Walfänger versuchten normalerweise, sich dicht an der Küste in einer schmalen Fahrrinne entlangzuschlängeln, wobei sie etwaige Eisabbrüche von Gletschern geschickt umschifften, aber das klappte nur, wenn die Seeleute klare Sicht hatten und die Küstenroute noch offen war.

Als sich der Nebel lichtete, sah Kane, daß die Jahreszeit bereits zu weit vorangeschritten war. Der Eisrand an der Küste war aufgebrochen, die Küstenroute wurde trügerisch und unberechenbar. Selbst wenn es ihnen gelingen sollte, zehn oder auch 30 Seemeilen an der Küste voranzukommen, so konnten sie nicht wissen, was vor ihnen lag.

Auf dieser Route mußten sie etwa auf 120 Seemeilen an Gletscherfronten vorbeifahren. Sie konnten sich auch nicht darauf verlassen, daß der Fluchtweg in ihrem Rücken passierbar blieb. Der Schiffsarzt Isaac Hayes beschrieb die Szenerie als »unermeßliche, undurchdringliche Wildnis, die schlimmer und schlimmer wird«. Auf Kanes Befehl drehte die Brigg nach Westen ab, weg von der Küste.

Im Treibeis dieser tieferen Gewässer drifteten Eisschollen und Eisberge scheinbar regellos durcheinander. Die Eisschollen trieben jedoch von Norden herunter, während die Eisberge zumeist vom Ostufer der Bucht kamen. Um dieses Wirrwarr zu durchqueren, versuchte Kane, eine der Besonderheiten der sich ineinander verkeilenden Elemente zu nutzen. Während die Eisschollen nach Süden drifteten, hielten die Eisberge unmittelbar um sie herum einen nördlichen Kurs. Die Oberflächenströmung bewegte sich auf den Atlantik zu und führte die Eisschollen mit sich. Aber die Eisberge – von denen viele mehr als 30 Meter aus dem Wasser ragten – reichten Hunderte von Metern unter den Wasserspiegel. Dort unten verlief die Strömung nach Norden, und sie schob die Eisberge mit sich. Kane hatte den Plan, die *Advance* an einem Eisberg zu vertäuen und sie nach Norden schleppen zu lassen.

Das war nicht gerade ungefährlich. Erstens ist schon das Festmachen am Eisberg mit großen Risiken verbunden. Einmal benötigte die Mannschaft acht Stunden, um ihr Schiff an den Eisberg anzuleinen. Zweitens sind Eisberge trügerisch. Die Männer waren noch voller Freude, weil ihnen das Vertäuen gelungen war, da wurden sie von lautem Geknall und walnußgroßen Eissplittern aufgeschreckt. Der Eisberg brachte seinen eigenen Hagel hervor. Sofort lösten die Männer das Schiff von dem, was dort vor sich ging. Sie schafften es knapp, bevor der Eisberg wie unter Kanonenbeschuß auseinanderbarst.

In der Bucht erwarteten sie noch mehr Überraschungen. So sahen sie ganz weit von der Küste zwei Eisbären auf Schollen dahintreiben, die sie als Futter für die Hunde erlegten. Dies war zur Zeit der Mitternachtssonne, in der es nie ganz dunkel wurde. Die Sonne beschrieb ihren Bogen und näherte sich dem Horizont, doch dann stieg sie wieder. Wenn sie sich zum vermeintlichen Untergang senkte, rötete sich der Himmel um sie herum, während der Rest der Welt in Grau getaucht wurde.

Inmitten dieser geheimnisvollen Welt rammte die *Advance* einen Eisberg und kenterte beinahe. Ein Beiboot wurde zerstört, die Brust der Galionsfigur aufgeschlitzt und der Klüverbaum weggerissen. Der Rumpf splitterte jedoch nicht, und die Mannschaft gab alles und rettete das Schiff.

Trotz ihrer Gefahren schienen die Eisberge die besten Begleiter in Grönlands unkartographiertem Norden. Kane ließ die Brigg erst an einen, später an einen anderen festzurren. Sein Sextant bestätigte, daß sie sich langsam – manchmal mit weniger als einer Meile die Stunde – in die richtige Richtung bewegten. Doch Kane war entsetzt, als er bemerkte, daß sein Eisberg sie näher an die Küste gezogen hatte, und sie sich einer »weißen Gletscherwand« gegenüber sahen.

Walfänger kannten diese Gletscherwand schon seit Jahrhunderten, die meisten Forscher und Naturwissenschaftler hingegen hatten noch nie etwas von ihr gehört. Wenn sich Amerikaner und Europäer überhaupt mit Gletschern beschäftigten, hatten sie die alpinen vor Augen. Auch Kane kannte die Schweizer Gletscher; denn er war auf seinem Heimweg von China über die Alpen gereist. Deswegen war ihm klar, daß man die alpinen Gletscher nicht mit denen der Melville Bay vergleichen konnte. Als er einen der Grönlandgletscher zu beschreiben versuchte, die er während seiner ersten arktischen Expedition untersucht hatte,

hatte Kane von dem berühmtesten Gletscher Europas – dem französischen Mer de Glace am Mont Blanc – gesagt, daß er auf dem Hang einer dieser Eishügel ruhen könne, während der Aletschgletscher, der größte europäische Gletscher, in eine ihrer Schluchten passen würde, so klein waren diese Gletscher im Vergleich zu denen Grönlands. Die ganze Küste hier war voller Fjorde, die Abbrüche der grönländischen Eisdecke mit sich führten. Es lag an diesem Inlandeis, daß man diese Gletscher unter keinen Umständen mit den alpinen vergleichen konnte. Das Mer de Glace und der Aletsch unterscheiden sich voneinander wie verschiedene Flüsse mit verschiedenen Quellen. Aber die Gletscher der Melville Bay stammen von ein und derselben immensen Eisdecke, die das grönländische Land unter sich begräbt. Die Gletscher der Bucht sind keine deutlich voneinander zu unterscheidenden Phänomene. Naturforscher wie jene, die Charpentier in Luzern hörten und sich das Große Eis und seine Auswirkungen vorzustellen versuchten, ohne etwas wie die glatte Gletscherwand der Melville Bay vor Augen zu haben, waren hoffnungslos verloren. Ihre Kenntnis der Schweiz machte sie blind für das, was sich in Grönland als Gletscher offenbarte.

Schließlich mußte sich die *Advance* von ihrem kostenlosen Eisberg-Schlepper trennen. Das Treibeis wurde dichter, je weiter sie nach Norden kamen, und allmählich gewann der Druck des Treibeises nach Süden über den Zug des Eisbergs nach Norden die Oberhand. Der Eisberg begann, sich mit dem Rest des Packeises Richtung Süden zu bewegen, also mußte Kane darauf vertrauen, daß die *Advance* den Rest des Weges durch das Eislabyrinth aus eigener Kraft schaffen würde. Keinem aus seiner Mannschaft traute Kane zu, eine Passage durchs Eis zu finden, und so verbrachte er seine Tage damit, in den Ausguck zu klettern, um dann die Passage von einer offenen Rinne zur nächsten aufzuzeigen.

Trotz alledem stand Kane der Sinn nach Dichtung: »Die Mitternachtssonne erhob sich über den Scheitel unseres bisherigen Freundes, des großen Eisberges, zündete an jedem Punkte seiner Oberfläche bunte Leuchtfeuer an und ließ das Eis um uns erglänzen, wie lauter Edelsteine und geschmolzenes Gold.«

Am 4. August 1853 segelten sie aus der Melville Bay heraus und erreichten verhältnismäßig offenes Wasser. Es hatte nur etwas länger als eine Woche gedauert, diese Barriere, die bis dahin nur selten durchquert worden war, zu überwinden. Walfänger segelten nur in Ausnahmefällen durch die ganze Bucht nach Norden. Die Franklin-Expedition war wahrscheinlich nicht so weit nach Norden vorgedrungen. Kanes erste arktische Expedition war nach Westen abgedreht, bevor sie soweit gekommen war. Kane war im Grunde eher Schiffsarzt und kein wirklicher Seemann, und doch hatte er genug »praktische Eiskenntnis«, um die Gletscherbarrikade zu überwinden. Der Rest der Reise sollte nicht mehr so gefährlich sein, einmal davon abgesehen, daß sie natürlich irgendwann zurück nach Süden mußten, quer durch dieselbe, von Eisbergen nur so wimmelnde Bucht.

London, 19. Februar 1836 . . .

Charles Lyell, der Präsident der Geologischen Gesellschaft, erhob sich zur Eröffnung ihres Jahrestreffens. Es war der Abend des großen, jährlich wiederkehrenden Ereignisses, an dem viele Mitglieder von auswärts teilnahmen. Auch prominente Londoner, die die regulären Sitzungen ausfallen ließen, erschienen zu diesem Treffen. Kaufleute aus Cornwall und Yorkshire, die sich auf der Suche nach Fossilien an monatlichen Exkursionen in die Umgebung beteiligten, waren in die Stadt gekommen. Und selbst aus anderen europäischen Ländern kamen Geologen angereist.

Obwohl Lyell nach eigener Einschätzung etwa 50 Tage zur Vorbereitung seiner Ansprache benötigt hatte, entwich seinen Lippen nichts Erinnerungswürdiges. Wie bei diesen Gelegenheiten üblich, gab er eine detaillierte Übersicht über die Erfolge und Ideen des vergangenen Jahres. Im Verlauf dieses Überblicks erwähnte er auch Charpentiers Theorie eines großen Gletschers, der die Alpen bedeckt habe, und er fügte hinzu, daß Charpentier »uns davon in Kenntnis setzt, daß seine Theorie nur eine Weiterentwicklung der zunächst von M. Venetz geäußerten sei«.

Diejenigen, die noch nie von Charpentiers Idee gehört hatten, nahmen die Erwähnung kaum zur Notiz. Diejenigen, die schon davon gehört hatten, erfuhren nun, daß es sich nicht lohne, mehr darüber zu wissen. Agassiz gehörte an jenem Abend zu Lyells Zuhörern. Wahrscheinlich war er der einzige in dem Raum, der auch Charpentiers Vortrag gehört hatte. Doch Agassiz war in dieser Sache ganz Lyells Meinung und stellte dessen Abtun der These nicht in Frage.

Lyell sprach an jenem Abend ausführlich über Darwins Briefe aus Südamerika. Seit Ende des Jahres 1831 segelte Charles Darwin auf der *Beagle* um die Welt. Den Großteil des Jahres 1835 hatte er mit der Erforschung der südamerikanischen Westküste verbracht, von der Magellanstraße bis nach Peru. Lyell konzentrierte sich auf Darwins ausführliche Untersuchungen der Anden. Darwin kam zu dem Schluß, daß die Anden über einen sehr langen Zeitraum von Kräften geschaffen wurden, die immer noch am Werke waren. Die Anden, so Darwin, heben sich immer noch. Die Berichte hörten sich an, als habe Lyell sie persönlich geschrieben, und das war auch kein Wunder. Darwin war noch immer Lyells begeistertster Anhänger.

Lyells Ansprache war im wesentlichen eine Kurzfassung

seines Buches. Er faßte den Forschungsstand der Geologie zusammen, wobei er die Arbeiten, die seine Theorien stützten, so wie die Darwins, besonders hervorhob, während er gegenläufige Ideen, wie die Charpentiers, herunterspielte. Lyell hatte nichts als Verachtung für Charpentiers Theorie übrig. Denn sie berief sich auf geologische Mechanismen, zum Beispiel Gletscheraktivitäten, die in seinem Buch nicht aufgeführt wurden. Sie knüpfte an französische – und das hieß katastrophische – Theorien über die Entstehung von Gebirgen an und setzte Gletscher von einer solchen Größe und Kraft voraus, wie sie Lyell zufolge in der heutigen Welt nicht vorkamen. Zieht man Lyells Verachtung für die Theorie Charpentiers in Betracht und die spöttische Reaktion auf dessen Vortrag in Luzern, so überrascht es, daß sich Lyell überhaupt die Mühe machte, sie zu erwähnen. Schließlich war er nicht dazu verpflichtet, jede geologische Veröffentlichung zur Kenntnis zu nehmen.

Offensichtlich brachte man jedoch Charpentiers Überlegungen neuerdings einiges Interesse entgegen. Sein Beitrag wurde im Sommer 1835 in Paris nachgedruckt, und in Zürich war gerade eine deutsche Fassung veröffentlicht worden. Wenn Lyells Hinweis sich auch auf das wachsende Interesse zurückführen ließ, so war seine Erwähnung der Theorie Charpentiers nicht angetan, es weiter zu entfachen.

Der Ansprache folgten weitere Tagesordnungspunkte. Agassiz wurde eine Medaille für seine Arbeit über fossile Fische verliehen, es war seine zweite in zwei Jahren. Als er endlich vortrat, wurde er mit Beifallsrufen begrüßt. Er zählte nun bereits zu den geachtetsten Naturwissenschaftlern Europas.

Bex, Schweiz, Sommer 1836 …
Charpentier hatte sein Haus in eine Art Sommersalon für Europas Gelehrte verwandelt. Zwei Jahre nach dem Luzerner Vortrag kam Agassiz mit Cécile zu Besuch. Cécile hatte eine Aufheiterung dringend nötig. Sie liebte ihren Ehemann, aber nicht ihre Lebensumstände. In Neuchâtel mit seinem Kleinstadtbürgertum fühlte sie sich wie in der Falle, und die Schweiz fand sie erstickend. Obwohl zu den Mäzenen ihres Ehemannes sogar ein König gehörte, gab Louis Agassiz wenig Geld für seine wachsende Familie aus. Im vergangenen Dezember war ihr erstes Kind, Alexander, geboren worden. Die Bedürfnisse seiner Ehefrau waren Louis Agassiz nicht vollkommen gleichgültig, und als er über einer Lösung grübelte, fiel ihm ein, daß Charpentiers Frau so wie Cécile Deutsche war. Vielleicht würde Cécile an ihrer Gesellschaft Gefallen finden. Außerdem lag Bex an der alten Straße im Rhonetal, die noch vor Cäsar datierte, und war damit Tor zum Wallis, dem Herzen der Alpen. Es war bestimmt ein wunderschöner Urlaubsort.

Bergsteigen kam gerade in Mode – viele der alpinen Gipfel wurden in den 1840ern erstmals erstiegen. Mit der Romantik hatte sich die Wahrnehmung der Gebirge verändert. Aus dunklen und gefährlichen Barrieren wurden nun majestätisch schöne Berge, die es wert waren, eingehend betrachtet zu werden.

Agassiz traf in Bex ohne festes Vorhaben und ohne eine abzuhakende Liste alpiner Sehenswürdigkeiten ein. Es ist nicht auszuschließen, daß er tatsächlich meinte, den Sommer genießen zu können, ohne allzu ernsthaft zu arbeiten. In Bex selbst gab es ein paar mäßig interessante geologische Erscheinungen, mit denen man sich die Zeit vertreiben konnte. Es gab eigenartige Gletschertöpfe am Fuße eines Steilabbruchs. Sie sahen aus, als seien sie von einem vorzeitlichen Wasserfall hinterlassen worden, der Löcher in den Fels gehöhlt habe, nur daß zu keiner Zeit ein Fluß oberhalb von Bex fließen konnte.

Ein weiteres Rätsel befand sich gegenüber von Bex, an der Bergwand bei dem Ort Monthey. In den Wäldern verstreut lagen die mysteriösen »Blöcke von Monthey«, riesige Granitbrocken, deren Seitenlänge zehn, 15 oder sogar 20 Meter betrug. Auch ohne jegliche Verzierungen durch Menschenhand waren sie so ehrfurchtgebietend wie die Ahnenstatuen auf der Osterinsel. Viele dieser Blöcke hielten sich übereinandergestapelt in der Balance, als seien sie von einem im Dunkel der Geschichte untergegangenen Stamm von Giganten dort aufgestellt worden.

In diesem Sommer war auch Ignatz Venetz bei Charpentier zu Besuch, und die beiden waren sich einig, daß ein Gletscher diese Brocken dorthin transportiert haben mußte. In dieser Hinsicht war Agassiz jedoch immer noch Parteigänger von Charles Lyell und zog dessen Erklärung vor, die Granitbrocken seien während einer großen Flut durch treibende Eisberge transportiert worden. Ein Blick auf die geographische Lage von Bex scheint Agassiz recht zu geben. Es gibt in Bex und seiner Umgebung keine Gletscher. In etwa 15 Kilometer Luftlinie erhebt sich der gletschergekrönte Les Diablerets. Dieser Gletscher hätte also einige Berge und Täler überwinden müssen, bevor er bei den Zwillingsorten Bex und Monthey angelangt wäre. Zudem fließt die Rhone mitten zwischen beiden Orten durch. Eine Überschwemmung ist in dieser Gegend wahrscheinlicher als ein Gletscher. Deswegen war Agassiz sich ganz sicher, daß er der Vernünftige der drei Forscher sei, und forderte Charpentier und Venetz zu einem geologischen Wettkampf heraus. Sie würden in die Alpen gehen und herausfinden, wer recht hatte.

Damit war die Muße des Sommers vorbei. Agassiz verbrachte fünf Monate mit der Erforschung dieses Teils der Schweiz, wobei er sich mit allen Einzelheiten, die mit dem Gletscher-versus-Wasser-Disput zusammenhingen, intensiv auseinandersetzte. Er lief weit ins Rhonetal hinein, reiste bis nach Zermatt in den Bergen am Matterhorn und erkundete die Hänge des Mont Blanc, um sich das Mer de Glace anzusehen, den Gletscher, den Kane später im Verhältnis zum grönländischen Inlandeis als unbedeutend abtun würde. Er kletterte auf den Les Diablerets, untersuchte den dortigen Gletscher, und sah sich Sohle und Wände des Rhonetals sehr genau an.

Zu der Zeit wußte Cécile schon, daß ihr Mann sie und ihren Sohn zurücklassen würde, wenn er wieder losschoß, um irgendein Naturphänomen zu erkunden, aber war es Charpentier und Venetz klargewesen, daß sie sich an einen Arbeitswütigen gehängt hatten, als sie Agassiz' Herausforderung annahmen? Wenn Agassiz mit der Wassertheorie recht gehabt hätte, so hätten die beiden das sicherlich ziemlich früh eingeräumt. Doch je länger die Untersuchungen dauerten, desto mehr gestand Agassiz sich ein, daß viel für die rivalisierende Theorie sprach. Und damit war sein Ehrgeiz um so mehr angestachelt.

Agassiz hatte entdeckt, daß oberflächlich zwar alles für seine These sprach, alle Einzelheiten aber das Gegenteil zu beweisen schienen. In Bex fließt die Rhone zwischen steilen Bergwänden nach Norden. Die Bauern der Region haben Erfahrungen mit den Fluten; sie konnten die Felder im Tal erst bestellen, nachdem ein System von Dämmen und Kanälen den Fluß einigermaßen unter Kontrolle gebracht hatte. Weniger als 20 Kilometer von Bex entfernt, in Martigny, knickt das Tal um 90 Grad nach Norden ab. Dieser abrupte Schwenk sowie der schmale Durchlaß des Tals an diesem Punkt hätten Gletscher daran hindern müssen, nach Bex vorzudringen – so schien es jedenfalls.

Hinter Martigny führt das Tal unter den berühmtesten alpinen Gipfeln vorbei. Im Norden liegen die Berner Alpen, zu denen die Jungfrau (4158 m) und das Finsteraarhorn (4274 m) gehören. Südlich des Tals liegen die Walliser Alpen mit ihren uralten Pässen zwischen Nordeuropa und Italien und das berühmte Matterhorn, ein nackter Felsfinger, der 4478 Meter hoch in den Himmel ragt.

Wer dem Lauf der Rhone folgt, ist unweigerlich von dieser spektakulären Landschaft beeindruckt, vielleicht sogar eingeschüchtert, aber es sind nicht allein die Gletscher, die für diesen überwältigenden Anblick sorgen. Das Wallis ist ein Schaufenster geologischer Kraft, doch all die Macht scheint von den Bergen auszugehen. Die Gletscher des Wallis erscheinen – von unten gesehen – nur als weiße Hauben hoch oben auf den Bergen. Nichts läßt hier an die Melville Bay denken, in der die Gletscher die Berge so offensichtlich beherrschen.

Im Wallis sind die Gletscher ein Segen. Alle großen Schweizer Flüsse, auch die Rhone, haben ihren Ursprung in Gletscherbächen. Wegen der hohen Berge zu beiden Seiten des Tals regnet es hier relativ wenig, und wenn die alpinen Gletscher nicht wären, wäre das Wallis noch viel trockener. Auf den ersten Hinweis, daß die Schweizer Gletscher mächtiger sind, als sie vom Tal aus erscheinen, stößt man also weit unterhalb von ihnen, dort, von wo aus sie wie entfernte Schneefelder aussehen. Die Gletscher sind die Lebensquelle des Tals.

Agassiz hatte sich noch nie mit entfernten Anblicken und distanzierten Betrachtungen zufriedengegeben. Auf dem Mont Blanc sah er einen Gletscher aus der Nähe. Das Mer de Glace sieht weniger rein aus, wenn man auf oder neben ihm steht, als wenn man ihn von unten aus kilometerweiter Entfernung betrachtet. Zum einen schiebt er Gesteinsschutt an den Seiten weg und vor sich her. Geologen sind daran gewöhnt, sich Landschaften anzusehen, die aus ordentlichen, übereinandergelagerten Schichten bestehen. Die von Gletschern zusammengeschobenen Moränen sind jedoch eine wirre Mischung aus groben und feinem Gesteinsschutt. Eine Moräne ist genauso ein zufälliger Schutthaufen wie der, den man auf Baustellen sehen kann, wo Bulldozer alles übereinanderschaufeln. Und in der Nacht, wenn die Bauarbeiter nach Hause gegangen sind, bleibt der Haufen als Zeichen für ihre fortschreitende Arbeit zurück. Das gilt auch für die Moränen um einen Gletscher. In der Nähe von Chamonix kann man neben der Endmoräne vor dem Gletscher und den Randmoränen zu beiden Seiten weitere Moränen sehen, die von einer Zeit zeugen, in der der Gletscher noch etwas größer war als heute.

In Chamonix konnte sich Agassiz davon überzeugen, daß Gletscher nicht einfach Schneefelder sind. Es ist ein Fehler, von den Alpen als »schneebedeckt« zu sprechen. Schneeflocken, die leise rieseln und hübsch aussehen, können einen Berg bedecken, aber auf den hohen Alpengipfeln liegt etwas anderes. Gletscher sind harte Eisgebilde. Obenauf liegt vielleicht Schnee, doch sind die Schneeflocken, wenn sie zusammengefroren sind, von einer so anderen Art, daß sie *Firn* genannt werden, um sie von dem eigentlichen Gletscher zu unterscheiden. Unter Firn versteht man Schnee, der noch nicht ganz zu Eis geworden ist. Firn schimmert wie Schnee und ist auch so weiß, er ist es, der die Alpen zum Glitzern bringt – und nicht das Gletschereis.

Der Unterschied zwischen Schneefeldern und Gletschern ist wie der Unterschied zwischen einem regennassen Feld und einem Fluß. Ein überflutetes Feld wird matschig, aber das Wasser fließt nirgends hin und es bewirkt auch nicht viel. Ein Gletscher jedoch ist nicht untätig. Er bearbeitet das ihn umgebende Land, häuft Moränen auf und schrammt die Felsen an seinen Flanken. Zwischen dem Gletscher, den er erkundete, und einer alten Moräne konnte Agassiz Stellen sehen, wo der Gletscher den Untergrund abgeschliffen und Gletscherschrammen als Visitenkarte hinterlassen hatte, die die Richtung seiner früheren Bewegung anzeigten.

In Chamonix, Zermatt und auf dem Les Diablerets wurde außerdem klar, daß Gletscher keine bloßen firnbedeckten Eisflüsse sind. Sie schieben nicht nur Moränen vor sich her, sie transportieren Felsbrocken und Steine auf ihrer Oberfläche, und in ihrem Inneren vermengt sich noch mehr Gesteinsschutt. Gletscher sind groß und unstabil, man sollte sie nicht für gigantische Eiswürfel halten. Im Verlauf eines Sommers kann ein Felsbrocken einen weiten Weg auf der Oberfläche eines Gletschers zurücklegen. Der Findling kann sich auf dem Gletscher kilometerweit fortbewegen, während sich auf der Oberfläche des Gletschers selbst kaum etwas zu rühren scheint, was darauf schließen läßt, daß das Abfließen des Eises große Wirkung hat. Wenn die Gletscher nicht mehr schmelzen würden, würde ihre Wachstumsgeschwindigkeit die Welt in Erstaunen versetzen.

All dies zeigten Charpentier und Venetz Agassiz, und obendrein zitierten sie noch Saussure. Dann zeigten sie Agassiz etwas weit von diesen Gletschern Entferntes. Sie führten ihn zu den ungeschichteten Erdhügeln an der Sohle des Rhonetals. Schon vor Jahren waren sie Venetz aufgefallen, und er hatte sich gefragt, was sie zu bedeuten hätten. Agassiz sah sie und erkannte, was zunächst Venetz und in seiner Folge Charpentier schon aufgefallen war. Diese Erdhügel bildeten die Moränen eines vergangenen Gletschers, der groß genug gewesen war, um das Tal auszufüllen.

Bei Martigny wendet sich die Rhone nach Norden, und die Felswände rücken viel näher aneinander heran. Was auch immer hier vorbeigekommen sein mochte, es mußte sich durch diese Enge quetschen. Wenn Wasser hier entlanggeschossen wäre, hätte es die Talsohle an dieser Stelle, wo der Druck und die Strömung am größten waren, erodiert. Doch ist es der obere Teil der Wände hinter Martigny, der abgetragen und poliert ist, genauso wie die Gletscher die Felsen in Chamonix abgeschliffen hatten. Als Agassiz in Bex stand, konnte er quer durch das Tal die Stellen erkennen, auf die ihn Charpentier aufmerksam machte, ganz weit oben, wo die Wand glattgeschliffen beziehungsweise geschrammt war. Nun konnte auch er erkennen, was hier geschehen war. Ein Gletscher, der hoch in das Tal hineinragte, hatte die hervorstehenden Teile der Felswände mit wenig Mühe weggeschrammt. In jenen Tagen hatten die Gletscher mehr Kraft als die Berge, und Agassiz war nun in der Lage sich vorzustellen, wie Täler, die sich auf eine Bucht wie die Melville Bay öffneten, aussehen mochten.

Charpentier und Venetz waren natürlich erfreut, daß der vielversprechendste junge Naturwissenschaftler Europas zu ihnen übergelaufen war, doch vielleicht fühlten sie sich von Agassiz' unstillbarem Wissensdurst auch ein wenig überfahren. Wollten sie etwa eine Pause machen? Agassiz mußte sich einen weiteren Berg ansehen. Wollten sie vielleicht einen Moment Ruhe haben? Agassiz redete mit der Geschwindigkeit und der Begeisterung eines Verrückten auf sie ein.

Agassiz schrieb nach München an seinen alten Kommilitonen Karl Schimper und bat ihn um Verstärkung. Genau wie Agassiz ließ sich Schimper von allem von der Natur faszinieren. Er war Botaniker mit einem unstillbaren Wissensdurst: Ihn interessierte einfach alles. Agassiz zeigte Schimper, was er gesehen hatte. In Bex gab es die rätselhaften Gletschertöpfe, Spuren vergangener Wasserfälle, die im Innern berghoher Gletscher hinabgestürzt waren. Die erratischen Blöcke von Monthey? Sie waren von einem Gletscher dorthin transportiert und zurückgelassen worden, als die Gletscher zu den weißen Flecken hoch oben in den Bergen wurden. Schimper sah und erkannte, was Agassiz ihm zeigte. Und Schimper teilte Agassiz' Begeisterung. Im November, als Agassiz schließlich seinen »Sommerurlaub« beendete und nach Neuchâtel zurückging, blieb Schimper noch dort, um die Untersuchungen des Wallis fortzuführen und Licht in eine rätselhafte vergangene Ära zu bringen, in der die gesamten Alpen unter Gletschern begraben waren.

Vor Cape Alexander, Grönland, 6. August 1853 ...

Der Smith Sound lag vor der *Advance*. Tagelang waren die Gewässer frei gewesen, seit sie die Melville Bay verlassen hatten, und nun war die Brigg dabei, die Grenze der kartographierten Welt zu überqueren. Die Linien der Atlanten und Globen der damaligen Zeit verloren sich an diesem Punkt im Ungewissen. Am Horizont flackerte ein Licht, als reflektiere ein großer Spiegel die Sonne. Zu der Zeit wußten bereits alle an Bord, daß Eis ein solches Flimmern verursachte. Offensichtlich segelten sie also nicht ins offene Polarmeer.

Am nächsten Tag stießen sie auf schweres Packeis, und hier sahen sie schließlich etwas, das undurchdringlicher war als die Melville Bay, ein unermeßliches Durcheinander von Schollen und Eisbergen, wenn auch nicht auszumachen war, woher die Eisberge kamen. Kane gab nicht sofort auf. Sein Plan war derselbe geblieben, den er seinen New Yorker Zuhörern unterbreitet hatte: Er wollte das Schiff so weit wie irgend möglich ins Eis zwingen, den arktischen Winter überstehen und sich schließlich mit der zurückkehrenden Sonne einen Weg ins offene Meer bahnen. Die Entdecker verbrachten ihre Tage damit, nach Spalten zwischen den Eisfeldern zu suchen und weiter vorzustoßen, sowie sie welche gefunden hatten.

Als sei das Eis nicht schon genug, machten die hungrigen Hunde sie nervös, »von denen die Mehrzahl reißende Wölfe genannt werden konnte«. Bald nachdem das Schiff in den Smith Sound gesegelt war, hatten sie das letzte Eisbärenfleisch gefressen. Kane sträubte sich dagegen, den Hunden das Dörrfleisch vorzuwerfen, das für die Männer gedacht war, also mußte die Mannschaft nicht nur Wege tiefer ins Eis suchen, sondern Beute für die Hunde erlegen, bergeweise Beute. Bei mehr als 50 Hunden reichte ein Seehund nicht weit.

Kane taufte den Ankerpunkt, an dem die *Advance* festmachte, Rensselaer Harbor, nach der New Yorker Familie seiner Großmutter. Hier wurde das Basislager für die gesamte Dauer ihres Aufenthaltes aufgeschlagen. Die Küste war niedrig und flach und stellte die Männer nicht vor die Schrecken einer Gletscherwand der Melville Bay, auch wenn sich in einiger Entfernung im Südosten eine Art Gebirgskamm hinzog. Tatsächlich war das Land offene Tundra. Wegen der Gräser, Moose und Vögel hatte man einen, wenn auch nicht gerade paradiesischen, so doch auch nicht höllischen Eindruck. Sie entdeckten auch einen Fluß, der klares Wasser mit sich führte.

Die Männer beschäftigten sich zunächst damit, die unmittelbare Umgebung zu erkunden, eine Aufgabe, die durch den konstanten Hunger der Hunde erschwert wurde. Von einer seiner Entdeckungstouren kehrte Kane mit zwei Vogelnestern zurück, die er als Teil seiner naturkundlichen Sammlung mit nach Hause bringen wollte. Doch einer der Hunde verschlang die Nester auf der Stelle. »Welch verwünschter Hundekrawall! Schlimmer, als hätte eine ganze Straße von Konstantinopel sich auf unser Deck ausgeleert!«

beschwerte sich Kane in seinem Journal. Trotz all der mit ihnen verbundenen Probleme waren die Hunde überlebenswichtig. Die Expeditionsteilnehmer konnten nicht hoffen, weiter mit dem Schiff voranzukommen. Was sie im nächsten Jahr entdecken würden, müßten sie über Land erreichen. Wenn es ein offenes Polarmeer gab, auf dem sie die Segel wieder hissen konnten, mußten sie sich von den Hunden dorthin ziehen lassen. Sie hatten Gummiboote mitgebracht, auf denen sie im eisfreien Meer weiterfahren wollten.

In der Zwischenzeit galt es Erkundungstouren zu machen. Kane beauftragte den Schiffsarzt zusammen mit dem Inuitführer, weit nach Süden vorzudringen, um herauszufinden, was jenseits der Tundra lag. An vielen Tagen übte Kane, einen Hundeschlitten zu führen. Die Tiere waren nicht wild, aber sie hatten ihren eigenen Willen. Man mußte sie äußerst hart anpacken, sonst machten sie, was sie wollten. Selbst wenn sie eingeschirrt waren und man es allem Anschein nach mit zahmen, guttrainierten Arbeitstieren zu tun hatte, gingen sie mit dem Schlitten durch, außer wenn der Mann einen Schlitten lenken und seine Peitsche benutzen konnte.

Die Hunde waren nicht stark genug, um das gesamte Gepäck zu ziehen, das sie bis zum Frühjahr brauchen würden. Daher war es notwendig, an der Route nach Osten so viel Proviant und Material wie möglich zu deponieren. So brauchten die Hunde nur leichtes Gepäck zu ziehen, das die Mannschaft auf ihrer Durchquerung des Landes immer wieder aufstocken konnte. Einige von ihnen müßten daher losziehen und Proviantlager einrichten, bevor der lange Winter einsetzte. Kane beschäftigte sich damit, seine Hunde abzurichten. Er konzentrierte sich vor allem auf die zehn, die er aus Neufundland mitgebracht hatte, weil sie am zahmsten waren.

150 Kilometer südlich der Brigg war die Vorhut plötzlich

an ihren Endpunkt gelangt. Sie waren auf das grönländische Inlandeis gestoßen. Dies war kein Fluß aus Eis, keine Gletscherzunge, die sich vorwärtsschob. Dies war ein Ozean aus Eis, eine Masse, die 1200 Meter hoch war und Grönland von einem Ende zum anderen bedeckte und von Osten nach Westen. Von hier kamen die Gletscher der Melville Bay, und die, die sie unterhalb von Upernavik gesehen hatten, sowie die, von denen andere nach der Erkundung der grönländischen Ostküste berichtet hatten. Von einer Anhöhe, die die Scouts hinaufgestiegen waren, als sie sich dem Gletscher näherten, konnten sie erkennen, daß sich die eisige Oberfläche im Süden und Osten bis zum Horizont erstreckte. Vor den beiden Männern lag mehr Eis, als sie in der ganzen Melville Bay gesehen hatten. Und tatsächlich lag vor ihnen mehr Eis, als irgend jemand je gesehen hatte, mit Ausnahme von ein oder zwei Seeleuten in der Antarktis und ein paar Eskimos vielleicht.

Kane lernte, mit den Hunden umzugehen. Er konnte sie inzwischen gut im Bogen ums Schiff lenken, und kleinere Exkursionen bewältigte er recht annehmbar. Er begann mit größeren Touren. Die Tiere waren auf eine merkwürdige Art halb wild und halb gezähmt. Wenn irgend etwas Freßbares auftauchte, konnte man sie immer noch nicht unter Kontrolle halten. Sie erbeuteten einen Käse aus dem Schiffslager und fraßen von den Moosen, die Kane gesammelt hatte. Sie teilten keine Bedürfnisse mit anderen Hunden, zum Beispiel sich an ein menschliches Wesen anzuschmiegen oder ihnen aus Zuneigung die Hand abzulecken. Allerdings waren sie wiederum nicht so wild, daß sie sich auf ein eigenes Territorium zurückgezogen hätten. Sie schliefen am liebsten in der unmittelbaren Umgebung der Brigg und wollten mit den Hundehütten, die die Mannschaft ihnen in einiger Entfernung gebaut hatte, nichts zu tun haben.

Die Anzeichen des kommenden Winters waren inzwischen unübersehbar. Spät im August begann die Sonne, die Tage durch ihren Auf- und Untergang wieder klar voneinander abzugrenzen. Am 10. September 1853 notierte Kane, daß die Vögel, von denen es bei ihrer Ankunft so überaus viele gegeben hatte, mit Ausnahme der Schneeammern alle nach Süden gezogen waren. Selbst wenn die Sonne am Himmel stand, waren die Temperaturen auf minus zehn Grad gefallen.

Die beiden Scouts kamen mit der Nachricht vom Inlandeis zurück. In dem Bericht, den Hayes, der Schiffsarzt, für Kane schrieb, erwähnte er, daß sie gesehen hatten, wie ein Meteorit ins Eis eingeschlagen sei. Sie konnten den Aufschlag aus der Ferne hören. Natürlich war es nicht möglich gewesen, nach dem Meteoriten zu suchen.

Am 25. September schickte Kane schließlich eine Truppe los, die der Küste so weit folgen sollte, wie es möglich war, um Proviantlager für die Erkundung im nächsten Frühjahr anzulegen. Ende September war die Eisdecke um das Schiff bereits mehr als 30 Zentimeter dick.

Kane übte weiter mit seinen Hunden. Er hatte den Umgang mit der Peitsche gelernt. Nun traf er wirklich das Tier, auf das er gezielt hatte, und dabei knallte die Peitsche laut genug, um die anderen zu warnen. Je länger die Schlittentouren wurden, desto mehr schien Fliegen dazuzugehören. Das Eis war nicht eben und glatt, sondern voller Huckel und Spalten. Einmal versuchten die Hunde, eine besonders breite Lücke zu überspringen, doch sie verfehlten das Eis und landeten im Wasser, wobei sie den Schlitten mit sich rissen. Kane sprang schnell genug ab, um sich zu retten, und zusammen mit einem Mann holte er die Hunde heraus. Ein anderes Mal schafften die Hunde es zwar, einen Abgrund zu überspringen, und auch der Schlitten landete wieder sicher, aber einer von Kanes Männern fiel hinein und mußte gerettet werden.

Nun mußte Kane warten. Er wartete auf das Wiederauftauchen seiner Ostkundschafter, die die Proviantlager anlegen sollten. Es gab nichts mehr zu tun, sie konnten nur noch hoffen, daß sie gut genug vorbereitet waren, um gemeinsam die Polarnacht zu überleben.

Neuchâtel, 15. Februar 1837 ...

Agassiz' alter Schulkamerad, Karl Schimper, war aus Bex zu Besuch herübergekommen. Er hielt zwei Vorträge über Pflanzenbiologie vor der Neuchâteler Gesellschaft für Naturwissenschaften. Danach verteilte er eine humoristische Ode, die er verfaßt hatte und die in die Geschichte der Naturwissenschaften eingegangen ist, wenn auch nicht in die Literaturgeschichte. In der Ode kam ein neues Wort vor, *Eiszeit*, das hier zum ersten Mal schriftlich auftaucht. In ihren Gesprächen hatten Schimper und Agassiz eine neue Idee ausgebrütet.

Im vergangenen November, als Agassiz aus Bex zurückgekehrt war, war er sehr daran interessiert, ob seine eigene Umgebung auch Anzeichen von Gletscheraktivitäten aufwies, also erkundete er die umliegenden Berge. Das Juragebirge hinter Neuchâtel ist weniger dramatisch als die Alpen, es ist niedriger, weniger steil und ohne Gletscherkappen. Es ist vor allem dafür bekannt, daß es der Juraperiode ihren Namen gab, in der Dinosaurier und primitive Säugetiere die Erde bevölkerten. Am südöstlichen Gebirgsrand des Jura befanden sich allenthalben Granitbrocken, von der Größe eines Hühnereis bis zu haushohen erratischen Blöcken. Zu Beginn des 19. Jahrhunderts hatte Leopold von Buch diese Findlinge untersucht und befunden, daß sie vom Mont Blanc stammten, also aus einer Entfernung von 150 Kilometern. Leopold von Buch war die Autorität auf dem Gebiet der erratischen Blöcke Europas. Er hatte nachgewiesen, daß eine Reihe von Findlingen einen Kreis mit einem ungefähren Durchmesser von 320 Kilometern beschrieb, in dessen Mittelpunkt der Mont Blanc stand. Später erkannte Buch, daß die Findlinge der norddeutschen Tiefebene aus Skandinavien stammten. Wie waren sie so weit transportiert worden? Die Möglichkeit der Fortbewegung durch Gletscher tat Buch ab, er zog die Erklärung vor, daß der Mont Blanc mit der Geschwindigkeit von Donner aus der Erde hervorgeschossen sei. Während der Gigant gegen den Himmel katapultiert wurde, schleuderte er Felsbrocken um sich herum. Merkwürdigerweise hatten die fliegenden Steine keine Krater beim Aufprall hinterlassen, und sie waren auch nicht in Millionen Splitter zerschellt.

Agassiz hatte die erratischen Blöcke im Jura schon vorher untersucht, er hatte sogar über sie geschrieben, aber als er von seinem Besuch bei Charpentier zurückgekommen war, sah er sie noch einmal an. Bisher war er davon ausgegangen, daß die Findlinge auf schwimmenden Eisbergen hierher gelangt waren, aber jetzt konnte er erkennen, daß das unmöglich war. Die Findlinge liegen in bestimmten Gebieten und nicht zufällig verteilt herum, so wie man es erwarten würde, wenn die Gegend überschwemmt gewesen wäre. Die Findlingsgebiete liegen den großen Alpentälern gegenüber, genau da, wo sie sein müßten, wenn Eisberge aus den Tälern hervorgequollen wären. Wäre das Tal oberhalb von Neuchâtel jedoch überflutet gewesen, so hätte sich das Wasser beim Herunterströmen von den Alpen weiter ausbreiten müssen und wäre nicht direkt auf den Jura zugeflossen.

Die Jura-Findlinge liegen auf vielen Ebenen der Hänge. Ein Gletscher kann dieser Tatsache Rechnung tragen, weil er die Findlinge auf seiner Oberfläche transportiert hätte, um sie beim Schmelzen in unterschiedlichen Höhen abzulegen. Wohingegen das Fortbewegtwerden im Wasser eine einzige Ebene mit sich gebracht hätte. Selbst eine felsenbestückte Armada aus Eisbergen würde sich auf ein und derselben Ebene fortbewegen. Hätten sie sich im Jura verkeilt und ihre steinernen Passagiere dort beim Schmelzen liegengelassen, so wären alle Findlinge in einer Reihe aufgereiht.

Natürlich hätten die Eisberge auch schmelzen und ihre Findlinge irgendwo fallen lassen können, ohne erst steckengeblieben zu sein, aber Agassiz erkannte, daß die Findlinge des Jura nie unter Wasser gelegen waren. Ihre Ecken waren zu scharfkantig. Sie waren nicht gerundet wie Steine, die eine Zeitlang im Wasser bewegt worden sind.

Als er durch den Jura wanderte, bemerkte Agassiz eine weitere Besonderheit, die die Geologen bis dahin ignoriert hatten. Ihm fielen jetzt polierte Felsen an der den Alpen zugewandten Südflanke des Jura auf. Auf einem Gebiet von mehr als 80 Kilometern haben die Hänge hinter Neuchâtel glänzende Oberflächen mit horizontalen Schrammen. Die Schweizer Dorfbewohner nennen diese Hänge *laves*, womit gemeint ist, daß die glänzenden Felsen gewaschen worden seien. Vor Bex hatte Agassiz gedacht, daß diese traditionelle Erklärung im großen und ganzen zutraf. Nach Bex sah Agassiz das jedoch anders. Fließendes Wasser kerbt keine horizontalen Schrammen in Berghänge, und zwar aus dem offensichtlichen Grund, daß es senkrecht nach unten abläuft. Was auch immer die Schrammen verursacht hatte, es war von der Schwerkraft unabhängig.

Nördlich von Neuchâtel liegt eine Gebirgssenke mit dem Namen Creux de Van. Der Boden ist mit vereinzelten Granitsteinen durchsetzt, und an den Felswänden befinden sich Stellen von *laves*. Als Agassiz das Creux de Van kurz nach seiner Rückkehr aus Bex besichtigte, wurde er zum ersten Naturforscher, der sehen konnte, daß die Senke von einem Gletscher geprägt worden war.

Im Inneren des Jura gibt es eine Gegend, die als Val de Ruz bekannt ist. In der Nähe davon, in Pertuis, stieß Agassiz auf ein weiteres Findlingsgebiet. Erwartungsgemäß liegt auch dieses Gebiet einem Alpental gegenüber. Der Fluß Aare läuft darauf zu, die Findlinge liegen jedoch im Inneren des Juragebirges. Ein Gletscher hätte den ersten Hang des Jura überqueren müssen, um die Blöcke dorthin zu bringen.

All dies sah Agassiz durch seine neugewonnene Erkenntnis. Die Gletscherspuren riefen Bilder ungeahnter Geschehnisse hervor, Bilder von strömenden Eismassen, die sich einen Weg bahnen und erstaunlich große Granitblöcke mit sich schleppen, von Eis, das im Vorüberziehen das Land aufschürft. Tatsächlich hätte Agassiz drei Augen gebraucht, um die Gletscherspuren lesen zu können: zwei fürs genaue Hinsehen und ein weiteres, um die Bedeutung dessen, was er sah, erfassen zu können. Mit seinen drei Augen hätte er sich die Kratzer an der polierten Felsoberfläche ansehen und herausfinden können, in welche Richtung der damalige Gletscher gewandert war. Und er hätte in einem geschichteten Wall an einer Wegesgabelung eine längst untergegangene Landschaft wahrnehmen können: einen Teich neben einem Gletscher. Wasser und Eis waren längst verschwunden, aber die Schlammschichten, die sich unter dem Teich angesammelt hatten, hatten die Zeiten überdauert.

Innerhalb eines Monats nach seiner Rückkehr hatte Agassiz genug gesehen und verstanden, um sich davon zu überzeugen, daß der Jura einst von einem Gletscher bedeckt gewesen war. Er war weiter gegangen als Charpentier und Venetz. Diese Männer dachten an einen großen Alpengletscher, der sich vom Mont Blanc und den anderen Berggipfeln in die Täler ausgedehnt und gegen die Hänge des Jura gepreßt habe. Agassiz' Untersuchungen zeigten, daß er auch die Täler im Inneren erreicht hatte.

Als Schimper in Neuchâtel zu Agassiz stieß, stellte sich heraus, daß sein alter Kommilitone einen Supergletscher vor Augen hatte, der die Alpen und das Gebiet des Jura bedeckte. Keiner von beiden wußte etwas von dem grönländischen Inlandeis, deshalb fiel es ihnen schwer, sich Alpengletscher in einer Größe vorzustellen, daß sie die Flanken des Jura abschürften und trotzdem noch wie eine Armee unaufhaltsamer Ameisen auf dem Vormarsch waren. Dennoch glaubte Agassiz daran, daß der Gletscher größer war, als Charpentier oder Venetz es sich vorgestellt hatten.

Fast jeder andere Wissenschaftler hätte Agassiz zu der damaligen Zeit entmutigt. Man war nämlich davon überzeugt, daß sich ein Gletscher unmöglich hangaufwärts bewegen könne. Wasser kann keinen Berg hinauffließen und Gletscher erklimmen keine Hügel, dennoch ermutigte Schimper Agassiz. 1835, im Sommer vor seinem Besuch in Bex, hatte Schimper erratische Blöcke in Bayern untersucht und war zu dem Schluß gekommen, daß sie von einem Gletscher dorthin gebracht worden sein mußten, der aus dem Norden stammte. Als ihm Agassiz von dem Juragletscher erzählte, schrieb Schimper nach München und bat um sein Notizheft, in dem er seine Beobachtungen zu dem bayerischen Gletscher festgehalten hatte.

Zwischen den beiden alten Freunden muß es wohl gefunkt haben, denn plötzlich kam ihnen ein ganz neuer Gedanke: Der bayerische Gletscher, der aus dem Jura, der alpine und der nordeuropäische, der Leopold von Buchs Findlinge aus Skandinavien herangeschleppt hatte, sei ein und derselbe Gletscher gewesen. Es habe demzufolge in der geologisch gesehen nicht allzu fernen Vergangenheit eine Zeit gegeben, in der die nördliche Hemisphäre vom arktischen Eismeer bis zum Mittelmeer unter einer enormen Eisdecke lag.

1840 waren Agassiz und Schimper zu eifersüchtigen Rivalen geworden. Jeder warf dem anderen vor, ihm die Eiszeitidee gestohlen zu haben. Historiker haben pflichtbewußt versucht herauszufinden, wem die Ehre gebührt, wenn sie auch normalerweise mit dem Geologiehistoriker Albert Carozzi übereinstimmen, daß es »unmöglich ist, ihren jeweiligen Anteil an dem fundamentalen Konzept der Eiszeit zu skizzieren«. Mit Sicherheit läßt sich sagen, daß sie es beide nicht alleine hätten herausfinden können. Der Gedanke ist die Frucht zweier Geister, nicht die eines der beiden.

Agassiz war ein Mann der Fakten, der nur selten eine gedankliche Brücke vollzog. Sein Unwillen, zu einer Schlußfolgerung zu gelangen, die den Fakten auch nur um einen Deut voraus war, hemmte seine Theoriebildung. Jahre später erinnerte sich William James an einen Trip, den er als junger Mann mit Agassiz unternommen hatte, der zu der Zeit bereits alt war. James sagte, daß Agassiz darauf bestand, Fakten zu sammeln, und oftmals seiner Geringschätzung für James' Hang zu vorschnellen Folgerungen Ausdruck verlieh. Es ist schwer, sich einen derart faktenlastigen Geist dabei vorzustellen, wie er zu der erstaunlichsten geologischen Schlußfolgerung des Jahrhunderts kommt, ohne einen Schimper an seiner Seite zu haben, der ihn dazu drängen würde.

Schimper, auf der anderen Seite, war ein Theoretiker, ein Generalist. Er war mehr an dem allgemeinen Bild interessiert als an den Details. Allein wäre es ihm höchstwahrscheinlich nicht in den Sinn gekommen, die vielen feinen Einzelheiten glazialer Bewegung und des Schmelzens, des Klimas und des Geländes zu überdenken, die sein bis dahin als geometrische Eisform gedachtes Gebilde zu einem lebenden Gletscher machten. Als Gespann zeichneten sich die beiden durch ihren Respekt vor Fakten und ihre Fähigkeit zum Generalisieren aus, die gemeinsam eine Theorie der Eiszeit hervorbringen konnten.

Die Grundlage ihrer Teamarbeit bildeten ihr gemeinsamer Enthusiasmus für die Bedeutung ihrer Arbeit und ihre Schuljungen-Angewohnheit, über das zu sprechen, was sie sich erarbeiteten. Agassiz und Schimper waren erst in Heidelberg und später in München gemeinsam zur Universität gegangen. Sie hatten zusammengewohnt und sich Spitznamen gegeben. Schimper, der Botaniker, wurde Rhabarber genannt, während der Fischenthusiast Agassiz Karpfen hieß. In Neuchâtel waren Rhabarber und Karpfen wieder zusammen, sie hatten sich neues Wissen angeeignet, und wieder konnten sie sich über Dinge unterhalten, die sie anderen lieber verschweigen wollten. Das Küken, das in diesen Besprechungen ausgebrütet wurde, war die Ursprungsversion der Eiszeittheorie.

Die heute allgemein anerkannte Theorie der Eiszeit hat nur noch wenig Ähnlichkeit mit derjenigen, die zu Beginn des Winters 1837 entwickelt wurde. Vor allem stellt man heute keine Verbindung mehr zwischen der alpinen und der nordeuropäischen Eismasse her. Mittlerweile wird angenommen, daß es sich um zwei Eismassen gehandelt haben muß, zwischen denen ein paar hundert Kilometer Tundra lagen. Doch die Bedeutung der Agassiz-Schimper-Theorie befriedigte ihre Schöpfer mehr, als es einer modernen Theorie gelingen würde.

Schimper war ein Erbe der romantischen Naturphilosophie, über die sich Cuvier in seiner letzten Vorlesung lustig gemacht hatte. Er sah biologische Veränderungen als Fortschritt hin zu einem einzigen Idealtypus – dem Menschen – an. Einer der Köpfe dieser Denkrichtung, Lorenz Oken, der sowohl Agassiz' als auch Schimpers Lehrer gewesen war, vertrat die Auffassung, daß der Mensch das Ziel der Natur sei. Seiner Ansicht nach waren Tiere nur verharrende fötale Entwicklungsstadien des Menschen.

Die Naturphilosophie war zu sehr an allgemeinen Phänomenen interessiert, um sich eingehender mit der Maschinerie zu befassen, die auf das Ideal hin arbeitet, aber ihr war jeder Beweis der Realität dieses Prozesses willkommen. Fossile Fundstücke zeigten zum Beispiel ganz deutlich, daß Tierformen immer »moderner« wurden, je mehr sie sich unserer Zeit annäherten. Jetzt lieferte die Theorie der Eiszeit einen revolutionären Motor, der alte Lebensformen ausrottete. Als sich das Eis zurückzog, tauchten neuere, idealere Lebensformen auf.

Agassiz war die Naturphilosophie bekannt, aber sie war ihm zu abstrakt und mystisch. Ihre Theoretiker nahmen die »Kräfte der Geschichte« wörtlich, sie benötigten eine Art aktiven historischen Geist. Für Agassiz war das Eiszeitalter Beweis für die Vorsehung Gottes und seinen Plan, den Menschen nach seinem Bild zu erschaffen. Agassiz sah das Eiszeitalter auch als eine Möglichkeit, schlüssig zu beweisen, daß Cuvier recht gehabt hatte und Lamarck unrecht. Eine Eiszeit, die alles Leben auf der Erde ausgelöscht hatte, brachte es mit sich, daß die heutigen Lebewesen keine direkten Nachfahren uralter Arten sein konnten.

Diese philosophischen Rechtfertigungen der Eiszeit erscheinen heutigen Lesern bizarr und altmodisch. Zudem erscheint es paradox, daß eine so brillante Idee wie die der Eiszeit auf unwissenschaftlichen und persönlich gefärbten Grundlagen entstand. Doch kann die Vernunft gepaart mit Phantasie, über die Grenzen des Wissens ihrer Zeit hinausgreifen. Neue Ideen entstehen aus solchen Vorstellungen, aus einem Raten, das weitere Nachforschungen mit sich bringt, weil persönliche Motive berührt werden.

Solche persönlichen, irrationalen Beweggründe hielten Schimper und Agassiz nachts lange in Gesprächen über einen großen Gletscher wach, der aus der Arktis nach Europa geflossen war, um die Flora und Fauna der Welt auszurotten und durch eine neue zu ersetzen. In ihren Mammutsitzungen arbeiteten sie viele Einzelheiten aus. Wenn die Welt von einem Gletscher bedeckt gewesen war, so mußte es damals kälter gewesen sein, auch wenn fast alle zeitgenössischen Geologen einhellig der Meinung waren, daß die Erde heißer gewesen und nach ihrer Feuergeburt noch am Auskühlen sei. Einige Geologen, der prominenteste unter ihnen war Lyell, glaubten, daß das Weltklima gleichbleibend sei, auch wenn sie regionale Schwankungen zubilligten. Jedenfalls stellte sich niemand vor, daß die Welt kälter gewesen war und jetzt noch auftaute.

Schimper und Agassiz konnten sich Kälteeinbrüche gut vorstellen. Agassiz fielen die eingefrorenen Mammuts wieder ein, die Cuvier untersucht hatte. Sie hätten gut dem großen Frost zu Beginn der Eiszeit zum Opfer fallen können. Schimper war bekannt, daß Johann Wolfgang von Goethe 1829 Spekulationen über eine Kälteperiode aus Eis und Wasser angestellt hatte.

Also waren die beiden Freunde gar nicht so versponnen, wenn sie an eine vergangene Kälteepoche glaubten. Sie arbeiteten eine Theorie aus, nach der die Welt früher heißer gewesen war (dem hätten die meisten zugestimmt), aber im Prozeß des Kühlerwerdens gab es ab und an abrupte Kälteeinbrüche, und danach wärmte sich die Erde wieder auf, auch wenn sie die Temperaturen vor der Auskühlung nicht wieder erreichte.

Ein weiteres Problem bestand darin, daß der große Gletscher aus der Arktis gekommen war, die Jura-Findlinge jedoch vom Mont Blanc stammten, also weiter aus dem Süden, und deswegen nicht einfach so im Verlauf der Reise von Norwegen nach Neuchâtel hätten mitgenommen werden können. Agassiz fand eine Lösung: Auch wenn Lyell daran glaubte, daß Berge wie die Alpen sich sehr langsam erhoben hatten, zogen die angesehensten kontinentaleuropäischen Geologen immer noch katastrophische Ursachen vor. Leopold von Buch in Deutschland und ein Geologe namens Élie de Beaumont in Frankreich favorisierten die Theorie der plötzlichen Erhebung der Berge aus der Erde. Agassiz und Schimper schlossen sich dieser Meinung mit ihrer These an, daß die Alpen ganz plötzlich in der Eiszeit, als Europa unter einem Gletscher lag, wie Löwenzahn innerhalb eines Tages gewachsen seien. Als der Mont Blanc mit seinem Gipfel durch den großen Gletscher stieß, lösten sich riesige Brocken Gestein und schlitterten die Flanken hinab. Einige von ihnen rutschten bis in den Jura, wo sie noch heute liegen.

Man muß schon ein sehr eingeschränktes Urteilsvermögen besitzen, wenn man in dieser »Erklärung« mehr sieht als einen lächerlich dünnen Strohhalm. Doch indem sie sich an diese Illusion klammerten, hielten sie an der Idee des einen großen Gletschers fest. Sonst hätten sie sich nämlich eingestehen müssen, daß die Fakten gegen ihre Theorie sprachen. Nun trat der Irrtum an die Stelle der Unwissenheit.

Bis zum 15. Februar 1837 hatten die beiden die Grundlagen und Bedeutung der Theorie eines großen Gletschers ausgearbeitet. Diesen Anlaß feierte Schimper mit einer Ode, *Die Eiszeit*, die er an Agassiz' treueste Bewunderer in Neuchâtel ausgab. Es war die erste Anstrengung der beiden, die Eisidee über ihr Gespräch hinaus bekanntzumachen. Jahre später, als Agassiz nur noch mit Bitterkeit von seinem alten Freund sprach, tat er Schimper als einen Mann ab, der »neue Gesetze der Erfahrung durch eine Ode und andere Phantastereien vortragen will«. Agassiz ignorierte das Geheimnis, daß er gerade durch seine irrationalste, kreativste und enthusiastischste Lebensphase gegangen war, und war dazu entschlossen, rationale Beweise für die Eiszeit ins Feld zu führen.

London, 19. März 1837 ...

Wenn auch Lyells wissenschaftliche Gespräche in diesem Winter nicht so intensiv waren wie die in der Agassiz-Schimper-Denkfabrik, so ruhten sie doch nicht gänzlich. In einem Brief an seine Schwester Sophy beschrieb er ihr eine Unterhaltung, die sehr gut die Hauptströmung der Geologie charakterisiert, während sich die beiden jungen Männer aus Neuchâtel darauf vorbereiteten, die Welt zu verblüffen. Die Geologie, die Lyell kannte, hatte an der Tradition gerüttelt, sie aber noch nicht über den Haufen geworfen.

Lyell schrieb seiner Schwester, daß er sich mit Henry Fox, Lord Holland, getroffen habe, einem alten Liberalen. Er war sein Leben lang ein äußerst toleranter Politiker und ein Gegner der Torys gewesen, ein belesener Mann mit modernen Ansichten, der sich Lyell auch in einem Gespräch über Geologie gewachsen fühlte.

Das Bindeglied zwischen einem Spezialisten wie Lyell und einem Laien vom Schlage eines Lord Hollands lieferte in dieser Saison William Bucklands neues Buch, *Geology and Mineralogy considered with reference to natural theology*. Das Buch war ein Kompendium des aktuellen Forschungsstandes der Geologie und so aufgebaut, daß Geologen den göttlichen Plan über die Äonen nachvollziehen konnten. Es war eines aus einer Reihe von Abhandlungen, die der Earl of Bridgewater finanziert hatte, um »die Macht und die Weisheit Gottes, wie sie sich in der Schöpfung offenbart«, zu bezeugen. Das Buch war ein großer Erfolg, und nun fragte man sich natürlich, was Charles Lyell von Bucklands Ausführungen hielt.

Lyell war kein Freund der »Naturtheologie«, aber er verteidigte Bucklands Diskussion der Versteinerungen. Fossilien sprachen gegen die Lehrmeinung, daß die Erde nur ein paar tausend Jahre alt sei. Buckland informierte seine Leser, daß der »aus Land und Wasser bestehende Erdenball«

viele Revolutionen der Lebensformen gesehen habe, und Lyell pflichtete ihm bei.

Es mag vielleicht etwas überraschend erscheinen, daß Lyell mit Bucklands Ansicht übereinstimmte. Lyell war ein Gegner der Katastrophentheorie, und doch lobte er ein Buch, das auf das »plötzliche Verschwinden einer großen Anzahl von Spezies der landbewohnenden Vierfüßer« hinwies sowie auf »die Katastrophe, durch die sie ausgelöscht wurden«, womit sich Buckland genauso anhört wie Cuvier. Aber Katastrophen waren nur ein Aspekt der größeren Vision, die Lyell, Buckland, Agassiz und Schimper alle teilten: Die Untersuchung der Fossilien lieferte die entscheidenden Beweise, daß eine unendlich lange Zeitspanne mit einer ungeheuren biologischen Aktivität dem Auftauchen der Menschen vorausgegangen sein mußte.

Die Unterhaltung mit Lord Holland führte dann, so schrieb Lyell seiner Schwester, zu »einem Gespräch über neue Arten und dem Geheimnis aller Geheimnisse, der Schöpfung des Menschen«. Wissenschaftshistoriker werden aufmerksam, wenn sie diese Stelle lesen, denn zwei Jahre später veröffentlichte Darwin ein Buch über seine Reise um die Welt an Bord der *Beagle*, in dem er »das Geheimnis aller Geheimnisse – das erste Auftauchen neuer Lebewesen auf dieser Welt« erwähnte. Lyells Gebrauch dieser Wendung zwei Jahre vor Darwin zeigt uns, was an der Eiszeittheorie wirklich bedrohlich war. Naturforscher und ihre Leser hatten sich nämlich in gleichem Maße auf das Aufkommen neuer Arten auf der Erde versteift. Agassiz und Schimper hatten ihren Blick jedoch dem Verschwinden alter Arten zugewandt.

Hier wird ein weiterer Unterschied zwischen der damaligen und der heutigen Zeit deutlich. Für uns besteht das Geheimnis aller Geheimnisse, was zum Beispiel die Dinosaurier angeht, darin, warum sie ausgestorben sind. War es ein großer Meteorit oder etwas anderes, was sie ausgerottet hat? Zu Lyells Zeit wurde das Geheimnis ans andere Ende der Geschichte verlegt. Woher kamen die Dinosaurier? Agassiz war im Begriff, die Aufmerksamkeit der zerstörerischen Seite der Medaille zuzuwenden. Wahrscheinlich war ihm das nicht aufgefallen, und ganz bestimmt hatte er das nicht beabsichtigt.

Liberale Christen, die die Erkenntnisse der Geologie für richtig hielten, die Schöpfungsgeschichte jedoch nicht verwarfen, bemerkten, daß die Geologie das biblische Thema unterstützt: Der eine lebende Gott hat die Welt aus seiner übergroßen Liebe nach seinem Plan erschaffen, und im Laufe der Geschichte schritt er lenkend ein. Die geologische Untermauerung dieser Lehrmeinung beruhte vor allem auf dem andauernden Auftauchen neuer Arten.

An den neuen Arten zeigte sich, daß der Schöpfer noch daran interessiert war, was auf der Erde geschah. Die wunderbare Anpassung jeder neuen Art an ihre Umgebung bewies Gottes liebevolle Beachtung ihrer jeweiligen Bedürfnisse, genauso wie unser Planet grundsätzlich imstande war, Leben hervorzubringen und zu erhalten. Die wiederkehrenden Elemente der Arten kündeten von einer einzigen schöpferischen Macht, die die Tiere nach einem beständigen Ziel geschaffen hatte. Kurzum, die ganze Argumentation beruhte auf der Schöpfung und erachtete Gott als den »Hervorbringer und Bewahrer« der Welt. Gott, der Zerstörer, hat in dieser Theologie keinen Platz, aber die Theorie der Eiszeit spricht am Anfang und in der Mitte von Zerstörung.

Die Unterhaltung zwischen Lyell und Lord Holland kreiste um die schöpferische Seite, ohne daß es den beiden aufgefallen wäre, daß sie die andere Seite außer acht ließen. Auf Lyells »Geheimnis aller Geheimnisse« antwortete Holland schnaubend, daß die jetzige Generation von Wissenschaftlern in ihrer Erklärung neuer Arten nicht weiter »als Lucretius« gekommen sei, dem römischen Dichter und Zeitgenossen Cäsars, und fügte hinzu, daß er Passagen aus Lucretius als Mottos jedem der drei Bände Lyells voranstellen könne.

In der Theorie der Eiszeit wurde diese Frage direkt angesprochen. Katastrophische Überschwemmungen standen gewissermaßen in der biblischen Tradition – selbst wenn es sich nicht um die Sintflut handelte –, die Zerstörung durch Eis jedoch nicht. Indem er sich der Maschinerie der Zerstörung zuwandte, verlagerte Agassiz die Diskussion von der Geburt auf das andere Geheimnis aller Geheimnisse, den Tod.

Rensselaer Harbor, Grönland, 3. Oktober 1853 ...
Wahrscheinlich lag nur noch eine Woche der Sonnenaufgänge vor dem Beginn der Polarnacht. Astronomisch sollte die Sonne zwar noch bis zum 24. Oktober aufgehen, doch eine Bergkette stand zwischen dem schmalen Streifen am Himmel, wo die Sonne auftauchen sollte, und dem Basislager der Forschungsreisenden. Deswegen rechnete Kane damit, daß ihre lange Bewährungsprobe am 10. Oktober 1853 beginnen würde.

Die Landschaft veränderte sich schon. Ein Eisgürtel war entstanden. Dieses merkwürdige Phänomen besteht aus einem Gitterwerk aus Eis, das sich bildet, wenn die gefrorene See gegen das Land brandet. Selbst wenn das Meer gefroren ist, bewegt es sich noch mit den Gezeiten, und so entsteht ein Streifen halb aus vereistem Meer und halb aus vereistem Land. Wenn die Flut hereinkommt, bildet sich eine Art Gürtel, der sich aufbaut, verdreht wird, schmilzt und wieder gefriert, so daß die Küstenlinie zu einer arabeskenverzierten Grenze zwischen Land und Meer wird.

Schon jetzt war dieser Gürtel zentimeterdick und mehr als zehn Meter breit.

Die Gruppe, die Kane ausgesandt hatte, um Proviantlager für das Frühjahr anzulegen, kehrte mit der Nachricht zurück, daß ein gewaltiger Gletscher ihnen den Weg versperrt habe. Die Männer hatten nicht die ganze Größe dessen erfaßt, was sie gesehen hatten, aber soviel hatten sie begriffen: Auf diesem Weg kam man nicht nach Norden durch. Sie hatten versucht, den Gletscher zu umrunden, aber das Meereseis war dort zu unsicher. Die Straße aus Eisbergen, die von dem Gletscher abbrachen, bildete ein Eislabyrinth, das absolut undurchdringlich aussah. Was sie entdeckt hatten, würde Kane später den Humboldt-Gletscher taufen; es war der größte Gletscher, den sie jemals gesehen hatten. Auch am Anfang des 21. Jahrhunderts ist der Humboldt mit einer Stirnseite von 100 Kilometern immer noch der größte bekannte Gletscher der Welt. Auf Kanes Seite des Smith Sound war die Route nach Norden also versperrt. Im Frühjahr müßten sie zunächst die Meerenge überqueren und sich dann weiter nach Norden vortasten, in der Hoffnung, nicht auf ein weiteres Hindernis zu stoßen.

Ob der Sund nun passierbar war oder nicht, erst einmal saßen sie dort über den Winter fest. Die Sonne senkte sich und ging nicht wieder auf. Zunächst konnte man noch einen Lichtstreifen sehen, wenn sich die Sonne dem Horizont näherte, ohne sich jedoch über ihn zu erheben, aber dann verschwand auch diese Erinnerung an südlichere Gefilde. Ende Oktober wurde die Mannschaft in gewisser Weise dafür entschädigt, als der Mond aufging und am Himmel blieb. Der Mond steigt etwas höher als die Sonne, bis zum 25. Grad nördlicher Breite, und dort stand er im Oktober 1853. Für Kane und seine Leute schien der Mond acht Tage lang ununterbrochen, und dann ging auch er unter und stahl sich nach Süden davon.

Jetzt gab es nichts mehr zu tun. Sie konnten nur noch lesen, die Lampen und das Feuer in Gang halten, die Sterne studieren und versuchen, nicht verrückt zu werden. Am 12. Dezember gingen die Männer hinaus, um zu beobachten, wie der Planet Saturn hinter dem Mond verschwand. Ein solches Ereignis konnte man damals bereits aus den astronomischen Daten voraussagen. Nun bestimmten sie ihre Position mit Sicherheit: 78° 37' Nord, 70° 46' West, 1255 Kilometer vom Nordpol entfernt. Dann wurde der Saturn wieder sichtbar, und die Mannschaft blieb der Monotonie des Frierens im Dunklen überlassen.

Kane hatte nicht mit der Wirkung der langen Nacht auf die Hunde gerechnet. Die Tiere konnten die Dunkelheit nicht ertragen und wurden so depressiv wie suizidgefährdete Menschen. Old Grim, der Leithund, wanderte einfach hinaus in die Nacht. »Die meisten von ihnen starben an einer regellosen Krankheit«, notierte der Arzt Kane, »an welcher der Mangel des Lichtes wohl ebenso seinen Teil haben mochte wie die außerordentliche Kälte.«

Er fügte hinzu: »Ihr Leiden spricht sich so deutlich wie bei einem menschlichen Wesen als eine Gemütskrankheit aus. Die körperlichen Funktionen der armen Tiere gehen ohne Unterbrechung fort; sie fressen begierig, schlafen gut und bleiben bei Kräften. Aber alle anderen Zeichen deuten an, daß auf das erste Symptom von Gehirnkrankheit, die Epilepsie, von der sie ursprünglich befallen wurden, jetzt wirklicher Wahnsinn gefolgt ist. Sie bellen wütend ein Nichts an, laufen in geraden und krummen Richtungen ängstlich und unermüdlich hin und her; ... zuweilen verharren sie stundenlang in finsterem Schweigen, springen dann wie Verfolgte plötzlich heulend auf und rennen wieder stundenlang hin und her.«

Weil die Hunde so wichtig für ihre Pläne waren, wurde diese unerwartete Entwicklung sehr ernst genommen. Sie bekamen viel Aufmerksamkeit, und schließlich wurden sie unter Deck gebracht, obwohl das den Männern das Leben erschwerte. Dort wurden sie gestreichelt und gepflegt, und dort bekamen sie den Trost, den sie aus Öllampen gewinnen konnten. Und dennoch starben die Hunde. Einer nach dem anderen verfiel in Zuckungen und wurde lethargisch. Meist starben sie zwei Tage nach dem Einsetzen der Spasmen.

Fast alle diese Tiere waren oberhalb des Polarkreises geboren und aufgewachsen, und zunächst wollten die Männer einfach nicht glauben, daß die Nacht den Hunden den Tod brachte, aber um den 25. Januar 1854 herum, als die Wiederkehr der Sonne noch einen Monat auf sich warten lassen würde, hatte Kane jede Hoffnung aufgegeben, sie zu retten. Es war nicht nur schrecklich zuzusehen, das Verenden der Hunde machte auch Kanes Pläne für das kommende Frühjahr und den Sommer zunichte. Selbst wenn ein paar Hunde überlebten, es wären nicht genug, um die ganze Crew auf der Suche nach dem offenen Polarmeer über Land zu ziehen. Im besten Fall konnten ein paar Vorhuttrupps losgeschickt werden, die weitere weiße Flecken auf der Karte ausfüllen würden. Kane und seine Leute hatten jegliche Hoffnung aufgegeben, ihren Hafen als Ausgangsbasis für einen Suchtreck nach der Franklin-Mannschaft zu nutzen. Inzwischen war natürlich allen klargeworden, daß kein Mitglied der Franklin-Truppe die acht Winter überlebt haben konnte, die vergangen waren, seit sie zuletzt gesehen worden waren.

Anfang Februar 1854 wurde es immer kälter. Die Messungen zeigten als Höchsttemperatur minus 51 Grad Celsius und als Tiefsttemperatur minus 59 Grad. Und dabei blieb es. Als die Sonne zum Monatsende wieder über dem Horizont erschien, hatten sie 140 Tage zwischen dem letzten Sonnenuntergang und ebendiesem Sonnenaufgang ertragen.

Endlich konnten sie den Rensselaer Hafen wiedersehen. Er war zu einer eisigen Wildnis geworden. Besonders spektakulär war der Eisgürtel, der in der Dunkelheit zu einer zehn Meter hohen und vierzig Meter breiten Mauer angewachsen war. Offensichtlich würde es bis weit in den Sommer dauern, ehe sich das Eis zurückzog, falls das jemals geschehen würde.

Das Anhalten der entsetzlichen Kälte überraschte Kane. Sogar im Sonnenlicht waren es tagsüber minus 43 Grad Celsius. Trübselig gestand sich Kane ein, was seine Thermometer ihm anzeigten. Es gab keine Anzeichen dafür, daß die Temperaturen in diesen extremen Breitengraden anstiegen. Die Theorie des offenen Polarmeeres sah aber vor, daß zum 21. März, wenn die Sonne den Äquator überquerte, die Gegenden um den 80. nördlichen Breitengrad und darüber wärmer sein sollten als weiter unten in Grönland, in Upernavik etwa. Aber die Kälte nahm nicht ab, während sie sich dem Pol näherten. Kein Plan und keine Theorie, die sie mitgebracht hatten, hatte den Winter überlebt.

Neuchâtel, Schweiz, 24. Juli 1837 ...

Agassiz eröffnete die jährliche Tagung der Schweizer Gesellschaft für Naturwissenschaften mit großen Plänen. In jenem Jahr war er der Präsident der Gesellschaft, und er hatte einen ganzen Saal hervorragender Gelehrter zur Ruhe zu bitten. Sogar der große Leopold von Buch war aus Berlin angereist, um Agassiz' neuesten Vortrag über fossile Fische zu hören. Frankreichs führender Geologe, Élie de Beaumont, hatte sich verspätet, doch auch er wollte die Tagung mit seiner Anwesenheit beehren. Vielversprechende junge Naturforscher waren ebenfalls gekommen. Amanz Gressly zum Beispiel, der erst 23 Jahre alt war, wollte einen

Vortrag über fossile Fische halten, der Agassiz' Arbeit ideal ergänzen würde. Er wollte seine These über Veränderungen in uralten Umgebungen einführen, die erklären konnte, warum Fossilien in einer einzigen geologischen Schicht uneinheitlich verteilt waren.

Die Zuhörer freuten sich darauf, alte Bekanntschaften aufzufrischen und neue zu knüpfen. Natürlich war auch Jean de Charpentier anwesend. Er wollte nicht nur mitansehen, wie sein Freund und früherer Schüler die Veranstaltung leitete, sondern auch seinen alten Schulkameraden Leopold von Buch wiedersehen.

Noch konnte der junge Gressly hoffen, die versammelten Geistesgrößen zu beeindrucken. Das Jahrestreffen war so geplant, daß sich zwei Tagen eingehender Vorträge und Diskussionen ein Ausflug in die Berge des Jura anschließen sollte, wo man sich freier über das Gehörte austauschen konnte.

Agassiz hieß die anwesenden Wissenschaftler willkommen. Dann begann er mit seiner Abhandlung, die als Vortrag von Neuchâtel in die Geschichte eingehen sollte, denn der Präsident der Schweizer Gesellschaft für Naturwissenschaften Louis Agassiz sprach an diesem Tag gar nicht über Fische. Vielmehr hatte Agassiz die Nacht zuvor damit verbracht, eine Zusammenfassung seiner Gletscherforschung zu schreiben. Die meisten Teilnehmer hatten keine Ahnung von Agassiz' derzeitigem Studienobjekt. Ganz besonders alarmiert war Leopold von Buch, der in die Provinz gereist war, nur um auf seinem eigenen Fachgebiet in einen Hinterhalt gelockt zu werden. Er hatte die Alpen schon erforscht, als Agassiz noch gar nicht geboren war, und gezeigt, daß die Granitblöcke des Jura vom Mont Blanc stammten. Damit hatte er sich ausdrücklich von der Vorstellung distanziert, daß die Findlinge von Gletschern bewegt worden sein könnten. Jetzt war Agassiz dabei, diese

Darstellung anzugreifen, und Buch nahm es als persönliche Beleidigung auf. Fünf Monate nach dem Jahrestreffen schrieb Alexander von Humboldt an Agassiz, daß Leopold von Buch immer noch tobe, weil er das Thema Findlinge »als sein alleiniges Eigentum« ansah.

Charpentier wiederum konnte diese Eröffnung nur zu gut gefallen, zeigte sie doch, wie umfassend Agassiz' Konversion zur Gletschertheorie gewesen war. Und Agassiz gab unumwunden zu, daß dieser erste Teil seines Vortrags bloß eine Neuformulierung der Ideen Venetz' und Charpentiers sei.

Die meisten Anwesenden waren nicht persönlich involviert. Und doch waren sie überrascht von Agassiz' Verkündung, er habe sich zur Gletscherfraktion gesellt. Agassiz' Zuhörer fühlten sich hörbar unwohl, sie begannen, ruhelos herumzuzappeln und laut zu atmen. Charpentier bedrückte das Unwissen, das die Zuhörer in Hinsicht auf Gletscher immer noch an den Tag legten. In den drei Jahren, seit er seinen Vortrag vor dieser Versammlung gehalten hatte, hatten sie nichts dazugelernt.

Die Neuchâteler Naturforscher hatten beträchtliche Schwierigkeiten, sich das Große Eis vorzustellen, und reagierten mit Empörung und Gelächter.

Agassiz hatte die Nerven fortzufahren. Er begann, die Indizien zu besprechen, die er im Jura gefunden hatte. Und gründete seine Argumentation auf Beobachtung. Er verglich die großen Findlinge mit dem Geröllschutt unter ihnen. Die erratischen Blöcke wiesen praktisch keine Anzeichen von Erosion auf, sie hatten scharfe Kanten, aber sie lagen auf kleineren Steinen und Geröll. Wie ließ sich dies erklären? Agassiz bemerkte, wenn Wasser diese Steine transportiert hätte, dann hätten die kleineren Felsbrocken auf den größeren liegen müssen und nicht darunter. Die kleinen Steine und das Geröll mußten also unter dem Gletscher mitgeschleift worden sein, wo sie zu runden Formen geschliffen worden seien. Die scharfkantigen Blöcke waren oben auf den Gletschern fortbewegt worden, wo sie der Erosion entkommen waren. Als das Eis schmolz, senkten sich die unerodierten Blöcke, um sich schließlich auf das stark erodierte Geröll am Fuße des Gletschers niederzulassen.

Mit diesen Ausführungen hatte Agassiz das erreicht, was wir die zweite Stufe der Gletschertheorie nennen können. Stufe eins hatte Charpentier beschrieben: Die Gletscher, die man heute in der Schweiz sieht, waren einst viel größer. Auf der zweiten Stufe, die Agassiz' Beobachtungen über den Jura beinhaltet, wurde argumentiert, daß manche Gegenden unter Eis gelegen hatten, das inzwischen ganz geschmolzen war.

Es war Agassiz nicht gelungen, seine Zuhörer von irgend etwas zu überzeugen, aber nun überschritt er, nach Ansicht der Zuhörer, die Grenze des Erträglichen: Agassiz beschrieb, wie die ganze nördliche Hemisphäre vom Nordpol bis zum Mittelmeer einmal unter einem gigantischen Gletscher begraben gelegen haben muß. Diese Idee schokkierte alle Anwesenden, auch Charpentier. Buch stieß laut den sarkastischen Fürspruch: »Heiliger Saussure, bete für uns!« auf lateinisch aus.

Solche Zwischenrufe waren damals bei wissenschaftlichen Vorträgen mehr als ungewöhnlich, aber inzwischen machte das Kolloquium eher den Eindruck einer politischen Kundgebung, auf der sich ein unbeliebter Kandidat weigert, vom Rednerpult zurückzutreten. Verärgert warfen ihm die Leute Fragen an den Kopf, denen sie durch Stöhnen und rüde Geräusche Nachdruck verliehen.

Doch Agassiz ließ sich nicht beirren. Seine Ausführung beruhte allerdings weniger auf Beobachtung als vielmehr auf Vorstellungen: »Ein sibirischer Winter legte sich über eine Welt, die bis dahin mit üppiger Vegetation gesegnet und von großen Tieren bevölkert gewesen war ... Der Tod breitete ein Leichentuch über die gesamte Natur.« Einige Male berief er sich auf Cuviers altes Beispiel der gefrorenen Mammuts in der Annahme, daß sie Kreaturen aus warmen Ländern gewesen seien, die von einer plötzlichen Abkühlung überrascht worden waren. Und deshalb habe er keine Zweifel, daß die meisten Phänomene, die den großen Überschwemmungen zugeschrieben worden seien, in Wahrheit durch Eis verursacht wurden.

Unterdessen hatten seine Zuhörer jegliche Geduld für Spekulationen verloren. Es war laut, und es wurde noch lauter. Buch tobte und war nicht mehr zu bremsen. Die Diskussion glich einem Aufstand. Die Stimmung hatte sich dermaßen aufgeheizt, daß einige Beobachter Handgreiflichkeiten befürchteten. Agassiz behauptete sich, beantwortete die Fragen und legte noch einmal die Tatsachen dar, die seine These unterstützten. Er zeigte seinen Ärger, aber was blieb, war Bestürzung. Er würde nicht so schnell vergessen, wie seine Kollegen in ihrem Übereifer, seine Schlußfolgerungen abzutun, nur allzu bereitwillig gewesen waren, seine Fakten vom Tisch zu wischen.

Der Skandal um seinen Neuchâteler Vortrag zeigte Agassiz, wie instabil das Fundament war, auf dem er gebaut hatte. Er hatte Grundlagenwissen über Gletscher bei den anderen vorausgesetzt, dabei hatten seine Zuhörer gar keine Ahnung von diesen Dingen. Noch schlimmer war, daß diese oberflächliche Unwissenheit aus einer großen Verwirrung resultierte. Charpentier sagte, an diesem Tag habe die Kontroverse »kein einziges Resultat gezeitigt, weil es keine Übereinkunft über die Grundlagen« gegeben habe. Wenn man die Gelehrten direkt aufforderte, sich umfassend zu äußern, so fielen sie alle auf ihre eigenen hausgemachten Theorien der Erdentstehung zurück. Agassiz'

Vortrag hatte die Gräben zwischen den geologischen Lehrmeinungen vertieft. Er hatte nicht nur die Eiszeitvertreter wie Charpentier von ihren Gegnern abgespalten, sondern auch eine Kluft zwischen denen entstehen lassen, die es für möglich hielten, daß sich die Alpen mehr oder weniger augenblicklich erhoben hatten, und denen, die meinten, die Entstehung der Berge sei ein langer und allmählicher Prozeß. Zudem hatte er die Anhänger der These, daß die Erde nach ihrer feurigen Geburt noch im Abkühlen begriffen sei, von denjenigen getrennt, die gleichbleibenden oder doch eher fluktuierenden Temperaturen den Vorzug gaben. Und zu guter Letzt warf er den Lamarkianern und den Cuvierianern noch etwas zum Streiten vor: Er schloß seine Betrachtungen mit der Bemerkung, daß es wegen der Massenausrottung während der Eiszeit eine vollkommene Trennung zwischen den vorangegangenen Arten und denen der augenblicklichen Schöpfung gebe.

Mit der Unreife der Geologie allein lassen sich die Tragweite und Einmütigkeit der Reaktion auf Agassiz' Vortrag nicht erklären. Der Boden unter seinen Füßen war unsicher, denn er war auf eine unausgesprochene Furcht gestoßen, gegen die Fakten und Theorien nichts vermochten. Seit Newton hatte sich die Wissenschaft mit der Uminterpretation der zentralen Doktrin der Christen, Moslems und Juden, die den Gott Abrahams anbeten, beschäftigt: mit der Gewißheit, daß Gott in der Geschichte zielgerichtet handelt. Die Eiszeit schien Agassiz in dem Glauben zu bestärken, daß die Vorsehung die Ereignisse lenkte. Rätselhafterweise war Gott im Drama der Natur eingeschritten, indem er plötzlich den Vorhang herunterließ, alle alten Spieler absetzte, um den nächsten Akt mit einer ganz neuen Besetzung (zu der auch wir Menschen gehören) fortzusetzen. Für den Großteil seiner Zuhörer entwickelte Agassiz jedoch eine empörende Vorstellung von der Natur, eine, in der die Natur selbst zur Feindin des Lebens wurde. Für viele legte das eine Welt nahe, die eher gleichgültig als göttlich wäre, und sie fürchteten die Willkür eines solchen Ortes.

Von diesen Schreckensvisionen angefeuert, wurden die Auseinandersetzungen dermaßen ausfällig, daß die eher schüchternen Mitglieder der Versammlung sich lieber duckten. Nervös behielt Amanz Gressly seine Erkenntnisse für sich. Deswegen datiert sein Artikel – der eines der Gründungsdokumente der Ökologie werden sollte – von 1838 und nicht von 1837.

Am nächsten Tag traf Élie de Beaumont in Neuchâtel ein. Noch immer beherrschte das Stimmengewirr die Versammlung, und er schloß sich schnell den Anti-Eiszeitvertretern an. Agassiz versuchte, seine Position zu retten, indem er eine Bestätigung von Karl Schimper verlas, aber auf der ganzen Welt gab es keine Autorität, die Agassiz' Position jetzt noch hätte retten können.

Der dritte Tag verlief auch nicht besser. Die Forscher verließen das Hotel noch vor Beginn der Dämmerung für ihren Ausflug in den Jura. Die renommiertesten Wissenschaftler – Agassiz, Buch und Beaumont – fuhren in einer von vier Schimmeln gezogenen Kutsche. Sie waren nicht gerade in Plauderstimmung. In seinem Tagebuch notierte ein Neuchâteler Teilnehmer: »Im großen und ganzen überzeugte mich meine kurze Bekanntschaft mit den führenden Wissenschaftlern der Gruppe, daß sehr viel Neid und Egoismus zwischen ihnen bestehen. Élie de Beaumont war während der gesamten Exkursion so kalt wie Eis. Leopold von Buch lief einfach geradeaus, die Augen auf den Boden geheftet, und murmelte irgendwas zu einem Engländer, der Èlie de Beaumont von den Pyrenäen erzählte, während wir doch im Jura waren, und beschwerte sich ziemlich unhöflich über die blöden Bemerkungen irgendwelcher Amateure, die sich der Gruppe angeschlossen hatten. Agassiz, der wahrscheinlich über die heftige Kritik Buchs an seiner Gletscherhypothese verbittert war, verließ den Trupp, sobald es möglich war, und lief den anderen ganz allein einen Kilometer voraus … Anscheinend wollte jeder mit seinen heimlichen Gedanken allein gelassen werden.«

Nur drei Tage vorher hatte Agassiz als fähigster und verdienstvollster Naturforscher seiner Generation gegolten. Jetzt war er für einen Skandal verantwortlich, und seine Seriosität konnte nicht länger unhinterfragt bleiben. Wenn er heute eine Eiszeit propagierte, welch einem Unsinn würde er sich morgen verschreiben?

An Bord eines Rheindampfers, 29. August 1837 …

Einen Monat nach dem Neuchâteler Skandal schienen Lyell noch keine Gerüchte darüber zu Ohr gekommen zu sein. Wenn doch, so ignorierte er sie. Während sein Schiff durch eine der spektakulärsten Gegenden Europas fuhr, schrieb er einen Brief an Charles Darwin. Einem Geologen von Lyells Format gewährten die Steilwände des Rheins eine lange Querschnittansicht der Erde, voll sensationeller Einzelheiten, um seinen Verstand zu beschäftigen. Zweifellos warf Lyell beim Arbeiten an seinem Brief auch ab und an einen Blick auf die Burgen, die hoch oben auf den Felsen standen. Für Darwin formulierte er noch einmal seine Erklärung des Ursprungs erratischer Blöcke.

Zu der Zeit, als Agassiz seinen Vortrag in Neuchâtel hielt, war Lyell in Norwegen gewesen, hatte Felsen behämmert und seinen Kopf über die norwegische Politik geschüttelt. Er schrieb an seine Schwester, er sei betrübt, »ein demokratisches System anzutreffen, das so weit getrieben wird wie dieses hier, wo die Repräsentation tatsächlich den Bauern oder kleinen Freisassen anvertraut wird.« Für Darwin brachte er wissenschaftlichere Beobachtungen zu Papier. Überall in Nordeuropa waren Steine aus Norwegen verteilt, und er beschrieb ihre Route: »Die Blöcke aus rotem Hornblende-Granit, an denen ich mich in Norwegen abgekämpft habe, die ich dort also *in situ* gesehen habe ... wurden mit kleinen Kieseln desselben Materials, durch Eis natürlich, über Südnorwegen verteilt.«

Beim Erhalt des Briefes verstand Darwin, daß Lyell mit der Formulierung »durch Eis« Eisberge gemeint hatte und keinen Gletscher. Diese Fortbewegungsart hatte Darwin gerade auf seiner Reise an Bord der *Beagle* im chilenischen Eyere Sound gesehen. Dort waren Eisberge vorbeigetrieben, die »mit Felsbrocken von ziemlich beachtlicher Größe beladen waren, aus Granit und anderem Gestein, die sich vom Lehmschiefer der umliegenden Berge unterschieden«. Es konnte also keinen Zweifel geben, daß Eisberge in der Lage waren, Felsen weit aus dem Inland wegzubewegen.

Lyell fuhr in seinem Brief fort, indem er die Route des roten Granits aus Norwegen beschrieb: Unten an Süd-West-Schweden vorbei, und überall in Jütland und Holstein, die Elbe hinunter, wobei die kürzeste Entfernung zwischen dem südlichsten Punkt Norwegens und der Elbe 300 Meilen beträgt.« Er verfolgte den Weg des Granits weiter zur Weser und dann noch weiter nach Süden. Wie schon Leopold von Buch vor ihm fiel Lyell auf, daß die gesamte norddeutsche Tiefebene mit skandinavischen Steinen gesprenkelt war.

Buch war der Auffassung, daß die Steine durch eine katastrophische Explosion dorthin geschleudert worden waren, daß die Grenze, hinter der keine mehr lagen, also nur die Reichweite der katastrophischen Kraft markierte. Lyell glaubte jedoch nicht an Katastrophen. Als er Darwin mitteilte, daß die Steine »durch Eis« dorthin gelangt waren, meinte er, daß sie dorthin getrieben und nicht von einem unerhörten Ereignis dorthin gesprengt worden seien. Die Verbreitungsgrenze der erratischen Blöcke markierte für ihn ganz einfach die Grenze des Gebiets, in dem es schwimmende Eisberge gegeben hatte.

Lyell hatte Findlinge fast bis nach Münster und Osnabrück zurückverfolgt, also in die Nähe der deutsch-holländischen Grenze. Nördlich von Osnabrück gibt es ein paar niedrige Hügel, die den Ausgangspunkt der norddeutschen Tiefebene markieren. Lyell schrieb an Darwin, es sei »merkwürdig, daß die Findlinge und die Eisberge, von denen sie getragen wurden, bei Münster und Osnabrück von niedrigen sekundären Hügeln aufgehalten worden sind; Hügel aus Kreide ... etc., die sich ein paar hundert Fuß über die Ebene Nord- und Nordwestdeutschlands erheben. Das war also schon trockenes Land, als Holstein und die ganze Gegend von der Ostsee bis nach Osnabrück und dem Teutoburger Wald überschwemmt worden sind.« Heute würden die Geologen sagen, daß Lyell das südliche Ende eines der Eiszeitgletscher ausfindig gemacht hatte.

Lyell hatte Darwin gerade die Gegentheorie zur Eiszeit dargelegt. Eine Art Sintflut in Zeitlupe. Das Diluvium, wie Buckland es nannte, oder die Drift, wie Lyell und seine Kollegen es zu nennen vorzogen, war Resultat einer Meeresüberschwemmung.

Statt 40 Tage und 40 Nächte zu dauern, war der Prozeß viel langsamer vonstatten gegangen, aber das Resultat war der Transport ebendieser Materialien, die als Beweis der biblischen Überschwemmung herhalten mußten. Die Drifttheorie zeigt, welch einen radikalen Schritt Agassiz getan hatte, als er Charpentiers Idee zu der einer umfassenden Eiszeit ausweitete. Es war nämlich möglich zu glauben, daß es in den Alpen einen riesigen Gletscher gegeben hatte und daß Eisbergdriften die nördlicheren Phänomene verursacht hatten. Es gab auch noch andere Erklärungen für die Ursprünge der Findlinge, aber viele Jahre lang blieb Lyells Drifttheorie der wesentliche Kontrahent zu Agassiz' Eiszeittheorie.

KAPITEL DREI

Wechselfälle des Herzens

Ein weiterer Winter im Eis? • Neue Erkenntnisse – alte Erklärungen • Gletscher in Schottland • Die *Advance* sitzt fest. Letzte Rettung oder sicheres Todesurteil?

Vor der Wand des Humboldt-Gletschers, Grönland, 27. April 1854 ...

Sobald es möglich war, brach Kane auf, um sich den neuen Gletscher anzusehen, den seine Scouts im vergangenen Herbst entdeckt hatten. In sein Journal schrieb er, er habe insgeheim gehofft, daß es etwas wie einen Eisfluß am Nordende Grönlands gebe, und doch konnte er es kaum glauben, als er ihn schließlich gefunden hatte.

Kane war mit einem Begleiter auf eine Klippe geklettert, um einen guten Blick auf den Gletscher zu bekommen, dessen Wand sich über den Horizont hinzog. Wenn man so etwas datieren könnte, dann wäre dies der Moment, in dem das Große Eis erstmals in der menschlichen Vorstellungskraft als zusammenhängend wahrgenommen wurde. Kane sah sowohl das Eis vor sich als auch die Kräfte, die es bewegten. In einem Stil, der sich an den der romantischen Gelehrten anlehnte und seine Zeitgenossen in Aufregung versetzte, schrieb Kane später, er stelle sich einen Kontinent von der Größe Australiens vor: »Man denke sich nun das Innere eines solchen Kontinents fast in seiner ganzen Ausdehnung von einem tiefen, ununterbrochenen Eismeer bedeckt, das durch die Wassergüsse von ungeheuren schneebeladenen Bergen und durch die sonstigen atmosphärischen Niederschläge einen alljährlichen Zuwachs erhält. Man denke sich dieses, vorwärts rollend wie ein großer Eisstrom, in jedem Tal und Fjord Auswege suchend und eisige Katarakte in das Atlantische und Grönländische Meer wälzend, bis es, nachdem es die nördliche Grenze seines Geburtslandes erreicht hat, sich als ein mächtiger gefrorener Strom in den unbekannten arktischen Raum hineinstürzt ... Nur langsam dämmerte in mir die Überzeugung auf, daß ich das Gegenbild des großen Stromsystems des arktischen Asiens und Amerikas vor mir habe. Aber hier gab es keine Wasserzuflüsse von Süden; jedes Atom von Feuchtigkeit hatte seinen Ursprung im Polarkreise und war in Eis verwandelt worden ... Hier war eine plastische, bewegliche, halbfeste Masse, alles Leben begrabend, Fels und Eilande verschlingend und mit unwiderstehlicher Gewalt sich durch die Kruste des umgürtenden Meeres ihren Weg bahnend.«

Kanes romantischer Stil war keineswegs nur Pose. Er war so romantisch veranlagt, daß er fast auf die Knie gesunken wäre und den Gletscher angebetet hätte, statt ihn zu verfluchen, weil er ihm den Weg nach Norden versperrte. Dann trat Kane den Rückweg an.

Die Situation des Trupps in der Brigg war verzweifelt. Die Männer waren gebrochen, durch den Winter waren sie in einem Maße gealtert und geschwächt, wie es keiner von ihnen auch nur geahnt hatte. Anfang April war einer von ihnen, Jefferson Baker, ein Jugendfreund Kanes, der eigentlich nur aus Spaß an der Sache mitgekommen war, plötzlich gestorben, an derselben schrecklichen Krankheit, der die Hunde zum Opfer gefallen waren. Er wurde von Spasmen geschüttelt, erlitt einen Kaumuskelkrampf und war am nächsten Tag tot.

Der Plan, sich auf der Suche nach einer Passage nach Norden durchzuschlagen, mußte aufgegeben werden. Die Männer waren entmutigt, nur noch ein paar Hunde lebten, und zudem mußten sie bald entdecken, daß ihre im letzten Herbst angelegten Proviantlager den Winter nicht überdauert hatten. Eisbären hatten sie allesamt gefunden und geplündert. Mitte März hatte Kane zwar einen weiteren Trupp ausgeschickt, der unter Umgehung des großen Gletschers nach Norden vorstoßen sollte. Die Männer kehrten jedoch erfolglos zur Brigg zurück.

Eine weitere Überraschung war das plötzliche Auftauchen von Menschen. Kane und seine Leute hatten nichts von dem Eskimodorf in Etah, etwas mehr als hundert Kilometer in südwestlicher Richtung, gewußt. Eines Tages erschienen die Bewohner vor dem Schiff, und sie wurden eingeladen, an Bord zu kommen. Fast augenblicklich zerstörte einer von ihnen das Kautschukboot. Er hatte es wegen der Holzleisten, welche er mitnehmen wollte, aufgeschlitzt. Auf diese Art und Weise setzte er allen weiteren Träumereien vom Befahren eines offenen Polarmeeres ein Ende.

Nach Kanes neuem Plan wollten sie die Wiederkehr des Sommers und das Freiwerden der Gewässer abwarten und dann nach Hause segeln. Einstweilen sollten seine Männer die Gegend so gut wie möglich erkunden und die Grenzlinien der Landkarte etwas weiter verschieben. So bescheiden sie auch sein mochte, ihnen kam die Strategie gut vor. Schon kehrten die Schneeammern, die Anfang November nach Süden gezogen waren, zurück. Dann wurde Peter Schubert als zweiter aus der Crew krank und starb. Auch Kane ging es schlecht. Es grenzte an ein Wunder, daß sein Herz ihn nicht schon lange vor diesem Moment im Stich gelassen hatte. Er delirierte und zeigte viele von den Symptomen, die vor dem Verenden der Hunde aufgetreten waren. Die Männer rechneten mit seinem Tod, und sie bedauerten das nicht besonders, denn er hatte sie wegen nichts und wieder nichts in dieses Fiasko geführt. Aber wie auch immer, erst überlebte er zwei Tage, dann weitere zwei Wochen, und schließlich sah es so aus, als müsse er doch nicht sterben. Zur gleichen Zeit gab es Anzeichen für eine mögliche Flucht aus dem Eishafen. Um die Brigg herum war der Schnee geschmolzen, und die Eisdecke begann aufzubrechen.

Die Erkundungstrips wurden fortgesetzt. Eine weitere Gruppe versuchte, die Nordseite des Kanals zu erforschen, aber sie stieß auf große Schwierigkeiten. Die Männer erreichten den nördlichsten Punkt der Kane-Expedition und damit auch aller anderen Grönlandforscher bis zu diesem Tag – 79° 45' Nord und 69° 12' West –, doch war der Schnee dort so tief, und es gab kaum etwas zu erjagen, so daß sie umkehren mußten, wenn sie nicht verhungern wollten.

Kane beschloß, noch einen weiteren Vorstoß zu wagen, diesmal am Südufer des Kanals, und eine Route jenseits des großen Gletschers zu erzwingen. Er schickte zwei Trupps los. Der erste, angeführt von Kanes rechter Hand James McGary, erreichte die Wand des Humboldt-Gletschers am 16. Juni 1854. Sie hatten eine hervorragende Sicht auf den Gletscher und näherten sich ihm auf knapp zweihundert Meter, aber die See war voller Hindernisse, eine unendliche Abfolge von Eisbergen. Es schien keinen Weg hindurch zu geben, und sie kehrten wieder um.

Eine zweite Gruppe versuchte es zwei Tage später. Dieses Team, aus Hans Christian und William Morton bestehend, ließ sich von einem Hundegespann weiter hinaus auf das gefrorene Meer ziehen. Manchmal türmten sich die Eisberge so dicht nebeneinander auf, daß sie nicht hindurchfahren konnten; dann mußten sie absteigen und den Schlitten hochkant durch die schmalen Spalten tragen. Die Belagerung durch die Eisberge beschränkte ihre Sicht auf vielleicht 50 Meter. Und dieses Gewirr erstreckte sich nicht etwa auf ein paar hundert Meter, auch nicht auf ein oder zwei Dutzend Kilometer. Es war ein fast hundert Kilometer langes Eisbergpuzzle.

Nachdem sie einen ganzen Tag lang unterhalb des Gletschers entlanggefahren waren, kletterte Morton auf einen Eisberg, um eine Route ausfindig zu machen. Von dort hatte er auch einen guten Blick auf die Nordspitze des Gletschers. Sie war mit einer Unzahl von Felsblöcken bedeckt, mit Gesteinsschutt aus dem Herzen Grönlands. Dann nahmen die beiden Entdecker ihren entschlossenen Vorstoß wieder auf, und nach geraumer Zeit fanden sie sich in der unbekannten Welt jenseits der Gletscher wieder. Hier lärmten Vogelschwärme – die Luft war voller Gänse und Enten, die an allen eisfreien Stellen auf dem Meer landeten. Viele Vögel waren auf dem Weg nach Norden, so lange der arktische Sommer währte.

Die Männer erreichten das zugefrorene Land, und die Hunde zogen sie mit Leichtigkeit voran, doch dann begann das Eis zu schmelzen, und schließlich gab es gar kein Eis mehr. Statt in eisiger Starre dazuliegen, brandete das Meer sacht gegen die Küste. Bei all diesen Vögeln und Hans' Jagdkünsten hätten die beiden vielleicht weiter in Richtung Pol vordringen können, doch eine Klippe, die sich bis an die Küste vorschob, versperrte ihnen den Weg. Morton erklomm ein Felsplateau und gewann einen hervorragenden Blick auf den weiteren Verlauf des Kanals. Er schätzte, daß er ihn in einer Länge von 60 Kilometern sehen konnte, und auf der gesamten Strecke entdeckte er »nicht das kleinste Eisstückchen«. Es war eine weitere nebulöse Bresche nach Norden mit dem Versprechen endlosen Wassers, und auf diese Weise hielt sie die Hoffnung der Welt auf ein offenes Polarmeer am Leben.

Als Kane die Nachricht über das freie Meer erhielt, war er begeistert, allerdings nicht so sehr, wie er hätte sein können. Er machte sich Sorgen. Wie sehr das Eis im Norden auch geschmolzen sein mochte, im Süden gab es immer noch mehr als genug. Die Eisdecke brach nicht schnell genug auf. Schon am 9. Juni hatte Kane in seinem Journal notiert, daß Eis und Schnee zu langsam schmolzen; diese Beobachtung war jedoch zu entsetzlich gewesen, um sich lange damit aufzuhalten. Einen Monat später, am 8. Juli, konnte er es nicht mehr ignorieren. Den Großteil des Tages hatte er beobachtet, wie Tauwasser von einem Gletscher tropfte. Er dachte sogar daran, daß es ihm Spaß bereiten würde, ein Buch über Gletscher zu schreiben, aber er wußte genau, was dieses allzu langsame Schmelzen bedeutete. Er schrieb: »So war alle Aussicht vorhanden, daß uns der Winter unterwegs im Packeise festhalten werde.« Ein zweiter Winter hier oben war unvorstellbar. Mörderisch wie der erste gewesen war, hatten sie doch Kohlen zum Heizen und Vorräte zum Essen gehabt. Jetzt waren die Kohlen aufgebraucht, und die Vorräte gingen zur Neige. Einen zweiten Winter würde niemand überleben.

Kane klammerte sich an den letzten Strohhalm. Er stellte einen Trupp aus fünf Leuten zusammen, die versuchen sollten, Beechy Island in Kanada zu erreichen, wo sie vielleicht auf Rettung stießen. Möglicherweise lagen dort britische Schiffe vor Anker, um die diesjährige Nordexkursion mit Proviant zu versorgen. Nach Beechy Island zu kommen war nicht einfach. Der Nordpol lag näher.

Kane und seine Männer zerrten eins der großen Beiboote zu einer Öffnung im Eis und ruderten nach Süden. Sie erreichten die Mündung des Smith Sound, aber am 31. Juli mußten sie anhalten. Vor einem Jahr waren diese Gewässer frei gewesen. Jetzt waren sie vollkommen zugefroren. In der Ferne konnten die Männer einen riesigen Eisberg sehen. Kane und McGary liefen zu Fuß dorthin, und dann kletterten sie auf diesen Eisberg, der so hoch wie ein zwölfstöckiges Gebäude war. Vom Gipfel des Berges konnten sie 50 Kilometer zugefrorenes Meer überblicken. Auf diesen 50 Kilometern bewegte sich nichts. Es gab keine

Rinnen, keine Löcher im Eis. Es gab keinen Weg nach vorne, es gab keine Möglichkeit, Beechy Island zu erreichen. Die ganze Mannschaft saß nördlich der Melville Bay für einen weiteren Winter fest.

Porrentruy, Schweiz, 5. September 1838 ...
Agassiz war zu einem Treffen der Société Géologique de France in einer kleinen Stadt der nordwestlichen Juraregion an der Schweizer Grenze gereist. Charpentier war auch dort. Beide waren fest entschlossen, das Gletscherthema weiterhin zu diskutieren. Agassiz schien so enthusiastisch wie eh und je, mit dem Eifer des Heiligen Paul predigte er seine neue These einer Eisdecke, die einst das Gebiet von der französisch-schweizerischen Grenze bis zu den Ebenen Italiens bedeckt habe.

Wie weit erstreckte sich die Eisdecke nach Norden? Nach seiner Theorie dehnte sich die Eisdecke im Norden bis nach Skandinavien oder vielleicht sogar bis zum Nordpol aus. Auch wenn es den Anschein hatte, als bewege Agassiz sich so energisch vorwärts wie eh und je, waren seine Nerven doch angegriffen. Er hatte sich bewußt und vorsätzlich dazu entschieden, seine Eiszeittheorie herunterzuspielen. Später würde er dieses Schweigen als Strategie rationalisieren, zunächst den Gedanken des Schweizer Gletschers durchzusetzen und erst danach das Konzept der Eiszeit einzuführen, aber aus einem Brief, den er unmittelbar vor dem Treffen in Porrentruy geschrieben hat, geht ein anderer Grund hervor: »Ich habe mich dazu entschieden, nur von den Fakten zu sprechen, außer die Zuhörer sollten sich dazu entschließen, Spekulationen zu diskutieren, ohne jedoch Fakten in Frage zu stellen, von deren Richtigkeit sie sich in einer Reiseentfernung von zwei Tagen selbst überzeugen können. Ich habe zuviel Grund, mich über die Art und Weise zu beklagen, in der meine gewissenhaften Beobachtungen abgekanzelt wurden, um mich ein zweites Mal auf so einen Skandal einzulassen.«

Agassiz war eben kein Mann wie Thomas H. Huxley, dem es Spaß machte, den Traditionalisten skandalträchtige Wissenschaftsneuigkeiten vorzusetzen. Wie die meisten Menschen zog Agassiz Beifall dem Widerspruch vor. Das war einer der Gründe, weshalb ihm das Leben in Neuchâtel so gut gefiel. Dort konnte er seiner Arbeit nachgehen und wurde von den angesehensten Männern der Stadt bewundert. Nach seinem Neuchâteler Referat hatte er sich der Herausforderung gestellt und auch unhöfliche Fragen beantwortet, aber das wollte er nicht noch einmal tun. In Porrentruy beschränkte er sich auf eine Erörterung der Schweizer Eisdecke und berichtete lebhaft von seinen Erkundungen in den Berner Alpen und auf dem Mont Blanc. Agassiz hatte die Monate vor dem Treffen damit verbracht, die Alpengletscher zu untersuchen, eine Aufgabe, die ihn schon 1836 beschäftigt hatte und die noch viele Sommer in Anspruch nehmen sollte. Von diesen Exkursionen hatte er geschrammte und polierte Felsbrocken mitgebracht, die er seinen Zuhörern in Porrentruy zeigte. Wieder beschrieb er, was inzwischen zur Standardbeweisführung gehörte: die polierten und geschrammten Felsen, alte Moränen und erratische Blöcke, die sich allesamt deutlich außerhalb der Reichweite gegenwärtiger Gletscher befanden. In der Nähe des Grimselpasses in den Berner Alpen hatte er einen großen Felsen gesehen, dessen Oberfläche »wie der schönste Marmor« poliert gewesen sei.

In Chamonix hatte sich Agassiz wieder Moränen angesehen, die in einiger Entfernung von den nächsten Gletschern lagen. Besonders bemerkenswert war eine Moräne, die zweieinhalb Kilometer von der Stirnseite des Glacier des Bois im Chamonix-Tal am Mont Blanc lag. Saussure war sie schon vor vielen Jahren aufgefallen, und er hatte sich gefragt, warum sie so weit von allen gegenwärtigen Gletschern entfernt lag.

Agassiz war der Ansicht, daß sich die ehemalige Eisdecke in eine andere Richtung bewegt haben müsse als die noch existierenden Gletscher. Diese fließen bei Chamonix westwärts, die alten Schrammen deuten jedoch darauf hin, daß die Gletscher, als sie noch größer waren, in südliche Richtung zogen. Am Grimselpaß kam Agassiz auch zu der Auffassung, daß ein Gletscher diesen überquert haben müsse, selbst wenn sich dort heute keiner mehr befindet.

Als alle Teilnehmer ihre Vorträge gehalten hatten, führte sie Agassiz ins Feld an der Ostflanke des Juragebirges, wo sie von Solothurn nach Bienne wandern wollten, eine Strecke von etwas mehr als 30 Kilometern. Dort weisen die Talwände ähnliche Markierungen auf wie die, die Kane später in Upernavik skizzierte. Diese Exkursion verlief genauso, wie diejenige vor einem Jahr – nach seinem Neuchâteler Vortrag – hätte laufen sollen. Statt auf der Wanderung zu grübeln, deutete Agassiz beim Reden auf die entsprechenden Stellen, er wies auf *laves* hoch oben an den Hängen und auf erratische Blöcke, und dabei erklärte er, warum Wasser diese Phänomene nicht verursacht haben konnte. Am Ende der Wanderung waren die meisten Teilnehmer überzeugt, daß Agassiz und Charpentier recht hatten. Ein Gletscher von unglaublichen Ausmaßen hatte einmal das Gebiet beherrscht.

Dieser Erfolg bedeutete jedoch nicht, daß die Geologen nun die Eiszeittheorie akzeptierten, laut welcher die nördliche Hemisphäre unter einem Gletscher gelegen hatte. Agassiz hatte sich nur für Charpentiers Idee stark gemacht, und viele seiner neuen Konvertiten nannten den verschwundenen Gletscher von nun an »Charpentiers Gletscher«. Charpentier selbst glaubte nicht an Agassiz' Eiszeit.

Er lehnte die Theorie ab, da er Agassiz' Gedanken, die Alpen seien erst nach der Eisdecke entstanden, absurd fand. Außerdem war er der Meinung, daß der große Gletscher die Schweizer Temperaturen zum Absinken gebracht hatte, und er lehnte Agassiz gegensätzliche Ansicht ab, daß erst ein Temperatursturz den Gletscher anwachsen ließ. Schließlich setzte Agassiz' Theorie auch noch voraus, daß die Schweizer Seen, also auch der Genfer See, ganz zugefroren gewesen seien. Der Genfer See friert in unserer Zeit aber niemals zu, nur an seinen Ufern bildet sich eine Eisdecke. Charpentier glaubte nicht, daß es in der Schweiz jemals so kalt gewesen sein könnte, daß der Genfer See bis auf den Grund gefroren gewesen sei. Und wenn der See gefroren gewesen wäre, hätte es bei einer derart außerordentlichen Kälte niemals genug Wasser – sei es als Regen oder als Schnee – gegeben, um so einen riesigen Gletscher zu schaffen und zu erhalten. Die Sorte endlos strömenden Eises, die sich vom Humboldt-Gletscher oder in die Melville Bay ergießt, hielt Charpentier meteorologisch für unmöglich.

In Porrentruy hatte Agassiz entweder ein Ausweichmanöver gemacht, oder er hatte seinen Kurs geändert. Seine alpinen Forschungen etablierten die Glaziologie, aber sie etablierten keine Eiszeittheorie. Agassiz war in der Zwischenzeit ein Experte in Sachen Gletscher und deren Auswirkungen. Er verwandte seine ungeheure Energie darauf, überall in den Alpen herumzukraxeln. 1839 verbrachte er wieder einige Zeit in den Berner Alpen, wo er sich eine große Moräne bei Kandersteg ansah. Von da führten ihn seine Studien in die Walliser Alpen, wo er das Amphitheater untersuchte, in dem acht Gletscher zusammenfließen, um den Gornergletscher zu bilden. 1840 erklomm er die Jungfrau und richtete ein Lager auf dem Aaregletscher ein.

Er machte sich mit dem Aletschgletscher vertraut, dem größten und längsten alpinen Gletscher, dessen Abfluß doppelt so breit ist wie die Rhone. Außer den üblichen Moränen und Gletscherschrammen hat der Aletsch einen kleinen See erzeugt – den Märjelensee –, dessen Wassermassen von dem Gletscher gestaut wurden. Nun sah er, daß Gletscher nicht nur Wasserquellen waren, sondern daß sie es auch aufhalten konnten. Agassiz sammelte dauernd solche Fakten, die das Ganze noch komplizierter machten. Er vertraute einfach darauf, daß sie sich eines Tages als nützlich erweisen würden.

Agassiz' Ehefrau begleitete ihn selten zu diesen Treffen, aber er reiste auch nicht alleine. Er hatte ein Team von Geologen und Assistenten, die Einzelheiten sammelten und ihre eigenen Schlüsse aus ihren Beobachtungen zogen. Indem er wissenschaftliche Teams zusammenstellte, die Exkursionen ins Feld unternahmen, arbeitete Agassiz bahnbrechend. In Porrentruy hatten nicht nur Agassiz und Charpentier Vorträge über Gletscher gehalten. Agassiz' Arbeitsgruppe war auch dort gewesen. So hatte zum Beispiel einer seiner Geologen, Arnold Guyot, ein Referat über die Struktur des Gletschereises gehalten, über Bänder, die den Gletscher durchzogen, in denen sich blaues und klares Eis miteinander abwechselten. Na und? Keiner wußte etwas darüber, und es interessierte auch niemanden so recht. Es war eine weitere Einzelheit in dem endlosen Faktenstrom, der sich auf Agassiz' Team ergoß.

Freiburg im Breisgau, September 1838 . . .

Fast unmittelbar nach dem Treffen in Porrentruy reiste Agassiz nach Freiburg im Breisgau zu einer weiteren Zusammenkunft, diesmal die der Gesellschaft der Deutschen Naturforscher. Lyells alter Lehrer, William Buckland, war zusammen mit seiner Ehefrau Agassiz' Einladung gefolgt. Buckland hatte einigen Grund, auf Agassiz' Einladungen zu reagieren, denn dieser hatte ihn mit vielfältigem Informationsmaterial zu fossilen Fischen versorgt, die er in seinem Bridgewater-Buch verwertet hatte. Zudem hatte Agassiz das Buch ins Deutsche übersetzt und in seinem eigenen Verlag in Neuchâtel gedruckt, wenn auch nach der Streichung einiger theologischer Passagen.

Agassiz hoffte darauf, in Freiburg seine Porrentruyer Vorstellung für ein deutsches Publikum wiederholen zu können – und durch Bucklands Anwesenheit vielleicht sogar für ein englisches. Buckland war immer noch der bekannteste Geologe Englands. Sein Bridgewater-Buch hatte sich sehr viel besser verkauft als Lyells *Principles*. Die erste Auflage von mindestens 5000 Exemplaren war ausverkauft, bevor sie überhaupt in den Buchhandlungen auslag. Eine zweite Auflage war ebenfalls schnell vergriffen, und so mußte eine weitere gedruckt werden. Agassiz lag viel daran, den geschätzten Buckland für die Gletschertheorie zu gewinnen.

Und Buckland interessierte sich dafür, weil ihm aufgefallen war, daß Agassiz' Eiszeitidee eine Lösung für das Problem des Diluviums anbot. Während der 1820er Jahre hatte Buckland besonders intensiv nach Spuren der Sintflut gesucht – zum Beispiel vereinzelte Gegenstände, die von der Flut weggeschwemmt worden sein könnten. Er fand viele Spuren, vor allem im Norden Englands und in Schottland. Doch nachdem Buckland zu dem Schluß gekommen war, daß diese Phänomene keine Überreste der biblischen Überschwemmung sein konnten, mußte er sich fragen, was sie denn sonst sein sollten. In seiner Bridgewater-Abhandlung hatte Buckland geschrieben, daß »eines der letzten großen physikalischen Ereignisse, die die Oberfläche unseres Globus verändert haben, eine zerstörerische Überschwemmung war, die einen großen Teil der nördlichen Hemisphäre unter sich begrub ... Diesem Ereignis folgte das plötzliche Verschwinden einer großen Anzahl von Vierbeinern, welche diese Weltgegend in der Zeit unmittelbar vor der Überschwemmung bewohnt hatte ... Das in Frage stehende Ereignis war die letzte von vielen geologischen Revolutionen, die durch gewaltige Wassereinbrüche entstanden, eher als die vergleichsweise ruhige Überflutung, die in der Heiligen Schrift beschrieben wird.«

Daß die Sintflut als »ruhig« beschrieben wurde, war damals sehr ungewöhnlich. Bucklands Gebrauch des Adjektivs in diesem Zusammenhang deutet auf die vielen Probleme der Überschwemmungstheorie hin, die ihm aufgefallen waren. Woher war das Wasser gekommen? Wohin war es später abgeflossen? Wie hatte es diese Veränderung bewirkt? Agassiz' Eiszeittheorie versprach, das Diluvium sinnvoll erklären zu können, indem sie es vom Wasser befreite. Buckland war also aufgeschlossen, aber wie gewöhnlich langten Worte nicht, um jemanden von der Idee des großen Schweizer Gletschers zu überzeugen. Buckland war jedoch einverstanden, mit seiner Frau nach Neuchâtel zu reisen, um sich mit Agassiz die Spuren im Jura anzusehen.

Außer Agassiz und den Bucklands gab es noch einen vierten Reisenden, der sich der Gruppe auf ihrem Weg nach Neuchâtel anschloß. Es handelte sich um einen von Agassiz' Gönnern, den Prinzen von Canino, Charles Lucien Bonaparte, Napoleons Bruder. Seit der Schlacht von Waterloo hatte der Prinz seine Energien und Gelder der Wissenschaft gewidmet. Die Tatsache, daß sich unter seinen Förderern so ergrimmte Feinde wie der König von Preußen und die Familie Bonaparte befanden, charakterisiert Agassiz' Fähigkeiten, einen vorteilhaften Eindruck zu hinterlassen. Was sich Buckland dabei dachte, mit dem

Bruder von Englands langjährigem Todfeind, »dem Dieb Europas«, zu reisen, ist nicht überliefert. Zusammengequetscht in einer Kutsche fuhren die vier durch das Rheintal nach Basel, dann überquerten sie den Jura nach Bienne, und schließlich kamen sie in Neuchâtel an. Ab und an konnten sie aus den Fenstern der Kutsche die erratischen Blöcke und polierten Felsen sehen, auf die sich Agassiz zu seiner Beweisführung verließ.

Dann begleiteten Buckland und der Prinz Agassiz in den Jura, um sich zu Fuß die Gletscherspuren anzusehen. Trotz aller Zeichen zögerte Buckland. Er wußte einfach nicht genug über Auswirkungen von Gletschern, um mit Sicherheit sagen zu können, daß Agassiz' Spuren von Gletscheraktivität zeugten. Daraufhin schlug Agassiz ihm vor, sich ein paar richtige Gletscher anzusehen. Zwei der zugänglichsten befanden sich im Aaretal, gegenüber von Neuchâtel, in Grindelwald und Rosenlaui. Buckland machte sich mit seiner Frau auf den Weg, und als er nach Neuchâtel zurückkam, war er zum Parteigänger von Agassiz bekehrt worden. Die Gletscher hatten ihm gezeigt, daß die Phänomene im Jura tatsächlich Spuren eines vergangenen Gletschers waren. Buckland sagte, daß ihn diese Indizien an ähnliche in Schottland erinnerten, die er bis dahin den Fluten zugeschrieben hatte. Auch wenn es im modernen Schottland keine Gletscher gab, hatte er Felsen mit Gletscherschrammen bei Edinburgh gesehen, und in der Nähe vom Ben Nevis gab es etwas, wovon er jetzt annehmen würde, daß es sich um eine Moräne handele.

Agassiz wurde sofort hellhörig. Seine Eiszeittheorie würde noch viel mehr Gewicht erlangen, wenn er beweisen könnte, daß auch Schottland unter einem Gletscher gelegen hatte, aber leider blieb Buckland Agassiz' Theorie nicht lange gut gesinnt. Agassiz bekam einen höflichen Brief von Mrs. Buckland, in dem sie sich für die Gastfreundschaft bedankte. Doch dann fügte sie hinzu: »Dr. Buckland ist allerdings so weit entfernt wie eh und je, mit Ihnen übereinzustimmen.« Was war passiert? Hatte er es sich anders überlegt? Machten Buckland die theologischen Aspekte der Eiszeittheorie zu schaffen? In dem Brief stand nichts davon.

Rensselaer Harbor, 28. August 1854 …

Eine Gruppe von »Deserteuren«, wie Kane sie nannte, verließ zur Mittagszeit die Mannschaft. Sie wollte versuchen, Upernavik vor dem hereinbrechenden Winter zu erreichen. Die meisten Beobachter würden eine weniger harte Charakterisierung dieses zweiten Rückzugstrupps wählen, schließlich gingen sie erst los, nachdem ihnen Kane die Erlaubnis gegeben hatte. Unter Walfängern war es allgemein üblich, den Männern eines eingeschlossenen Schiffes den Versuch zu erlauben, sich über das Eis zu retten, wenn sie das wagen wollten.

Kane war wütend, er empfand den Aufbruch der Männer wie einen persönlichen Verrat. Die Krise eines zweiten Winters brachte seine Unzulänglichkeiten als Expeditionsleiter besonders deutlich hervor. Vielleicht sind Romantiker nie große Führungspersönlichkeiten. Sie verstehen nicht, was andere antreibt, und sie erkennen nicht, wie ihr eigenes Festhalten an abstrakten Werten wie Loyalität oder Ehre bei anderen Argwohn oder Verachtung hervorruft. Schlimmer noch, Romantiker – oder vielmehr Idealisten im allgemeinen – stellen den Auftrag an die erste Stelle und die an ihm beteiligten Menschen an die zweite.

Kane entsetzte das Ende des Sommers: »Ich kann vor mir selber nicht verbergen, daß wir nur schlecht für einen weiteren Winter an Bord vorbereitet sind. Wir sind ein Haufen skorbutgeplagter, gebrochener Männer«, vertraute er seinem Journal an. Trotzdem war er wie vom Donner gerührt, als ihn ein Großteil der Mannschaft mit der Meldung konfrontierte, sie wollten versuchen, die Melville Bay hinter sich zu lassen. Da Kane kein Kapitän Bligh war, ließ er sie gehen, wobei er ihnen nicht nur einen gerechten Anteil des Proviants mitgab, sondern auch eines der Beiboote.

Das schlichte Argument fürs Aufbrechen war die Unerträglichkeit des Winteranfangs. Am 15. August begannen die Vögel wieder nach Süden zu fliegen, und wer wäre nicht gerne mit ihnen geflogen? Das Eis, das noch gar nicht richtig geschmolzen war, wurde wieder dicker. Diese Männer voller Tatendrang machte es wahnsinnig stillzusitzen, während die Sonne wie Wasser durch Finger entwich.

Das Argument fürs Bleiben war die Wahrscheinlichkeit des Untergangs des Trecks. Wenn Beechy Island schon einen Monat vorher unerreichbar war, wie konnte man auch nur daran denken, daß man soviel später im Jahr vielleicht Erfolg haben würde? Auch unter den besten Umständen war ein Durchqueren der Melville Bay im Beiboot ausgeschlossen. Wer konnte davon träumen, sie zu überqueren, wenn die Sonne schon hinter den Äquator gesunken war?

Sie wußten das, und trotzdem verließen neun Männer das Schiff. Acht blieben bei Kane.

Die abziehenden Männer wollten das Boot über das Eis zum offenen Meer ziehen, an der Küste entlangfahren, die Melville Bay durchqueren und weiter nach Upernavik fahren. Das Eis, das sie zu überqueren hatten, war nicht so wie zum Schlittschuhfahren auf einem zugefrorenen See, das die Bewohner gemäßigterer Temperaturzonen kennen. Dieses Eis bewegte sich mit den Gezeiten. Isaac Hayes berichtete, daß »sich das Packeis die ganze Zeit über aufrieb, verkeilte und zusammenzog«, als sie darüber hinweggingen. Wenn sich die Gezeiten änderten, wurde das Eis durcheinandergerüttelt. Plötzlich brachen Wasserrinnen durch die Eisdecke, und aus festem Boden wurden gefährliche Wege.

Neun Tage später hatte die Gruppe das offene Meer erreicht und bestieg ihr Boot, ursprünglich die *Forlorn Hope* genannt, doch dann in *Good Hope* umgetauft. Sie passierten Cape Alexander und hatten den Smith Sound in ihrem Rücken. Von hier an säumten Gletscher den Großteil der Küste Grönlands.

Sie segelten wie die alten Griechen, dicht an der Küste, und zum Kochen kamen sie an Land. In diesen Gewässern gab es Eisphänomene, die in wärmeren Gefilden unbekannt waren. Hayes nannte eine Art Miniaturpackeis »Pfannkucheneis«, weil ihn Form und Größe an Pfannkuchen erinnerten.

Am 27. September, einen Monat nachdem sie von Kane fortgegangen waren, erreichten die Männer ihren südlichsten Punkt. Sie waren 320 Kilometer weit gekommen und hatten das untere Ende von Cape Parry erreicht, einer kleinen Halbinsel, die sich hinaus in die Baffin Bay erstreckte. Um weiter voranzukommen, hätten sie durch offenes Wasser rudern müssen, doch die See war zu eisig und der Wind zu erbarmungslos. Sie bauten eine provisorische Hütte und blieben, wo sie waren. Erstaunlicherweise hatten sie etwas Gesellschaft. Eine kleine Gruppe von Eskimos hatte sich in der Nähe niedergelassen, und ihr Anführer Kalutunuah war gewillt, mit den Neuangekommenen zu handeln. Ihn überraschte die Absicht der Gruppe, nach Upernavik zu gelangen. Zwar hatte er schon von dem Ort gehört und wußte von seinem Reichtum – Holz, Eisen und immer genug Beute zum Jagen. Jeder würde gerne dorthin gehen, sagte er. Er würde gerne alle seine Leute mitnehmen, um sich dort anzusiedeln, doch sei das unmöglich. Zwischen jenem Ort und diesem liege die große gefrorene See – die eisige Wildnis der Melville Bay. Man könne ebensogut versuchen, zum Mond zu gelangen wie die unüberwindliche Barriere hinter sich zu lassen.

London, April 1840 . . .
Zwei Autoren legten gerade letzte Hand an ihre jeweiligen Bücher. In Neuchâtel beendete Agassiz seine *Études sur les glaciers*, die erste umfassende Abhandlung über Gletscher, die überhaupt erschien. In London überarbeitete Lyell seine *Principles of Geology* für eine weitere Auflage, die sechste. Lyells Buch war das erste Mal vor zehn Jahren in Druck gegangen, und in der Zwischenzeit war es zu *dem* englischen Grundlagenwerk der Geologie avanciert. Schüler, Lehrer und an den Erkenntnissen ihrer Zeit Interessierte hatten das Werk zu ihrer Standardreferenz geologischer Fakten erkoren.

Lyells Angewohnheit, seine alten Bücher zu überarbeiten, markierte einen der wesentlichen Unterschiede in der Herangehensweise zwischen Agassiz und ihm. Wie die meisten Autoren verfaßte auch Agassiz seine Bücher, um sich dann neuen zuzuwenden. Er veröffentlichte seine Reihe über die fossilen Fische, ohne zu den bereits veröffentlichten Bänden zurückzukehren. Auch sein neues Werk über Gletscher war eine einmalige Angelegenheit. Obwohl er später wieder über Gletscher schrieb, wurde daraus ein neues Buch und keine Neuauflage seiner *Études* mit neuen Materialien und Korrekturen. Doch Lyell tat etwas Neues, etwas, das mit seiner politischen Rolle zusammenhing, sich eine so große Anhängerschaft wie möglich für seine Beweisführung, daß alle geologischen Phänomene Resultat moderner Ursachen in ihrer modernen Stärke seien, zu schaffen. Obwohl die Fakten bei Lyell wichtig waren, mußten sie vor allem seine Argumentation unterstützen. Mit jeder neuen Auflage revidierte er altes

Material, und er strich Passagen zugunsten neuer Erkenntnisse. Damit erreichte er zweierlei. Er bewies, daß er sich immer auf dem laufenden hielt, und erweckte zugleich den Eindruck, daß sein geologischer Ansatz der Zeit und ihren neuen Entdeckungen standhielt. Auf der einen Seite nahm er sich geradezu wie das Musterbeispiel eines modernen Naturwissenschaftlers aus, der seine Ansichten den neuen Fakten anpaßte; auf der anderen Seite schien er jedoch ein vollkommener alter Prophet zu sein, weil all diese Korrekturen und Abänderungen nur die seinem Werk zugrundeliegende These stützten.

Im Laufe der Zeit hatten Lyells Bemühungen einen ähnlichen Effekt wie die eines Politikers mit einer klaren Vision, dessen Opposition nicht so konsequent und aktiv ist. Weil es vernünftig ist, macht die Opposition Konzessionen und nähert sich unter Umständen sogar an, der Politiker tut jedoch nichts dergleichen. Politische Historiker finden sich dann in einer Lage wieder, in der sie erklären sollen, warum sich das politische Klima verändert hat, aber sie können kein Ereignis oder keine Reihe von Ereignissen dafür verantwortlich machen. Die Veränderung wurde durch jahrelange geduldige Bemühungen einer Handvoll Getreuer hervorgerufen.

Wissenschaftshistoriker treffen genau auf diese Schwierigkeiten, wenn sie Lyells Erfolg erklären wollen. Es gab niemals eine Beobachtung, ein Experiment oder eine Reihe von Beobachtungen, die Lyells Gegner besiegt und seine eigene Theorie als einzige untermauert hätten. Doch genausowenig gab es einen einzigen Tag, an dem Lyell sich nicht den Notwendigkeiten und Chancen seiner Vision gewidmet hätte, so daß er mit der Zeit immer stärker wurde, mehr und mehr Boden gewann, wohingegen die Thesen seiner weniger auf ihr Ziel ausgerichteten Gegner zu eng begrenzten Spezialthemen wurden.

Wahrscheinlich vermag kein geologischer Aspekt, Lyells Erfolg besser zu illustrieren als die Rolle der Gletscher. Er hatte in seiner ersten Auflage nichts über ihre Bedeutung gesagt, doch im Vorwort der 6. Auflage schrieb er: »Ein neues Kapitel widmet sich der Kraft des Flußeises sowie derjenigen von Gletschern und Eisbergen; der Kraft, mit der feste Elemente transportiert und Felsoberflächen poliert und geschrammt werden. Fakten und Illustrationen dieses Kapitels entstammen fast ausschließlich meiner privaten Korrespondenz der letzten vier Jahre oder neuen Publikationen.«

Diese private Korrespondenz hatte er mit Agassiz geführt, und nun kehrte Lyell dessen Thesen in seinem eigenen anti-katastrophischen Werk gegen den Schweizer. Natürlich war Lyell nicht so unklug oder unhöflich, Agassiz direkt zu kritisieren. Er stellte einfach nur die Fakten vor, und zwar so, daß sie seine Interpretation unterstützten. So erwähnte er zwar die Findlinge in Nordeuropa, überging aber dabei jene im Jura sowie die Blöcke von Monthey stillschweigend.

Darüber hinaus fügte Lyell seiner Drifttheorie etwas Neues hinzu: Eisberge hätten nicht nur die Felsbrocken transportiert, sondern diese auch im Meer an den unterschiedlichsten Stellen fallen gelassen. Als sich danach der Meeresgrund anhob, wurden diese Gebiete trockenes Land.

In der ersten Auflage seines Werkes hatte sich Lyell noch über Leopold von Buchs These – das Land in Nordeuropa habe sich angehoben – lustig gemacht, aber später hatte ihn eine Reise nach Schweden vom Gegenteil überzeugt. Obwohl sich seine Meinung in diesem Punkt vollkommen geändert hatte, diente sogar diese Kehrtwendung dazu, seine Grundthese zu untermauern. Im nachhinein scheint gerade die Sache mit der Anhebung des Landes ein besonders merkwürdiger Zufall zu sein. Später erklärten Geologen die Aufwärtsbewegung des Landes als anhaltende Reaktion auf das Fehlen des Gewichts des mächtigen Eisschildes, das das Land Tausende von Jahren niedergedrückt hatte ...

Auch in dieser neuen Auflage zeigte sich allerdings, daß Lyell immer noch nicht den wesentlichen Unterschied zwischen einem Gletscher und einer gewöhnlichen Schneeverwehung begriffen hatte. Im Glossar definierte er Gletscher als »gewaltige Anhäufungen von Eis und gehärtetem Schnee in den Alpen und anderen hohen Bergen«. Selbst wenn wir die Gletscher im grönländischen Tiefland außer acht lassen, ist es verwunderlich, wie es Lyell entgehen konnte, daß sich Gletscher bewegen. Sie sind eben gerade nicht bloß weiße Häubchen, passiv auf spektakuläre Gipfel gesetzt. Sie sind aktive Mächte, die auf dem Land hin und her kriechen, und diese Bewegung ist es, die sie prinzipiell von den gefrorenen Schneefeldern unterscheidet, die alle englischen Leser Lyells kannten. Das bebende Dröhnen der Eislandschaft, die die Kane-Expedition ertragen mußte, lag noch jenseits von Lyells Vorstellungsvermögen.

Glasgow, September 1840 ...

Nach dem Erscheinen seiner *Études* fuhr Agassiz unverzüglich zum alljährlichen Treffen der British Association for the Advancement of Science, die in diesem Jahr in Glasgow stattfand. Wie bei solchen Konferenzen üblich, waren die Gespräche am Rande und die privaten Treffen mindestens so wichtig wie die offiziellen Vorträge. Ein junger Naturforscher, Edward Forbes, prahlte in einem Brief nach diesem Treffen, er habe die ganze Woche in Glasgow mit Agassiz über die Besonderheiten der Klassifikation des Meereslebens geplaudert. In England basierte Agassiz'

Ruf immer noch auf seinen Studien über fossile Fische und nicht auf seinen Gletscherforschungen.

Am 21. September hielt Agassiz vier Vorträge auf dem Treffen in Glasgow, einen davon vor der geologischen Fraktion, in dem er auf französisch über Gletscher und die Findlinge in der Schweiz sprach. Da Lyell diesmal den Vorsitz innehatte, gab es natürlich keine Zwischenrufe und kein Pfeifkonzert. Doch die Theorie wurde immer noch verspottet. Seine Erklärung glazialer Bewegungen schien kaum jemandem im Saal einzuleuchten, vor allem nicht den Experten in Physik und Dynamik. Da Agassiz kein Physiker war, wurde er in dieser Hinsicht leicht in die Defensive gedrängt. Für die Eiszeittheorie war nur von Bedeutung, daß sich die Gletscher bewegten. Wie sie das taten, spielte keine große Rolle. Wissenschaftler hören es natürlich nicht gerne, wenn man ihnen sagt, daß neue Fakten irrelevant fürs Verständnis der in Frage kommenden Angelegenheit sind, doch Agassiz hatte schon alle wesentlichen Fakten in Neuchâtel vorgestellt, bevor er selbst eigene Feldstudien an Gletschern betrieben hatte. Die wesentliche Tatsache, auf der seine Theorie des Großen Eises beruhte, war, daß Gletscher sich bewegen und in diesem Prozeß Moränen vor sich herschieben, Findlinge auf ihrer Oberfläche mit sich führen und die Felsen unter sich schrammen und polieren. Die mechanischen Einzelheiten glazialer Bewegungen, des Transportes und des Furchens waren jedoch technische Kleinigkeiten, die sicherlich nicht den Ausschlag für oder gegen Agassiz' Eiszeittheorie geben konnten.

Die Frage, die sich in Glasgow stellte, war dieselbe, die auch in Neuchâtel aufgekommen war: Waren die Spuren, auf die sich Agassiz berief, durch Gletscher oder etwas anderes entstanden? Moränen bildeten den am wenigsten strittigen Überrest einer glazialen Vergangenheit. Lyell erklärte, er sei mit Agassiz' Erklärung, wie die Gletscher ausgesehen hatten, voll und ganz einverstanden. Und doch bezweifelte er im selben Atemzug, daß die Schweizer Gletscher je so groß gewesen seien, wie Agassiz annahm. Lyell vermutete, daß kleine lokale Gletscher solche Moränen hervorgerufen hätten, die heutzutage weit weg von existierenden Gletschern standen. Diese Zurückweisung war natürlich entmutigend, doch sollte es für Agassiz noch das Beste sein, was ihm an diesem Tage widerfuhr. Keine der anderen Indizien glazialer Aktivitäten konnte auch nur so wenig Akzeptanz gewinnen.

Erratische Blöcke wurden immer noch nicht als beweiskräftig angesehen. Dieser Widerstand beruhte zum einen auf einer professionellen Skepsis, zum anderen spiegelte er die allgemeine Unwissenheit wider, wie es oben auf den Gletschern aussah. Roderick Murchison widersprach Agassiz' Vortrag am heftigsten. Er verteidigte seine eigene Drifttheorie zum Teil aber einfach nur aus Spaß an der Auseinandersetzung. Nach dem Treffen schrieb er einen Brief: »Dank Agassiz unternahmen wir heute eine wunderbare Gletscherexkursion; wahrscheinlich wird es alles mit einem Kompromiß zwischen ihm und uns von den schwimmenden Eisbergen enden.« Agassiz bemerkte nicht, daß Murchison eine Verhandlungsplattform aufgebaut hatte. Er nahm an, daß er aufgrund der Tatsachen den Sieg davontragen konnte, so wie Cuvier es immer gepredigt hatte.

Was die polierten Felsen anging, kamen sie den Zweiflern noch nicht einmal rätselhaft vor. Lyell befand, solche Steine seien einfach viel zu häufig, als daß sie etwas bedeuten könnten. Er habe viele solche Gesteine in Schottland und Schweden gesehen, doch in Schottland gebe es keine Gletscher, und die schwedischen Felsen, die er in den Fjorden gesehen habe, seien wohl von eingekeilten

Eisbergen poliert worden, als sie gegen die Felswände gedrückt wurden.

William Buckland saß während der Diskussion stumm da; er bot Agassiz keine Hilfe an. Seit seiner zaghaften Konversion vor zwei Jahren hatte Buckland nichts dafür getan, die Eiszeitidee zu sondieren. Nun war Agassiz allerdings auch nicht nach Schottland gekommen, um sich noch einmal auslachen zu lassen. Er beendete seinen Vortrag mit der Ankündigung, daß er vorhabe, sich die schottische Hochebene anzusehen, weil er sicher sei, dort auf viele Spuren verschwundener Gletscher zu treffen. Buckland wollte ihn begleiten.

Die beiden Geologen zogen in die frostig-triste Hochebene, sobald die Glasgower Tagung beendet war. Sie suchten nach Beweisen für Stufe 2 der Gletschertheorie: Es gab früher Gletscher an Orten, wo jetzt keine mehr sind, nicht einmal in verkleinerter Form. Ihr Weg führte sie aus dem Norden Glasgows zum Great Glen. Dann folgten sie dem großen schottischen Grabenbruch von Fort William im Süden bis nach Moray Firth im Norden. Für einen Schweizer war die schottische Landschaft eher zweitklassig, selbst für Schottlands spektakulärste Gegenden – wie Loch Lomond – hatte er als größtes Lob nur die Bemerkung übrig: »Erinnert mich an die Schweiz«, die Schweiz ohne Alpen freilich. Aber für zwei Geologen auf der Suche nach Indizien verschwundener Gletscher war es das reine Paradies. Die schottischen Highlands erzählen in jeder Schlucht und auf jedem Bergsattel von der Eiszeit. Und den Entdeckern tat das Fehlen alpiner Ausmaße nur gut. Im schottischen Hochland gibt es keine Erhebungen über 1400 Meter, also woher stammte das ganze verschwundene Eis?

In einem Brief an Humboldt schrieb Agassiz: »Ich fand dieselben polierten Oberflächen wie in der Schweiz, dieselben Seiten- und Endmoränen, in derselben gespenstischen Ordnung angelegt, vom Zentrum der Bergketten bis zur Ebene, und hier weisen die Seen überall verminderte Ablagerungen auf, weil Gletscher sie einst bis in die Tiefen ausgefüllt haben.«

Die Partner kamen am Loch Lomond vorbei und überquerten den Rest-and-Be-Thankful-Paß, der vom Loch Long zum Loch Fynn führt. Vielleicht vermutete Agassiz eiszeitliche Ursprünge dieser Seen, trotzdem war er vorsichtig. Erst als sie sich dem Inverary Castle näherten, dem Stammsitz der Herzöge von Argyll, sagte er zu Buckland: »Hier werden wir unsere ersten Gletscherspuren finden.« Und tatsächlich führte sie die Postkutschenstraße über eine klassische Endmoräne. Sie erkannten es beide, und sie wußten beide, was das für die Eiszeittheorie zu bedeuten hatte.

Etwas weiter nördlich erreichten sie den Ben Nevis, den höchsten Berg Großbritanniens. Er ist zwar nur 1343 Meter hoch, aber in dem Breitengrad reicht das für eine dauerhafte Schneebedeckung aus, wenn auch nicht für einen Gletscher. Die beiden Geologen sahen allerdings, daß Gletscher früher einmal an allen Seiten des Berges heruntergekrochen waren, denn Moränen, erratische Blöcke und polierte Felsen lagen um den Ben Nevis wie Strahlen um die Sonne, und dabei liegt der Ben Nevis am südlichen Ende der Highlands. Er ist das Eingangstor zu den etwas weiter nördlich gelegenen Glens und Lochs. Die Forscher hatten schon im schottischen Süden genug gesehen, um zu wissen, daß die gesamte schottische Erdgeschichte unter den Vorzeichen der Eiszeit uminterpretiert werden mußte. 16 Jahre zuvor hatte Buckland diese Gegend mit Lyell bereist. Er war der Meinung gewesen, daß er viel gesehen und verstanden hätte, aber die Gletschertheorie gab dem Erscheinungsbild des Landes eine ganz andere Bedeutung. Es war charakteristisch für Bucklands flexible Herangehensweise, daß er sich nicht gegen die Gletschererklärungen gestemmt zu haben scheint, sondern ruhig zusah, wie seine alten Ideen und Deutungen verschwanden – wie auch Schottland selbst einmal unter einem eisigen Wall verschwunden war.

Jetzt brauchten die zwei nur noch etwas, das sie oben auf ihre geologische Revolution setzen konnten, etwas, das der Vielfalt von Moränen, Findlingen und Gletscherschrammen noch etwas ganz Unerwartetes hinzufügen würde. Als sie die Uferterrassen von Glen Roy sahen, hatten sie dieses Etwas gefunden. Diese Terrassen sind vollkommen gerade Linien, die an den Talwänden entlanglaufen. Jede horizontale Linie hat eine Entsprechung auf der anderen Seite der Schlucht. Sie sind so gerade und auf genau derselben Höhe angelegt, daß man meinen sollte, sie seien von einem geometrisch begabten Ingenieur erschaffen worden und nicht von der Natur. Lyell, der das Tal auf seiner Reise mit Buckland gesehen hatte, schrieb damals an seine Mutter, daß die Terrassen »eines der größten natürlichen Phänomene Großbritanniens« seien. Die Menschen aus der Gegend schrieben sie einem verschwundenen Stamm von Baumeistern zu, die meisten Geologen hielten sie dagegen für Seeterrassen. Sie konnten allerdings nicht begreifen, wie sich der Glen Roy jemals mit Wasser gefüllt haben sollte.

Agassiz erkannte, daß die Terrassen die spektakulären Überreste eines großen Gletscherdamms waren, so wie der Märjelensee, den er in der Schweiz gesehen hatte. Er erklärte Buckland, daß ein Gletscher wahrscheinlich vom Ben Nevis her die Schlucht abgesperrt habe, wodurch der Wasserspiegel so hoch stieg, bis die Fluten über die Seiten der Bergkämme ablaufen könnten. Agassiz sagte, daß die Terrassen die unterschiedlichen Ebenen markierten, die die Wasseroberfläche des Sees jeweils erreicht hatte. Buckland hatte schon dutzendweise Erklärungsversuche für die

Uferterrassen über sich ergehen lassen. Charles Darwin hatte vor kurzem selbst eine publiziert. Normalerweise tauchte in diesen Erklärungen immer irgendeine Überschwemmung oder Flut auf. Darwins Auslegung ging dahin, daß ganz Schottland niedriger gelegen habe. So konnte das Meer hereinfluten und gegen die Ufer des Glen Roy branden. Agassiz' Erklärung war absolut neu und unerwartet, und sie paßte hervorragend zu der Revolution, die die beiden angezettelt hatten. Auf Bucklands Ermutigung schrieb Agassiz einen Brief nach Edinburgh, in dem er seine Erklärung für die Terrassen darlegte, die zu den berühmtesten Naturschauspielen Schottlands gehörten. Vier Tage, nachdem er ihn abgeschickt hatte, erschien sein Bericht im *Scotsman*; während die beiden Erkunder noch in den Highlands herumliefen, verursachte der Brief eine nicht unerhebliche Unruhe.

In der Zwischenzeit waren Agassiz und Buckland am Great Glen und dem Loch Ness vorbei nach Moray Firth an der schottischen Nordküste gelangt. In dieser Wildnis befand sich ein Anwesen namens Altyre House, wo ein begeisterter Naturforscher mit einer ausgesuchten Sammlung fossiler Fische wohnte, und natürlich schaute Agassiz vorbei, um sie sich anzusehen. Bei ihrer Ankunft in Altyre House waren die beiden Partner ganz erregt von ihren Beobachtungen der Gletscherspuren, und als sie dann auch noch bemerkten, daß Murchison nach dem Glasgower Treffen hier gelandet war, brach es regelrecht aus ihnen hervor. Moränen, Findlinge, geschrammte Felsen und die Terrassen von Glen Roy wurden ihm lebhaft und anschaulich beschrieben, aber er wollte nichts davon wissen. Spieler bis zum Schluß, gab er keinen Fußbreit nach. Nein. Niemals. Das gab es gar nicht.

Für jeden Mann, der etwas weniger Durchsetzungswillen gehabt hätte als Agassiz, wäre Murchisons Abfuhr schrecklich ernüchternd gewesen, aber Agassiz ließ sich nicht bremsen. Er wandte seine Aufmerksamkeit einem anderen Gast in diesem abgelegenen Haus zu, einem jungen Physiker namens James Forbes, derselbe Forbes, der Ignatz Venetz vor einem Jahrzehnt bei seiner Alpenwanderung getroffen hatte. Forbes hatte auch an der Glasgower Tagung teilgenommen. Man sah ihn als vielversprechenden britischen Nachwuchswissenschaftler an. Obwohl er kein Geologe war, machten ihn seine Kenntnisse der Schweiz und ihrer Gletscher neugierig auf Agassiz' Theorie. Für ihn als Physiker stand es außer Frage, daß glaziale Bewegungen Auswirkungen auf das Land gehabt haben mußten, auch wenn er sich selbst nie – auch nicht nach seiner Unterhaltung mit Venetz – mit den Gletscherspuren in der Schweiz beschäftigt hatte. Wenn man Agassiz den kleinen Finger reichte, nahm er gleich die ganze Hand, und so drängte er Forbes, in die Schweiz zu kommen und es sich selbst anzusehen. Dieses folgenschwere Angebot sollte in die Geschichte eingehen, dabei hatte Agassiz diesen Vorschlag wahrscheinlich eher nebenher unterbreitet. Man kann ihn sich als eine Art Missionar der Eiszeittheorie vorstellen, einen Mann, der auf jedes noch so kleine Fünkchen Interesse mit der Einladung reagierte, sich das neue Wissen gleich anzueignen.

Dann verließen Agassiz und Buckland Altyre House und machten sich auf den Weg nach Süden. Es dauerte nicht lange, bis sie neue Indizien sahen, welche bezeugten, daß sie im Recht waren und Murchison im Unrecht. Sie stießen auf weitere Moränen. Schließlich trennten sich die beiden Männer. Agassiz nahm eine Fähre nach Irland, um sich angeblich eine weitere Sammlung fossiler Fische anzusehen, doch bald schrieb er an Buckland Berichte, denen zufolge es auch in Irland Gletscherspuren gab.

Unterdessen war Buckland auf dem Weg zu Lyells Heimat in Forfar, im Süden Schottlands. Das Anwesen Kinnordy House war Lyells Elternhaus. Buckland wies ihn auf einen langgezogenen, schlanken und niedrigen Hügel hin, von dem Lyell zugeben mußte, daß er ihm immer ein Rätsel gewesen sei. Es handele sich, erklärte ihm Buckland, hierbei um eine Moräne, die Überreste eines Gletschers, nur drei Kilometer von Lyells Elternhaus entfernt. Lyell sah, daß das stimmen mußte. Irgendwann einmal hatte genau an dieser Stelle ein Gletscher gelegen.

Lyells plötzliche Bekehrung war eher ein Akt des Erkennens als ein Bravourstück des Verstandes. Allen frühen Anhängern der Eiszeittheorie ist es so ergangen, alle haben diese Entwicklung vom Sehen zum Erkennen durchgemacht. Charpentier, Agassiz selbst, Buckland und Lyell waren Zweifler und Spötter gewesen. Und dann sprang sie auf einmal die Wahrheit an und versetzte sie in die Lage zu erkennen, was die ganze Zeit vor ihren Augen gewesen war. *Ich war blind, und jetzt sehe ich.* Nach dieser Verwandlung war es unmöglich, die neue Wahrnehmung zu leugnen. Gletscherüberreste wurden schlicht und einfach zu etwas Gegebenem der Landschaft.

Für Buckland war Lyells Umkehr wie die Erhörung eines Gebets, und er schrieb sofort an Agassiz: »Lyell hat Ihre Theorie *in toto* anerkannt.« Beschwingt von dieser Nachricht, kehrte Agassiz nach Schottland zurück, fuhr nach Edinburgh und stellte dort erfreut fest, daß er endlich als Vordenker für eine große Idee gefeiert wurde.

In Edinburgh gab es eine geologische Gesellschaft und zwei bekannte Naturforscher. Der eine von ihnen war ein Zeitungsmann, Charles Maclaren, Herausgeber des *Scotsman*, der ersten unabhängigen, radikalen Zeitung Schottlands. Er war Autodidakt, Herausgeber einer der Bände der *Encyclopaedia Britannica* (1820–1823) und Beitragschreiber zu vielen weiteren. Er hatte am Glasgower Treffen teilgenommen und Agassiz' Vortrag gehört. Es war Maclaren gewesen, der Agassiz' Brief über die Terrassen von Glen Roy angenommen und veröffentlicht hatte. Maclaren ließ sich von neuen Ideen immer noch reizen, obwohl er bald 60 war. Immer schien er bereit, die Gedanken eines ganzen Lebens über Bord zu werfen, wenn sich ihm bessere boten. Statt auf Agassiz' Eiszeit mit Entsetzen oder Unruhe zu reagieren, faszinierte ihn das Gedankengebäude des Großen Eises.

Robert Jameson war der andere bedeutende naturwissenschaftliche Herausgeber. Er unterrichtete Naturgeschichte an der Universität von Edinburgh und interessierte sich schon seit langem für Gletscher. Notizen seiner Studenten aus dem Jahr 1825 zeigen, daß er ihnen schon damals davon berichtet hatte, daß es in Schottland viele Anzeichen gebe, daß es früher von Gletschern bedeckt gewesen sei. Er war Gründer und Herausgeber des *Edinburgh New Philosophical Journal*, das seit über zehn Jahren Artikel über Gletscher übersetzte und veröffentlichte. Jameson hatte auch die englische Übersetzung von Agassiz' Neuchâteler Vortrag abgedruckt, und zwar nicht als Skandalon, sondern als etwas, was sich zu bedenken lohne.

Die Edinburgher Naturforscher waren hoch erfreut, Agassiz durch ihre Vororte zu begleiten und ihn lange gehegte Vermutungen bestätigen zu hören. Moränen, Findlinge und verräterische Schrammen umgeben die Hauptstadt Schottlands.

Die Gletschertheorie beherrschte die folgenden drei der zweiwöchentlich stattfindenden Treffen der Edinburgher Geological Society. Bei der Zusammenkunft am 4. November 1840 gab Agassiz eine allgemeine Übersicht über seine Theorie, die er jetzt mit einigen Indizien aus Schottland anreicherte. Dann verlas Buckland den ersten Teil eines dreiteiligen Beitrags über ihre vielen Beobachtungen.

Diese Treffen waren Agassiz so wichtig, daß er in Schottland blieb. Lyell schloß sich Buckland bei der zweiten und dritten Sitzung an und sprach über Gletscherspuren in seiner Heimat.

So waren die beiden bekanntesten Geologen Englands einen Monat lang in Edinburgh, um sich für die Sache der schottischen Gletscher einzusetzen. Lyell sagte, Schottland müsse wie die Antarktis ausgesehen haben, nur die höchsten Gipfel erhoben sich aus einer Eisdecke von phänomenaler Mächtigkeit. Das war allerdings ein kühner Vergleich, da die Antarktis 1840 kaum bekannt war. Agassiz war sogar noch unerschrockener, er verglich Schottland mit Grönland. Er stellte sich das Landesinnere als riesige Eisdecke vor, die sich nach allen Richtungen ausdehnte, und behauptete, Schottland habe auch einmal so ausgesehen. Diese fernen und undeutlichen Bilder des Großen Eises lassen vermuten, daß beiden Naturwissenschaftlern etwas klar geworden war: Ein größer gedachtes Mer de Glace war nicht groß genug, um solche Landschaften wie die schottischen zu schaffen. Ganz offensichtlich war es ihnen gelungen, vor ihrem inneren Auge das zu evozieren, was Kane mehr als ein Dutzend Jahre später sehen würde. Die anderen Naturforscher im Saal dachten jedoch »Schweiz«, wenn sie »Gletscher« hörten. Sie hatten nicht den leisesten Schimmer, wovon Agassiz und Lyell sprachen.

Nach dem zweiten Treffen fühlte Agassiz den Sieg zum Greifen nah. In einem Brief schrieb er, daß die Gegenargumente von Murchison und anderen zu weit hergeholt seien und deswegen nicht viel erreichen könnten. Buckland hatte ihre Aufnahme jedoch als wesentlich kühler empfunden und bei der zweiten Zusammenkunft sogar aus lauter Frustration die Geduld verloren. Als ihm klar wurde, mit welcher Ungläubigkeit seine Indizien geschrammter Felsen aufgenommen wurden, verließ ihn seine heitere

Gemütslage. Er fuhr seine Zuhörer an, alle, die bezweifeln würden, daß Eis die schottischen Felsen geschrammt und poliert habe, seien für alle Ewigkeit zu den Schrecken immerwährenden Juckens verdammt, ohne sich kratzen zu dürfen. Tatsache war nämlich, daß die Zusammenkünfte trotz des Renommees der Referenten und ihrer anschwellenden Indizienberge schlecht liefen. Sicherlich, einige Geologen stellten nachdenkliche Fragen, doch warum bewirkten die unglaubliche Anhäufung von Fakten und die eingehende Erläuterung der Gletschertheorie nicht mehr? Zwischen 1840 und heute haben die westlichen Gesellschaften eine Art Wahrnehmungsschleuse passiert. Welten, die wir heute mit einem Blick erfassen, waren damals rätselhaft. Agassiz, Buckland, Lyell und die anderen Glaziologen vergaßen, daß sie selbst ja auch durch einen Akt des Erkennens und nicht durch rationale Argumente überzeugt worden waren. Sie meinten, immer mehr Fakten zu benötigen, um ihrem Publikum mitzuteilen, was sie wußten, dabei hätten sie die Sprache eines Dichters sprechen müssen. Sie hätte den Anwesenden die Augen öffnen können, damit auch diese sähen, was jene gesehen hatten.

Charles Maclaren war einer der wenigen, der begriff, was gebraucht wurde. Ende der 1840er Jahre publizierte er eine Reihe von Berichten darüber, wie man die schottische Landschaft durch die Brille der Eiszeittheorie ganz anders zu sehen begann. »Selbst wenn man sich Monsieur Agassiz' Ansichten vielleicht nicht zur Gänze anschließen sollte«, schrieb Maclaren, »so bieten sie uns doch neue geologische Möglichkeiten, die umfassend einsetzbar sind und uns helfen können, einige Phänomene zu verstehen, die wir uns mit den vorliegenden Informationen nur unzureichend erklären können.«

Das reichte nicht. Im Februar 1841 stimmte die Geological Society of Edinburgh darüber ab, daß »Agassiz' Gletschertheorie auf Schottland nicht zutrifft«. Noch verheerender wirkte sich aus, daß einen der beiden größten Bekehrten der Mut verließ. Buckland hatte ein Buch über die Eiszeit geplant, aber ihm ging die Puste aus. Die Idee war ihm zu umstritten, sie war dazu angetan, starke Gefühle auszulösen, und er verfiel in ein immerwährendes Schweigen über die Eiszeit. Auch Lyell verlor die Nerven und zog sich aus seiner öffentlichkeitswirksamen Unterstützung von Agassiz' Theorie zurück.

Im Frühling des Jahres 1841 wurde deutlich, daß Agassiz' große schottische Erkundung wenig gebracht hatte. In den nächsten Jahren fühlten britische Geologen sich verpflichtet, in einem Absatz zu erklären, warum die Gletscherhäresie diese oder jene Frage nicht beantworten konnte, doch die Theorie verwarfen sie eher nebenher: Sie dachten nicht darüber nach, worin die Rolle der Gletscher bestanden haben könnte.

Rensselaer Harbor, Grönland, 21. Oktober 1854 ...

Mit dem Erlöschen des Sommerlichtes ließ sich das Schicksal, das die zurückgebliebenen Bewohner der *Advance* erwartete, nicht mehr übersehen. »Die Sonne erreicht unser Schiff nicht mehr«, schrieb Kane in sein Journal. »Die nordöstlichen Landzungen und ihre südlichen Fjordwände haben noch immer einen warmen Gelbton, und die Spitzen der Eisberge weit draußen im Packeis werden um die Mittagszeit angestrahlt; doch alles andere liegt im tiefen Schatten.«

Kane konnte nicht ahnen, daß die abtrünnigen Männer schon seit einem Monat in einem elenderen Unterschlupf festsaßen als er selbst, wenn er auch wußte, daß ihr Unterfangen hoffnungslos war und sie irgendwo weit entfernt von ihrem Ziel litten. Er verschwendete kein Mitleid an sie, wünschte ihnen keine Gnade. Ihren Wunsch, nach Hause zu gelangen, faßte er als persönlichen Verrat auf. Die Männer des Trupps wurden lebende Beweise all der Fehler und Frustrationen der Expedition. In seinem Journal brachte Kane seinen Zorn völlig ungebremst zum Ausdruck, er schrieb wie ein Verrückter – so aufbrausend, so blind und so redundant.

Nach so vielen anderen Irrtümern unterstrich das Verschwinden eines Teils der Mannschaft Kanes Schwächen als Mensch und Expeditionsleiter. Prominenz und ein Gedicht von Tennyson waren kein Ersatz für das Heldentum, das den Erfolg in der Arktis verlangte. Kane verfaßte eine Nachricht an eine mögliche spätere Suchmannschaft, aus der das Schicksal des Trupps hervorging. Die Crew schichtete einen Steinhaufen auf einer Insel in der Nähe der Brigg auf, und dahinein steckte sie die Nachricht:

»Die Expedition hatte 240 Meilen Küstenlinie aufgenommen, ohne irgendwelche Spuren der vermißten Schiffe zu finden, oder die geringste Kunde über ihr Schicksal zu erlangen. Die Reisen, welche zu diesem Zwecke gemacht worden sind, haben sich auf mehr als 500 geogr. Meilen belaufen, alle entweder zu Fuß oder mit Hunden.

Grönland ist bis an sein Nordende verfolgt worden, wo es mit der gegenüberliegenden Küste eines noch nördlicheren Landes durch einen großen Gletscher verbunden ist. Diese Küste ist bis zur Breite von 82° 27' aufgenommen worden. Smith Sound erweitert sich zu einer weitläufigen Bai, die in ihrer ganzen Ausdehnung aufgenommen ist. Von ihrem nordöstlichen Winkel auslaufend ist unter 80° 12' Breite und 66° Länge ein Kanal entdeckt und so weit verfolgt worden, bis zugefrorenes Wasser das fernere Vordringen hinderte. Dieser Kanal läuft ganz in nördlicher Richtung und verbreitert sich zu einem dem Anscheine nach offenen Meere, wo Vögel, Bären und Seetiere sich in Menge fanden.

Das Sterben der Hunde während des Winters war Ursache, daß die bezeichneten Entdeckungen vorzugsweise durch die persönlichen Anstrengungen der Offiziere und Mannschaften gemacht werden mußten. Der Sommer findet sie sehr herabgekommen an Gesundheit und Kräften. Jefferson Temple Baker und Peter Schubert sind gestorben an den Wirkungen der Kälte, denen sie in männlicher Pflichterfüllung sich ausgesetzt ...«

Nachdem er die Botschaft zwischen die Steine gelegt hatte, kehrte Kane zur Brigg zurück. Er tobte, hungerte und sah mit an, wie das Sonnenlicht verschwand. Es gab wenig Grund anzunehmen, daß sie noch leben würden, wenn die Sonne wiederkam.

Mit dem Anbruch der Polarnacht gab es immer weniger zu tun, so saßen sie bewegungslos frierend herum wie todgeweihte Patienten in einem Behelfslazarett. Zu ihrer Beklemmung trugen auch die Ratten bei, die wie Motten vom Licht der Brigg, von der Wärme und den Abfällen angezogen wurden. Die Ratten waren überall, sie stellten eine größere Bedrohung des Proviantlagers dar, als die Hunde es jemals gewesen waren. Die Männer waren entsetzt, und dann begann Kane, ihnen Fallen zu stellen und sich an Rattenfleisch satt zu essen. Er aß Rattenkeulen, kleine Rattensteaks und Rattenschinken. Er drängte die anderen mitzuessen, Nahrung sei schließlich Nahrung, und die Weigerung, Ratten zu essen, beruhe auf reinem Aberglauben. Die anderen ekelten sich aber viel zu sehr, sie zogen einen elenden Tod so einem widerlichen Essen vor. Kane hatte die Ratten für sich selbst.

Noch tödlicher war die Kälte. Die Temperaturen sanken weit unter minus 20 Grad, und da sie keine Kohlen mehr hatten, gab es auch nicht mehr genug Brennstoff, um sie am Leben zu halten. Anfang Dezember begannen sie damit, das Schiff auseinanderzunehmen. Zuerst brachen sie nur ein paar Planken zum Verfeuern heraus. Zu diesem Zeitpunkt sagte sich Kane noch, daß es genug überflüssiges Holz zum Verheizen auf dem Schiff gab und sie trotzdem in der nächsten Saison lossegeln konnten, aber das war natürlich ein Traum. Nachdem sie begonnen hatten, Teile ihres Schiffs zu verheizen, mußten sie erkennen, daß dies die einzige Möglichkeit war, die Kälte zu überleben.

Am 7. Dezember 1854, etwas über drei Monate nachdem sie losgezogen waren, tauchten zwei »Deserteure« beim Schiff auf. Sie hatten die Hütte, in der sie seit den letzten Septembertagen eingeschlossen gewesen waren, verlassen und den Schneestürmen und der erbarmungslosen Kälte getrotzt, um wieder bei Kane Zuflucht zu suchen. Bestimmt wären sie irgendwo in der Dunkelheit gestorben, wenn sie nicht von Eskimos mit Hundeschlitten gerettet und zum Schiff gebracht worden wären. Die anderen Männer befanden sich auch auf dem Rückweg. Ein paar Tage später waren alle »Abtrünnigen« zurück und bettelten um die Wärme der *Advance*, die Planke um Planke heruntergebrannt wurde.

Wie oft hatte sich Kane so eine Rückkehr mit eingeklemmtem Schwanz vorgestellt. Die Verräter hatten ohne ihn auskommen wollen. Jetzt konnte er ohne sie auskommen. *Haut ab! Schlaft im Schnee und seid verdammt!* Das war seine Rachephantasie gewesen, wie König Lear wollte er gegen alle wüten, die ihn verraten hatten. Jetzt hingegen, wo die elenden, verzweifelten Männer zurückkamen, nahm Kane sie auf der Stelle auf, und sie teilten sich das Wenige, das es noch gab.

Von dieser Zeit an taucht ein neuer, selbstkritischer Ton in Kanes Journal auf. Er begann, sich für die Verzweiflung der Mannschaft verantwortlich zu fühlen. »Unsere Krankheit schreibe ich unserer eingeschränkten Nahrung zu, wenn wir genug gefrorenes Walroß hätten, würde ich über den Skorbut lachen. Es ist nur deswegen, weil ich mich mit anderem beschäftigte – sommerliche Nachforschungen und im Herbst Exkursionen, den Blick nur aufs Entkommen gerichtet –, daß ich es versäumt habe, einen Vorrat an frischer Nahrung anzulegen. Noch im August hätte ich den Bedarf eines ganzen Winters an Vögeln und Kleintieren decken können. Von Mai bis August lebten wir von Seehunden, fünfundzwanzig vor Mitte Juli, die alle von einem Manne herangebracht wurden: Eine ausdauernde und besser durchgeführte Jagd hätte diese Anzahl grenzenlos erhöht. Ein paar Bootsausflüge im Juni hätten unser Lager an Eidergänseeiern für den Winterverzehr aufgestockt, dreitausend auf eine Reise, und in den Schneeverwehungen hätten wir sie für den Frühstückstisch frischgehalten. Ich belud mein Boot mit Enten in drei Stunden, noch Mitte Juli, und nicht weiter als fünfunddreißig Meilen von unserem Ankerplatz entfernt. Und selbst jetzt sind noch die Eskimos fett und ölig von ihrem Walroßspeck, nur siebzig Meilen entfernt. Es ist keine Gegend, in der man verhungern muß, und eigentlich auch keine für Skorbut.«

Am 25. Dezember erreichten Kanes Selbstanklagen und Gewissenserforschungen in einer lebhaften Vision von seiner Familie zu Hause ihren Höhepunkt. Diese Art mystischer Erfahrung war für einen Mann der Tat und der Wissenschaft in hohem Maße beunruhigend. Kaum wagte er es, seinem Journal anzuvertrauen, daß er eine Vision gehabt hatte, und er erwähnte sie anderen gegenüber nie. »Ich fürchte mich vor der realitätsfernen, mystifizierten Atmosphäre der ganzen Sache«, bekannte er in seinem Journal.

Auf dem, was er als sein Sterbelager ansah, hatte Kane eine Anti-Odysseus-Vision. Tennysons Gedicht beginnt mit dem alten Odysseus, der nach Hause zurückgekehrt ist und sich im häuslichen Einerlei zu Tode langweilt; er ist begierig, wieder aufzubrechen. Von einem ähnlichen Eifer angetrieben, wollte auch Kane »hinter den Sonnenuntergang segeln«, doch als er frierend und Ratten essend dalag, erinnerte er sich an all die Genüsse, vor denen er geflohen war, und er wünschte sie sich herbei.

Selbst die Tiere waren in einer häuslicheren Stimmung. Nur ein paar Hunde waren noch übriggeblieben, und Kane fütterte die Überlebenden mit den Kadavern ihrer verendeten Gefährten. Er stieß auf einen, der bewegungslos dalag, noch nicht ganz tot, und auf den Lichtschimmer starrte, der durch eine Ritze unter der Tür eindrang. Kane bückte sich, und da leckte der Hund zum ersten Mal in seinem Leben einem Menschen die Hand.

Das Schiff wurde inzwischen seit einem Monat ausgeschlachtet. Niemand würde mit ihm irgendwohin segeln, und es war auch nicht gewiß, wie viele von ihnen das Tageslicht noch erleben würden. Als der Sonnenaufgang noch anderthalb Monate entfernt war, begannen die Männer, das Lampenöl zum Heizen und nicht nur für Helligkeit zu verbrennen. Auf Frühlingstemperaturen mußten sie mindestens noch drei Monate warten.

Es ist ein Wunder, daß die Männer so lange durchhielten. Sogar nach den Maßstäben der Eskimos machten sie einen katastrophalen Winter durch. Kane hatte sich ihre »runden, fettglänzenden Gesichter« vorgestellt und gemeint, es ginge ihnen in ihren Dörfern gut, doch seine Nachbarn waren so verzweifelt wie er selbst. In einem Dorf hatten sie damit begonnen, die Hunde zu töten, um sie zu essen. Das war noch entsetzlicher, als die Brigg zu verheizen. Als Kane erfuhr, was geschehen war, und daß inzwischen in der ganzen Eskimowelt zwischen der Melville Bay und dem Humboldt-Gletscher nur noch zwanzig Hunde lebten, überkam ihn großes Mitleid mit diesem Volk, das einem der erbarmungslosesten Klimas der Welt die Stirn bot. Er fragte sich, was sie ohne ihre Hunde erhoffen konnten. Er hatte sein romantisches Ego vollkommen vergessen.

Ohne aufgeblähtes Ego und übertriebenen Ehrgeiz konnte er endlich auch erkennen, wo er gelandet war: in einer zugefrorenen Hölle. Sie wurde auch nicht weniger satanisch, als das Sonnenlicht zurückkehrte. »Es ist eine Landschaft«, befand Kane nun, »wie von Milton oder Dante erträumt – anorganisch, trübselig, geheimnisvoll. Ich bin mit den Gefühlen eines Mannes vom Deck herabgestiegen, der auf eine Welt sieht, die die Hand ihres Schöpfers unvollendet gelassen hat.«

Doch irgendwie war Kane in diesem Rohentwurf der Erde eine reife und gefestigte Persönlichkeit geworden. Er ordnete die Dinge nicht mehr seinem Ehrgeiz unter. Als sich die Mannschaft gerade auf einen großen Jagdausflug vorbereitete, bat Hans um die Erlaubnis, eines der Eskimodörfer besuchen zu dürfen. Er sagte, er wolle Walroßhäute einhandeln. Kane erlaubte es ihm bereitwillig, obwohl Hans' Fertigkeiten bei der kommenden Jagd empfindlich vermißt werden würden. Hans weigerte sich, einen der überlebenden vier Hunde, von den 62, mit denen sie hier eingetroffen waren, mitzunehmen, und verschwand im Schnee. Kane sah ihn nie wieder. Er hörte von anderen Eskimo, daß Hans eine Frau gefunden hatte, die ihm gefiel, und sich dem Familienleben widmen wollte. Kane und die anderen überließ er ihrem Schicksal.

Im vergangenen Jahr hätte ihn das Weggehen des nützlichsten Mannes seiner Crew noch in Rage gebracht, doch mittlerweile hatte Kane mehr Respekt vor seinen eigenen Grenzen und den Annehmlichkeiten des ruhigeren Lebens. Er begnügte sich mit der Bemerkung: »So war denn Hans leider ein Ehemann geworden.«

KAPITEL VIER

Am Nullpunkt

Charles Lyell besucht die Niagarafälle • Blaue Bänder in den Gletschern • Ein Journal für die Nachwelt • Der *Scotsman* auf der richtigen Fährte • Die Experten bleiben blind

Niagarafälle, 7. August 1841 ...

Charles Lyell saß in einem Zug zu dem Schauplatz, der heute als Nordamerikas spektakulärstes Kind der Eiszeit angesehen wird. Den ersten Blick auf die Schlucht bekam man aus dem Zug fünf Kilometer unterhalb der Niagarafälle, und dann war er auch schon da. Damals war der Wasserfall lauter und wilder als die Wassermassen des gezähmten Flusses heute, von dem über die Hälfte in Rohre und Gräben umgeleitet worden ist, um das hydroelektrische Kraftwerk zu speisen. Seit 1841 sind die Seiten so stark erodiert, daß die kanadischen Fälle, auch wenn sie immer noch Horseshoe Falls heißen, ihre ehemalige Hufeisenform fast verloren haben. Der Anblick, der sich Lyell noch bot, hatte es ihm ein für allemal angetan. Lyell blieb eine Woche, und später kam er für eine weitere Erkundungswoche zurück.

1841 waren die Niagarafälle schon eine beliebte Sehenswürdigkeit, auch wenn die damaligen Menschenmengen nichts waren im Vergleich zu den unglaublichen Massen von heute, die sich gegen das Geländer pressen. Zu Lyells Zeit war der Aussichtspunkt neben den Fällen Privatbesitz, und Besucher mußten den Hotelbesitzer dafür bezahlen, hinter den hohen Zaun treten zu dürfen, um sich neben den Wasserfall zu stellen.

Lyell verhielt sich einerseits wie ein typischer Tourist, sah sich die Fälle an, kaufte eine Daguerreotypie der Szene, die er mit nach Hause nehmen wollte, und erfreute sich an der Goat Island, dem Streifen Land zwischen den American Falls und den Horseshoe Falls, von dem er meinte, es sei »das vollkommenste Märchenland, das ich kenne«. Andererseits verhielt er sich wie ein Fachmann, der einen der bemerkenswertesten geologischen Schauplätze der Welt aufsucht. Er sah sich die Gegend mit James Hall an, einem Kollegen von der New York Geological Survey, der damals die Autorität in Sachen Niagarafälle war. Zusammen gruben Hall und Lyell Fossilien auf der Goat Island und am kanadischen Ufer aus und erkundeten die Schlucht. Aus geologischer Perspektive ist sie noch erstaunlicher als die Wasserfälle. Zum einen kann man auf den hundert Meter hohen Wänden die schöne Schichtenfolge des Felsens sehen – Lage um Lage bis zu einem uralten roten Sandstein ganz unten. Selbst ein Geologe wie Lyell hatte trotz seiner ausgedehnten Reisen selten besser aufgeschlossene Erdschichten gesehen.

Zehn Kilometer unterhalb der Fälle steht der Niagara-Steilabbruch, eine hundert Meter hohe Klippenwand, die sich über Hunderte von Kilometern nach Nordwesten erstreckt. Lange vor Lyells Besuch hatten die Geologen bereits bemerkt, daß das Wasser früher über den Steilabbruch geflossen war und daß sich der Katarakt während unzähliger Jahrtausende seinen Weg zu dem heutigen Ort der Fälle gegraben hatte.

In der Gegend sind zahlreiche erratische Blöcke verstreut. Es gibt auch haufenweise geschrammte und polierte Felsen. Die meisten Besucher gehen nie weit ab von den Wegen, aber jeder, der heute an den Stromschnellen, den Whirlpool Rapids, vorbei durch die Schlucht wandert, kann solche Felsbrocken direkt neben dem Wanderweg liegen sehen. Unmittelbar hinter den Fällen erhebt sich steil eine große Moräne auf der kanadischen Seite des Flusses.

Lyell entging dies alles natürlich nicht, und er wußte genau, was Agassiz daraus gemacht hätte. Diese Szenerie bot die Möglichkeit, die Eiszeittheorie auch auf Nordamerika anzuwenden, aber Lyells Haltung der Theorie gegenüber war schwankend geworden. In seiner neuesten Ausgabe der *Principles* hatte er ausdrücklich betont, daß die erratischen Blöcke Nordamerikas ein Resultat des Zusammenwirkens von Eisbergen und Kontinenterhöhung seien. Aber zu der Zeit war er noch nie in Amerika gewesen, und er hatte die Findlinge als Küstenphänomen beschrieben. Die Niagarafälle liegen nicht an der Küste. Nachdem seine sechste Auflage erschienen war, hatte sich Lyell in Edinburgh auf die Seite von Agassiz und Buckland geschlagen, allerdings war er verstummt, als die Eiszeittheorie als Häresie gebrandmarkt wurde.

Es gab da noch eine weitere Sache. Wenn auch der neue Blick auf die schottischen Gletscher Lyell überwältigt hatte, so negierte die Eiszeittheorie alles, wofür sich Lyell bis dahin eingesetzt hatte. Sie war *per se* katastrophisch und setzte soviel größere und mächtigere Gletscher voraus als die, die ihm bekannt waren. Lyell hatte Schottland mit der Antarktis verglichen, doch wie war es in Schottland, das so weit vom Pol entfernt lag, jemals so eisig geworden? Auf der anderen Seite hatte Lyell eine Moräne in der Nähe seines Elternhauses erkannt. Wofür sollte er sich also entscheiden, für seine Augen oder für seine Vorurteile?

Er ergab sich seinen Augen nicht. An den Niagarafällen entschied er sich gegen Agassiz' Idee der Eiszeit. Er interpretierte keines der Phänomene um die Fälle herum als Überreste eines Gletschers, noch nicht einmal die Moräne. Ja sicherlich hatte er früher behauptet, ein Gletscher habe Schottland bedeckt, und er schien von Agassiz' Idee eingenommen gewesen zu sein, doch jetzt war er ein Abtrünniger. Nun wollte er wieder alle Kennzeichen der Gegend mit seinem alten Konstrukt vom Wasser, den schwimmenden Eisbergen und der sich verändernden Höhe über dem Meeresspiegel des Landes erklären. Lyell behauptete, die ganze Region sei »allmählich abgetaucht«. Wasser sei eingedrungen und brachte Eisberge mit sich. Damals habe »das Land unter vielen Lagen von geschichtetem und ungeschichtetem Sand, von Gesteinsschutt und erratischen Blöcken gelegen«. Danach hob sich das Land wieder an, natürlich nur ganz langsam, und die erratischen Überreste wurden überall wie zufällig verteilt.

Lyell unternahm keinen Versuch zu erklären, durch welchen Mechanismus so ein riesig großer Teil des nordamerikanischen Kontinents angehoben und abgesenkt werden konnte, ohne irgendwelche Spalten oder Brüche zu hinterlassen. Ihm fiel wohl auf, daß seine Eisberge erstaunlich parallel verlaufende Rillen produziert hatten, die sich überall in der Niagara-Gegend von Nordosten nach Südwesten hinziehen, aber er gab sich mit Berichten zufrieden, nach denen Eisberge einen einmal eingeschlagenen Kurs treu halten.

Agassiz hatte argumentiert, daß die Eiszeit in einer aus geologischer Sicht noch nicht so weit zurückliegenden Vergangenheit stattgefunden haben müsse, weil die Auswirkungen noch so frisch auf der Erdoberfläche zu sehen seien. Sie waren noch nicht von jüngeren Phänomenen überlagert worden, und die mit ihnen in Verbindung gebrachten Fossilien stammten aus jener Zeit. Lyell stimmte zu, daß die Spuren auf eine relativ junge Vergangenheit hindeuteten, und ließ sich hinreißen zu bemerken: »Wenn solche Ereignisse wie das Abtauchen und Wiederauftauchen Nordamerikas stattfinden konnten, während die Tierwelt mehr oder weniger unverändert bleibt, welche Zeitalter mögen erst die aufeinanderfolgenden Tertiärperioden umfassen, die Flora und Fauna dieses Globus fast ganz verändert haben.«

Lyell veränderte seine Drifttheorie auf eine Weise, die heutige Leser verwirren kann. Statt direkt von der Drifttheorie zu sprechen, bezog er sich auf eine »glaziale Theorie« und sagte, daß das Abtauchen »während der glazialen Periode stattfand, zu welcher Zeit auch die Oberflächen der Felsen durch glaziale Aktion geglättet, poliert und geschrammt wurden«. Für uns weist »glazial« auf Gletscher hin, aber diese Interpretation beruht auf unserer Kenntnis des Großen Eises und unserem Verständnis der Eiszeit. Lyell verstand unter »glazial« jedoch »eisig« und »kalt«. Unter »glazialen Tätigkeiten« verstand er Eis, Eisberge und Eisschollen auf Salzwasser. Der Verwendung des Begriffes »glaziale Periode« stimmte Lyell Agassiz zwar insofern zu, als daß die Erde früher kälter gewesen sein mußte, eisig genug, um das Eis des Meeres jenseits der heutigen Grenzen treiben zu lassen. Mit dem großen Gletscher, den Agassiz sich vorstellte, hatte dies jedoch nichts zu tun.

Während er sich in Niagara aufhielt, machte Lyell eine große geologische Entdeckung am sogenannten Strudel. In der Niagara-Schlucht passiert nämlich etwas außerordentlich Merkwürdiges. Der Fluß knickt ganz scharf ab und nimmt vor dem Strudel einen nordwestlichen, verläßt ihn aber auf einem nordöstlichen Kurs. Jeder mit geologischer Vorstellungskraft sieht ganz klar, daß im Strudel irgend etwas passiert ist, was das Erosionsmuster des Niagaraflusses verändert. Der Strudel widersetzt sich der Natur. Mäandrierende Flüsse sind allgemein bekannt, aber diese Art Zickzackkurs scheint der Physik zu widersprechen.

Lyell und Hall sahen sich die Schlucht des Strudels zusammen an. Auf der kanadischen Seite wird der Blick des Forschers von der Felsspalte angezogen. Von den Fällen tost das Wasser auf diese Wand zu und schafft einen großartigen Blick. Lyell zeigte Hall, daß es hier plötzlich kein Schichtengefüge mehr gab. Klar voneinander abgegrenzte

Schichten waren an allen Seiten des Strudels sichtbar, doch die Stelle, die dem Zufluß des Niagara direkt gegenüberlag, bestand aus einem Gemisch von Schlamm und erratischen Blöcken jeder Größe. Hall tippte sofort darauf, daß dies etwas mit einem Bruch im Schichtenkomplex des Steilabbruchs oberhalb von St. David's zu tun haben mußte. Hier war ein unerwartetes Detail, das sich zu erforschen lohnte. Leider hatte Lyell keine Zeit mehr für den Niagara, doch als er fortging, schwor er sich wiederzukommen, um die geheimnisvollen Brüche im Schichtengefüge zu untersuchen.

Lyell setzte seine große Reise fort. Er berichtete, daß es erratische Blöcke so weit südlich wie Long Island gebe und danach keine mehr. Der amerikanische Süden zeigte keine Spuren des Drifts. Lyell bereiste das ganze Land und hatte Gelegenheit, geologische Beobachtungen zu machen.

Im Juni 1842 kehrte Lyell an die Niagarafälle zurück, um die Verbindung zwischen St. David's und dem Strudel zu untersuchen. Er legte die fünf Kilometer zwischen den beiden Stellen zu Fuß zurück und kam zu dem Ergebnis, daß es auf der gesamten Strecke nur ungeschichtete Ablagerungen gab. Brunnen, die hier gegraben worden waren, gingen durch eine Mischung von Schlamm und Gesteinsschutt, nicht durch Schichtenfolgen aus Stein. Lyell hatte entdeckt, daß es vor der heutigen Niagara-Schlucht schon einmal eine gegeben hatte. Auf irgendeine Weise war die alte Schlucht vollkommen mit Schlamm und Felsen angefüllt worden. Irgend etwas war mit der Kraft einer monströsen Dampfwalze des Weges gekommen, um die alte Schlucht zu versiegeln. Später hatte sich das Wasser eine neue Schlucht gegraben, eine, die ihren Verlauf weg vom Steilabbruch nahm, bis sie auf die alte Schlucht stieß und dort den früheren Lauf des Flusses vertiefte. Deswegen hat der Niagara am Strudel so einen widersinnigen Knick.

Die beiden Flußbetten waren in unterschiedlichen Epochen entstanden.

Die alte Schlucht ist bei der Kluft von St. David's etwas mehr als drei Kilometer breit. Was für eine Hand konnte so eine breite Vertiefung zusammenflicken? Dachte Lyell vielleicht an einen Gletscher? Ja, aber er verwarf den Gedanken. Niagara und New England waren »zu weit von jeglichen hohen Bergen entfernt, also können wir diese Auswirkungen keinen Gletschern, ... die von den Bergen in die Ebenen vordrangen, zuschreiben.« Für Lyell bedeuteten Gletscher immer noch alpine Weißkappen, die kurze Entfernungen talwärts zurücklegten. Da es in der Nähe von Niagara keine Alpen gab und bei Boston oder Long Island auch nicht, konnte es sich nicht um Geschiebe von Gletschern handeln.

In seinem Bericht über das St.-Lawrence-Flußtal, das mit erratischen Blöcken und geschrammten Felsen gefüllt ist, von denen er wußte, daß Agassiz sie durch einen großen Gletscher erklären würde, sagte Lyell: »Ich kenne keine Theorie, die Findlinge im Zusammenhang mit geschrammten Steinen plausibel erklären kann, außer diejenige der Einwirkung großer Inseln schwimmenden Eises.« Er tat die Gletschertheorie als *unplausibel* ab, eine billige Methode, die oft anstelle eines echten Argumentes benutzt wurde. Nach all den faktenreichen Jahren konnte man die Idee des Großen Eises immer noch genauso intuitiv ablehnen wie damals, als James Forbes Ignatz Venetz getroffen hatte und die Theorie von einem Schweizer Gletscher aus dem Stand zurückgewiesen hatte. Lyell hatte die Moräne erkannt, aber was hatte er wirklich gesehen? Einen ungeschichteten Hügel aus Schutt, der einer Moräne sehr ähnlich sah, aber sein Verstand sagte ihm, daß es sich nicht um eine solche handeln konnte. Trotz seiner Größe und seines Einflusses ließen Lyells Prinzipien neue Erkenntnisse nur scheibchenweise zu.

Also erklärte er die alte Niagara-Schlucht, wie er all die anderen Trümmer in der Gegend erklärt hatte. Das Gebiet war abgesunken, Eisberge hatten sich abgekämpft wie Lastkähne und tonnenweise Geröll und Felsen in die alte Schlucht gekippt. Dann war der Aufzug wieder hochgefahren, das Meer zog sich zurück, und eine neue Schlucht wurde ausgegraben.

Von Niagara reiste Lyell nach Toronto, wo er höher gelegene Strände und merkwürdige schmale Hügelkämme, auf denen erratische Blöcke lagen, untersuchte. Sein Führer war der Ansicht, daß das Gebiet früher unter einem Süßwassersee gelegen habe. Lyell erkannte, daß die erhöhten Strände in einem gigantischen Maßstab zu den Terrassen von Glen Roy paßten, und natürlich wußte er, welche Erklärung Agassiz für sie hatte, doch er tat die Binnenseetheorie ab, weil es in der Nähe nichts gebe, das »fähig war, das Wasser in solchen Höhen zu stauen«. Agassiz' Idee eines Gletscherdamms blieb unausgesprochen. Also waren diese Sehenswürdigkeiten auch Überreste der letzten kontinentalen Überschwemmung und nicht einer Eiszeit.

Bevor er nach England zurückkehrte, verbrachte Lyell eine Woche in Nova Scotia, wo er den letzten Beweis für die Richtigkeit seiner Eis-Wasser-Theorie fand. Er lief an einem Sandsteinstrand an einer Klippe entlang, als ihm plötzlich auffiel, daß eine Reihe paralleler Schrammen in die Oberfläche des Sandsteins geritzt worden waren. Exponierter Sandstein erodiert zu schnell, als daß es sich um etwas anderes als ein vor kurzem entstandenes Phänomen handeln konnte. Lyell wandte sich mit der Frage an seinen Führer, ob er in dieser Gegend jemals Eis gesehen habe. Sicherlich. Im vorangegangenen Winter war das ganze Bekken voller Eis gewesen, das von den Gezeiten hin und her geworfen und zu einem Eisgürtel aufgeschichtet worden war, der an manchen Stellen fünf Meter Höhe erreichte. Eisgürtel waren Lyell bisher unbekannt gewesen, doch er sah, was ein Eisgürtel mit Sandstein machen konnte, und nahm die Markierungen als Bestätigung dafür, daß alle geschrammten Felsen in Nordamerika von treibendem Eis stammten.

Die Herberge in Grimsel, Schweiz, 8. August 1841 …
Einen Tag nach Lyells Ankunft bei den Niagarafällen traf James Forbes in einem Gasthaus am Grimselpaß hoch in den Alpen ein. Ein paar Stunden vorher war Agassiz angekommen. Zehn Jahre waren seit Forbes' Zufallsbekanntschaft mit Venetz und seiner Einführung in die Gletschertheorie vergangen, doch Venetz hatte in ihm kein Interesse an Gletschern geweckt. Nachdem er dessen These mit der Bemerkung, es handele sich um »eine ziemlich kühne Spekulation« fallengelassen hatte, scheint Forbes nicht wieder darüber nachgedacht zu haben. Er war 1839 in die Schweiz gekommen und hatte Gletscherwanderungen unternommen, aber 1843 schrieb er: »Ich kann jetzt nicht mehr ohne eine gewisse Scham daran zurückdenken, wie ich mich bis vor kurzem den Gletschern beinahe blind zu nähern pflegte. Während dreier Sommer habe ich das Mer de Glace besichtigt, und 1832 und 1839 bin ich kilometerweit auf ihm entlanggewandert; und doch versäumte ich, tausend offenkundige Eigentümlichkeiten zu bemerken oder über ihre Ursachen zu spekulieren.«

Jetzt aber war Forbes zum Bemerken und Spekulieren gekommen. Das letztjährige Treffen mit Agassiz an der Nordspitze Schottlands und Agassiz' prompte Einladung hatte zu der Zusammenkunft in der Grimseler Herberge geführt. Agassiz verbrachte diesen Sommer so wie alle anderen in den Jahren 1840 bis 1845 mit einem wissenschaftlichen Team in einem Lager auf dem Unteraargletscher, wo er die Bewegungen und Strukturen des Gletschers in allen Einzelheiten untersuchte. Im Jahr davor waren sehr viele Neugierige zum Hôtel de Neuchâtelois, wie Agassiz sein Lager nannte, gekommen, und es gab keinen Grund anzunehmen, daß Forbes' Besuch anders sei.

Am nächsten Morgen wanderten Agassiz und Forbes über den Unteraargletscher. Hier war der Gletscher ein wahrer Eisstrom mit Zuflüssen. Er wurde durch das Zusammenfließen zweier weiterer Gletscher, des Lauteraar und des Finsteraar, gebildet. Eine Moräne an der Gletscherseite zeigte an, wieviel weiter sich der Gletscher früher ausgedehnt hatte. Agassiz spielte den Führer und Forbes den bescheidenen Schüler. Wahrscheinlich ähnelte die Situation derjenigen, als Buckland seinen geologischen Überblick über das Themsetal gab. Forbes entdeckte, wieviel er während seiner früheren »beinah blinden« Eiswanderungen übersehen hatte. Es kam darauf an, den Zuhörer mit seinem Wissen zu beeindrucken und ihn so, angesichts dieser neuen Fachkenntnisse, schnell zum Aufgeben zu nötigen. Aber dann machte Forbes Agassiz auf etwas aufmerksam. Ihm war eine »vertikale Schichtenfolge« aufgefallen, sich abwechselnde blaue und klare Bänder, jedes vielleicht einen Meter breit, die die Oberfläche des Gletschers überzogen. Arnold Guyot hatte schon vor Jahren auf dem Treffen in Porrentruy davon berichtet, auf dem Agassiz so viele kontinentaleuropäische Geologen auf seine Seite gezogen hatte, aber niemand hatte die Bänder damals für wichtig gehalten noch gewußt, was man mit den Informationen anfangen sollte. Alle, auch Agassiz, schienen den Beitrag vergessen zu haben.

Schenkt man Forbes Glauben, so sagte Agassiz, er bezweifele, daß sich die Bänderung im Inneren der Gletscher fortsetzte. Die Oberfläche der Gletscher, so erklärte ihm Agassiz, sei allen möglichen vorübergehenden Eigentümlichkeiten ausgesetzt. Er meine aber, eine ähnliche Schichtung auf dem Mer de Glace des Mont Blanc gesehen zu haben.

Forbes ließ der Gedanke jedoch nicht mehr los. Sie liefen weiter, und jedesmal, wenn sie an eine Spalte kamen, ging Forbes auf die Knie, spähte hinein und zeigte auf dieselbe gestreifte Struktur. Die Bänder zogen sich nicht nur bis nach ganz oben, sondern, so schien es Forbes, liefen weit hinunter in die Eiskluft. Agassiz überzeugte das nicht. Schließlich stießen sie auf eine Eissenke, mindestens sieben Meter tief, und auch hier fand Forbes seine Bänder. Jetzt gab Agassiz auf und räumte ein, daß die Bänder real waren und ein Teil der Struktur des Gletschers.

Für Agassiz, der den Gletscher erst im letzten Jahr untersucht hatte, wurde die Wanderung zunehmend peinlich. Er war der Experte, und schon am ersten Tag fielen dem Physiker Forbes Dinge auf, die er noch nie gesehen hatte! Agassiz sagte, daß die Bänder ein neues Phänomen aus dem vergangenen Winter sein müßten. Während seiner Erkundungstour im Sommer 1840 hätten sie noch nicht dagewesen sein können.

Forbes deutete auf eine Spalte und fragte, wie alt sie sei. Ein paar Jahre, sagte Agassiz, auf jeden Fall älter als ein Jahr. Forbes ließ sich nieder, um sie sich anzusehen. Die Bänder zogen sich in der Spalte entlang. Noch ausschlaggebender war jedoch, wie sich die Fugen der Bänder genau an der Öffnung der Gletscherspalte bogen. Diese Verzerrung mußte durch die Bewegung des Eises entstanden sein, als sich die Kluft geöffnet hatte. Mit anderen Worten: Die Bänder waren älter als die Kluft, und diese datierte vor 1840. Agassiz waren diese Einzelheiten entgangen.

Agassiz war das alles sehr unangenehm, und Forbes' Angeberei machte es auch nicht besser. Er erzählte allen von seiner Entdeckung und fügte dann hinzu, wie sehr es ihn erstaune, daß diese Besonderheit weder Agassiz noch den anderen Besuchern je aufgefallen war. Ein paar Tage später traf Bernard Studer, ein berühmter Schweizer Geologe und häufiger Besucher, im Hôtel de Neuchâtelois ein. Forbes erzählte Studer alles über seine Entdeckung, und wieder brachte er sein Erstaunen über Agassiz' Unwissenheit in dieser Beziehung zum Ausdruck. Zum Schluß rieb er noch etwas Salz in die Wunde, indem er darauf bestand, daß dies keine unwesentliche Beobachtung sei. Er vermutete, daß diesen Bändern die Schlüsselrolle zukam, wenn man erklären wollte, wie sich die Gletscher bewegen.

Agassiz war sehr dünnhäutig. Ihm gefiel das süße Lob der Kollegen, aber mit ihren säuerlichen Disputen oder der Zurschaustellung ihrer rivalisierenden Egos wollte er nichts zu tun haben. Er war auch nicht für geteilten Ruhm zu haben. Er focht schon mit Schimper eine wütende Debatte aus, wer denn nun als erster auf die Eiszeit gekommen sei. Diesen Streit hätte sich Agassiz sparen können, hätte er nur Schimpers Beitrag in seinem Buch erwähnt. Agassiz hatte sogar Schimpers einfache kleine Graphik der Temperaturveränderungen abgedruckt, ohne seine Quelle zu nennen.

Auch Charpentier hatte sich mit Agassiz überworfen, da Agassiz ein paar Monate vor Charpentier ein Buch über Gletscher herausgebracht hatte. Charpentier fühlte sich so vor den Kopf gestoßen, daß er ihm nie vergab. Agassiz' Fürsprecher heben hervor, daß er Charpentier in diesem Buch an vielen Stellen würdigt, doch Charpentier fand, daß er schon soviel länger an seinem Buch gearbeitet habe und ihm deshalb das Recht zustünde, als erster zu veröffentlichen.

Agassiz hätte etwas aus diesen Vorfällen lernen können, doch es scheint, als habe es ihn nicht weiter gekümmert. Im Oktober 1841, nach seinem Sommer auf dem Aaregletscher, schrieb er an Humboldt: »Die neuesten Gegebenheiten, die mir aufgefallen sind, bestehen im Vorkommen vertikaler blauer Bänder in der Masse des Eises.« In diesem Brief erwähnte er James Forbes nicht, und Forbes fand das heraus.

Forbes publizierte einen eigenen Artikel, in dem er Agassiz' Unkenntnis dieser sogenannten Blaubändertextur betonte und wie überraschend es sei, etwas zu entdecken, das Agassiz unbekannt gewesen sei. Wie diese Bemerkungen auch gemeint sein mochten, Agassiz faßte sie so auf, daß Forbes ihm den Fehdehandschuh hingeworfen habe, und die beiden Wissenschaftler stürzten sich in eine lange Schlacht, in der sie sich in offenen Briefen einiges an den Kopf warfen. Schließlich erinnerte sich Agassiz an Guyots Beitrag von 1838 – oder er wurde darauf hingewiesen – und berief sich auf seine Priorität. Forbes seinerseits wechselte von der Physik in die Glaziologie und begann seine alljährliche Pilgerschaft in die Schweiz, wo er Gletscher untersuchte.

Die Angelegenheit mit den blauen Bändern spielte überhaupt keine Rolle für die Eiszeit. Die ganze Episode könnte man den Historikern der Glaziologie überlassen, wäre da nicht eine Kleinigkeit gewesen. Die Fehde schadete Agassiz' Ruf in England ungemein. Die Tage, in denen er regelmäßig Preise von der Geological Society erhalten hatte, waren vorüber. Lyell versuchte, sich für Agassiz einzusetzen. Er sei der Ansicht, Agassiz und Forbes hätten die »Blaubändertextur« unabhängig voneinander entdeckt. Doch in England wollte man nichts mehr mit Agassiz zu tun haben. Seine Eiszeittheorie und sein Katastrophismus kamen dort nicht gut an, und es war leichter, ihn abzutun, wenn man sowohl seine Ansichten in Frage stellen und zugleich sein Verhalten, das eines Gentlemans nicht würdig sei, beanstanden konnte.

Vor der Wand des Humboldt-Gletschers, Grönland, 28. April 1855 ...

Knapp zwei Jahre unterwegs, wußte Kane nun schon sehr viel mehr über die Arktis. Im vergangenen Jahr hatte er schon im März Erkundungstrupps losgeschickt, was viel zu früh gewesen war. In diesem Jahr war ihm klar, daß sie erst später irgend etwas unternehmen konnten. Es mußte richtig Sommer werden, bevor sie einen Versuch machen konnten, über die Melville Bay zu entkommen, und selbst dann konnte ihnen ein Anblick bevorstehen wie derjenige, den sie vom Eisberg aus gesehen hatten und der ihrem Versuch, Beechy Island zu erreichen, ein Ende gesetzt hatte.

Als die Sonne hoch am Himmel stand, pilgerte Kane noch einmal zum großen Gletscher, der wesentlichsten Entdeckung seiner Expedition. Von der Franklin-Mannschaft hatten sie nichts gesehen. Das offene Polarmeer gab es *vielleicht*, doch war das dasselbe *Vielleicht*, auf das sie in der Vergangenheit schon so oft gestoßen waren: *Wir sind so weit vorgestoßen, wie wir konnten, und in der Ferne haben wir offenes Wasser gesehen.*

Aber der Gletscher war neu. In praktischer Hinsicht hatte Kane in ihm die Barriere gefunden, die sein Weiterkommen verhinderte, und er konnte berichten, daß alle weiteren Landexkursionen Ellesmere Island auf der Nordseite des Kanals benutzen sollten. Tatsächlich wurde diese Insel der Ausgangspunkt für zukünftige amerikanische Polarexpeditionen. Peary benutzte sie und die heutigen Abenteuerreisenden ebenfalls.

In geographischer Hinsicht hatte Kane den größten Gletscher der Welt gefunden – etwas, was sich durchaus mit den Entdeckungen anderer Expeditionen aus der Mitte des letzten Jahrhunderts vergleichen läßt, die vom Mount Everest oder vom Viktoriasee berichteten. Er taufte nicht nur den

Gletscher, sondern auch die beiden äußersten Stellen nach zwei Gletscherexperten, die er bewunderte. Den näher gelegenen Punkt nannte er Kap Agassiz, den entfernteren Kap Forbes.

Die Entdeckung hatte auch zur Eiszeittheorie etwas beizusteuern. Nach fast zwanzig Jahren war sie immer noch nicht allgemein anerkannt, weil sich die meisten Geologen das wahrhaft Große Eis einfach nicht vorstellen konnten. Selbst als sich die geschätztesten Kollegen vor sie stellten und ihnen die Antarktis oder Grönland beschrieben, konnten sich die meisten Geologen nichts darunter vorstellen. Sei es aufgrund von Mittelmaß, Zaghaftigkeit oder wegen einer grundsätzlichen Weigerung, sich etwas auszumalen, was ihre eigenen Augen nicht gesehen hatten, die Mehrheit der Wissenschaftler konnte die Realität des Großen Eises einfach nicht begreifen. Sie dachten an die Alpen, wenn von Gletschern die Rede war. Sie ordneten die Gletscher nicht den größten, ungeheuerlichsten, überwältigendsten Gebilden des Planeten zu. Für sie bargen Gletscher nicht die Möglichkeit der 240 Kilometer langen Eisküste der Melville Bay oder der sich bewegenden Wand des Humboldt-Gletschers, die sich fast dreimal höher erhebt als die Kalkfelsen von Dover.

Das Eis, das sich vor Kane auftürmte, war die Wirklichkeit, die den Geologen entging. In Amerika hätte die Stirnseite des Humboldt-Gletschers den ganzen Landstrich von Floridas Goldküste bei Fort Lauderdale bis über den Palm Beach hinaus einnehmen können. In Europa hätte der Gletscher etwa den Zugang zur Nordsee abriegeln können, eine seiner Seiten hätte sich von Dover nach Calais und dann mehr als dieselbe Distanz ins französische Hinterland hinein erstreckt. Das hier war kein Traum von Agassiz; das hier ballte sich vor Kane, über die Erde kriechend, von der Wissenschaft sowenig erahnt wie der erste Dinosaurierknochen.

Kane hatte einen gewissen wissenschaftlichen Ehrgeiz, und ihm war klar, daß der Humboldt-Gletscher etwas Neues war, also untersuchte er ihn so gründlich, wie er konnte. Ihn beeindruckte, daß der Ort, wo Eisberge vom Gletscher losbrachen, unüberschaubarer war, als er zunächst vermutet hatte. In seinem ersten Buch über die Arktis schien Kanes Beschreibung eines in die Baffin Bay krachenden Eisberges so präzise wie der Tod. Dort, auf dem Festland, bewegte sich das Eis mit der ganzen Kraft des Gletschers; hier bewegte es sich mit den Strömungen der Bucht. Dazwischen lag ein wildes Durcheinander, das etwas Eis zerstörerisch vom Gletscher riß und es in einen Eisberg verwandelte.

Als er vor dem Humboldt stand, war sich Kane nicht mehr sicher, recht gehabt zu haben. Zum einen wurde ihm deutlich, daß die See keineswegs in dauernder Aufruhr war, trotz des gewaltigen Gewirrs aus Eis, Kanälen und Eisbergen. Wenn Eisberge überall an einem hundert Kilometer langen Küstenabschnitt kalbten, hätte das Wasser toben müssen wie in Prosperos Sturm. Statt dessen war es ein mehr oder weniger stilles Labyrinth. Ein schreckliches Labyrinth, aber kein tobendes. Es gab auch keinen gewaltsamen Bruch zwischen Gletscher und Eisberg. Vielmehr trieb der Humboldt seine Eismassen voran, »Schritt um Schritt und Jahr um Jahr«, und wenn sie ans Wasser gelangten, bewegten sie sich weiter. Der Gletscher hielt nicht einfach an der Küste an wie ein ängstlicher Strandspaziergänger, der Angst vor nassen Füßen hat. Er strömte ins Wasser, und zwar so lange, meinte Kane, bis er eine Tiefe erreicht hatte, in der das Eis schwamm. Dann stieg ein neuer Eisberg aus den Fluten und trieb davon. Irgendwann würde er eine andere Klimazone erreichen und schmelzen.

Er hatte es ganz ernst gemeint, als er im vergangenen Sommer in sein Journal schrieb, daß er zur Geologie der Gletscher beitragen wollte. Noch bevor er nach Smith

Sound aufgebrochen war, hatte er einen Brief an Agassiz geschrieben, in dem er Eisberge mit Gletschern verglich:

»Sehr geehrter Herr,
erlauben Sie mir, Ihre Aufmerksamkeit auf eine Passage des Buches von Prof. Forbes über die Walliser Alpen zu lenken. ›Die schwimmenden Gebilde mit der Bezeichnung Eisberge, die in den Polarmeeren treiben, bestehen zum großen Teil aus Firn, bloß verfestigtem Schnee.‹ Er erklärte im selben Gedankengang auch, ›daß das Auftreten tatsächlichen Eises verhältnismäßig selten ist und von den Schiffen zu Recht gefürchtet wird‹.

Dies deckt sich in keinster Weise mit meinen eigenen Erfahrungen der David Strait, aus der der Großteil unseres atlantischen Nachschubs stammt. Auch wenn man Unterschiedlichkeiten der Definitionen einräumt, bestand ihre Struktur zunächst nicht aus Firn, sondern aus einem wirklichen Eis, das, wenn es auch vertikular und manchmal lichtundurchlässig war, den Schimmer, die Brechung und andere äußerliche Merkmale mit dem Gletschereis teilte. Meine Beobachtungen an der Küste Grönlands zwingen mich dazu, den polaren Gletscher … mit Ausnahme einiger kleinerer und interessanter Besonderheiten, die auf den Unterschieden des Klimas, vor allem des Wechsels von Tag und Nacht beruhen … als identisch mit seinen alpinen Cousins anzusehen. Der Eisberg ist nur eine Loslösung von dieser Masse und als solche teilt er mit jenem die glazialen Merkmale.

Darf ich mir die Freiheit erlauben, Sie zu fragen, ob Sie den Eisberg der Polarmeere als hauptsächlich aus Firn bestehend ansehen?«

Es liegt auf der Hand, daß das ein ganz falscher Ton für einen Mann auf der Suche nach einem Mentor war. Kane berichtete Agassiz viel zu viel von dem, was er dachte, und zeigte viel zuwenig offenkundigen Respekt für Agassiz' Weisheit. Aus Agassiz' Perspektive war es jedoch noch schlimmer, daß Kane den Meinungen von James Forbes soviel Aufmerksamkeit schenkte, den Agassiz zu jener Zeit bereits aus ganzem Herzen verabscheute. Soweit bekannt, antwortete Agassiz nie.

In seiner Blindheit gegenüber Agassiz' Ego war der Brief vollendeter Ausdruck des Mannes, der Kane vor seinem zweiten grönländischen Winter gewesen war. Der Brief zeigt freilich auch, wie unwissend sogar Gletscherforscher damals immer noch waren. Heute fragt man sich, wie eine solche Frage über die Ähnlichkeit von Gletschern und Eisbergen überhaupt gestellt werden konnte. Kane hatte jetzt die Indizien, um der Wissenschaft auf die Sprünge zu helfen, nur daß er mit seinen Männern immer noch in einer gefrorenen Welt gefangen war, in einem Schiff, das weit über jede Seetauglichkeit hinaus ausgeschlachtet worden war.

Wenn sie nur eine Idee hätten, wie sie aus dieser Falle entwischen konnten, dann hätte Kane eine Position erreicht, von der aus er die Geologen der Welt blenden konnte. Kane konnte der intuitiven Assoziation von Schweizer Szenen mit Gletschern ein Ende setzen. Eine genaue Vorstellung von Gletschern so mächtig wie in der Eiszeit, die das Inlandeis in ihrem Rücken speiste, konnte die engen imaginativen Grenzen durchschnittlicher Geologen sprengen. In der populären Vorstellung würde sich Grönland als Kulisse einer Eiszeit an die Stelle der Schweiz setzen. Zumindest wenn es Kane gelingen würde, eine Fluchtmöglichkeit zu finden. Ansonsten mußte die Welt nur warten, bis eine Rettungsexpedition die sterblichen Überreste Kanes und seiner Mannschaft finden würde, bei denen sich auch Kanes Journal befand.

Kane konnte es nicht ahnen, aber in diesem Frühjahr wurde schließlich das Schicksal einer weiteren verschollenen Expedition aufgedeckt. Ein Suchtrupp stieß endlich auf die Überreste von Franklins Mannschaft. Natürlich war Franklins Crew schon seit Jahren tot; sie waren schon tot gewesen, als Kane zum ersten Mal aufbrach, um sie zu suchen. Sie waren irgendwo im unendlichen Niemandsland des kanadischen Nordens gestrandet und bei dem Versuch gestorben, das Land zu Fuß zu durchqueren. Jetzt plante Kane eine ähnliche Unternehmung – er befand sich nur noch viel weiter nördlich, als Franklin jemals gesegelt war. Für Kane gab es wenig Grund anzunehmen, daß er diese Eislandschaft jemals lebend verlassen würde, also schrieb er vorsichtigerweise lieber alles nieder, was er beobachtet hatte.

Edinburgh, Schottland, 13. Januar 1842 ...

The Scotsman wurde auf den Straßen Edinburghs mit einem neuen Wissenschaftsartikel von Agassiz' Bewunderer, Charles Maclaren, verkauft. Er war 59 und wollte in zwei Wochen zum ersten Mal heiraten, aber offensichtlich hatte er mehr als Liebesgeschichten im Kopf. In der letzten Ausgabe konnte man eine neue Idee über die Eiszeit nachlesen: Die riesigen Gletscher hätten die Ozeane verkleinern müssen.

Maclaren hatte sich Agassiz' Eiszeitidee ganz ausgeliefert. Er hatte sich auf eine Weise ausgeliefert, die in unserer heutigen Zeit der rebellischen Helden nur schwer zu begreifen ist. Er hatte sich nicht öffentlich zu ihr bekannt, während er in seinem Herzen den Verrat nährte. Und er war auch nicht passiv übergelaufen, blieb stumm und dachte an andere Dinge. Er hatte sich hineingestürzt wie ein Schwimmer, der in kaltes Wasser springt und zu schwimmen beginnt. Im neuen Element wurde er aggressiv und phantasievoll, und er machte sich die Eiszeittheorie zu eigen. Er hatte über die Folgen einer globalen Eisdecke nachgedacht und seinen Lesern seine Schlußfolgerungen mitgeteilt, die im übrigen keine gebildeten Aristokraten waren, sondern sich überwiegend aus den Handwerkern und kleinen Ladenbesitzern Edinburghs zusammensetzten. Es waren die Leute mit niedrigem Bildungsstand, die zu Hause und unterwegs Maclarens Argument lasen: »Wenn das Gebiet vom 35. Parallelkreis bis zum Nordpol von einem Eismantel bedeckt gewesen ist, der mächtig genug war, um die Gipfel des Jura zu erreichen, also in etwa eine Höhe von 5000 französischen Fuß oder einer englischen Längenmeile, dann liegt es auf der Hand, daß der Abzug einer solchen Wasserquantität aus dem Ozean seine Tiefe erheblich beeinflußt hätte.«

In einer Zeit, in der sich die Menschen darum sorgen, ob die globale Erwärmung das Schmelzen des Polareises und ein Ansteigen des Meeresspiegels bewirken könnte, scheint Maclarens Verbindung des Großen Eises mit der Tiefe des Ozeans naheliegend, doch 1842 war das ein überraschender Gedanke. Dieser Zusammenhang warf ein neues Licht auf Goethes Spekulation, es habe sowohl eine alpine Eisdecke als auch eine Meeresüberschwemmung gegeben. Maclarens Überlegung war auch eine Warnung vor Lyells Konstrukt, ein Großteil des nordamerikanischen Kontinents habe während einer glazialen, also eisigen, Epoche unter Wasser gelegen. Vielleicht sollte das nicht unwidersprochen akzeptiert werden.

Es scheint erstaunlich, daß dieser Gedanke erstmals in einer Zeitung geäußert wurde und die Einsicht eines Herausgebers war, doch damals beteiligten sich nicht allzu viele Naturforscher an der Diskussion über die Auswirkungen der Eiszeit. Außerdem war der *Scotsman* keine gewöhnliche Zeitung und Maclaren ein außergewöhnlicher Herausgeber. Er war ein hart arbeitender Optimist, ein autodidaktischer Niemand, der es durch die Macht seiner Druckpresse zu Ruhm gebracht hatte. Er war ein Selfmademan, der Leuten mit mehr Privilegien gar keinen Respekt erwies. Amerikaner waren an diesen Typus bereits gewöhnt, aber in England und Schottland war er etwas Neues. Und tatsächlich war Maclaren auch ein begeisterter Amerikafan und Republikaner. Selbstverständlich gab es in Großbritannien noch mehr Männer, die sich aus eigener Kraft hochgearbeitet hatten, doch war es schon sehr ungewöhnlich, daß Maclaren weder vor hochgestellten Adligen noch vor den gebildetsten Köpfen seiner Zeit zurückscheute. Er war vielmehr zuversichtlich, daß er sogar den Besten von ihnen als gleichwertig gegenübertreten könne, wenn er sich nur weiterbildete. Und deswegen bildete er sich weiter.

Er hörte Jamesons Vorlesungen über Naturgeschichte an der Universität von Edinburgh, und er unternahm oft Exkursionen aufs Land, um die Geologie Schottlands zu erforschen. Schon 1828, also zwei Jahre vor dem Erscheinen von Lyells erstem Buch, hatte Maclaren einen Artikel im *Scotsman* über »angeschwemmte Phänomene« in der Gegend um Edinburgh veröffentlicht. Weitere geologische Beiträge folgten, und auch sie beruhten nicht etwa auf Interviews mit Geologen, sondern auf seinen eigenen Beobachtungen. 1839 schrieb Maclaren ein Buch über die Geologie des schottischen Tieflandes um Edinburgh. Ab und an verfaßte er eine Kolumne für den *Scotsman*, »Bemerkungen zur Wissenschaft«, die Themen aus der Physik, Astronomie und Geologie behandelte.

Er hatte ein ausgeprägtes mechanisches Verständnis, wahrscheinlich verstand er mehr davon als Agassiz. Das Verhältnis zwischen der Größe des Meeres und einer anwachsenden Eisdecke ist einfach und mechanisch. Agassiz stellte sich komplexe mechanische Ereignisse vor: die Entstehung der

Alpen, das Aufreißen von Gletscherspalten, das Herunterrollen von Findlingen. Maclarens Gedanken waren grundsätzlicherer Art: Wasser kann entweder gefroren oder flüssig sein. Mehr vom einen bedeutet weniger vom anderen.

Diese Art simpler mechanischer Überlegung hatte zu Maclarens erstem großen Erfolg geführt. Im Dezember 1824 hatte der *Scotsman* mit einer Serie über die Eisenbahn begonnen, in der Maclaren beschrieb, wie Hochgeschwindigkeitsreisen – das hieß 30 Kilometer in der Stunde – mit dem Zug realisierbar seien. Maclaren erläuterte das physikalische Prinzip, das die Eisenbahnen zum wesentlichen Medium des Frachttransportes machen würde: Durch den niedrigen Reibungsverlust zwischen Schiene und Rädern können relativ schwache Maschinen schwere Lasten ziehen. Diese Artikel erschienen recht früh, denn die erste moderne Eisenbahn wird auf den 27. September 1825 datiert, und die Ära der Eisenbahn wurde erst mit der Eröffnung der Strecke zwischen Liverpool und Manchester am 15. September 1830 eingeläutet. Maclarens Serie über die neue Transportart war einer der frühesten Hahnenschreie in der industriellen Morgendämmerung. Die Folge wurde sowohl in Amerika als auch in Frankreich und Deutschland nachgedruckt. Auch wenn Maclarens Reporte die allgemeine Leserschaft faszinierten, waren die Experten etwas skeptischer, was das Konzept der geringen Reibung anging. Wie wir alle wissen, sollte Maclaren recht behalten.

Experten ist zu eigen, sich gerne nach allen Seiten hin absichern zu wollen. Sie liefern sich dem Neuen nicht aus, und deswegen machen sie das Neue auch nicht zu ihrer eigenen Sache. Auf Maclaren traf das nicht zu. In politischer Hinsicht war er liberaler als die Liberalen. Persönlich war er amerikanischer als viele Amerikaner. Und in intellektueller Hinsicht hatte er damit begonnen, kreativer über die Eiszeit nachzudenken als selbst Agassiz. Diese

Herangehensweise machte ihn allen gegenüber suspekt, die älteren Werten und Gedanken anhingen. Es kursierte eine Geschichte, daß ein Gutsherr im Jahr 1817, kurz nachdem Maclaren den *Scotsman* mit einem Freund gegründet hatte, auf seiner Runde durch die bescheidenen Hütten seines Besitzes gesehen wurde, um den Dorfbewohnern mitzuteilen, ihn beunruhige die Nachricht, einige von ihnen läsen »dieses Aufwiegler-Blatt, den *Scotsman*«, und daß er ihnen andere Zeitungen auf seine Kosten zukommen lassen würde, wenn sie den *Scotsman* nicht mehr läsen.

Maclaren hatte sich schließlich durch seinen Einsatz und seine Intelligenz einen guten Ruf in Edinburgh erworben. Er freundete sich mit Jameson an und wurde 1837 zum Mitglied der Royal Society of Edinburgh gewählt, doch blieb seine Herkunft eine Waffe in den Händen seiner Gegner. In den 1840er Jahren glaubten die Wissenschaftler gerne, daß sie aufgeschlossener seien als ihre Kollegen vor der industriellen Revolution, die Maclaren zunächst widersprochen hatten, aber auch sie reagierten nicht viel nachdenklicher auf seine These der geschrumpften Meere. Vielleicht sprangen sie sogar noch schlechter darauf an. Der *Scotsman* hatte sich trotz der Opposition der Gutsherren durchgesetzt, und der Erfolg der Eisenbahnen hatte die Skeptiker schnell zum Verstummen gebracht, aber es sollte noch lange dauern, bis die Wechselbeziehung von Großem Wasser und Großem Eis mehr als ein Gerücht war, das unter den geistig regeren Ladenbesitzern von Edinburgh kursierte.

Einen Monat nachdem Maclarens Artikel im *Scotsman* erschienen war, hielt Roderick Murchison, der Präsident der Geological Society of London, seine Ansprache, in der er sich sogar weigerte, den Schweizer Gletscher zu akzeptieren. Er erklärte den versammelten Geologen:

»Wenn man Agassiz erst einmal zugesteht, daß die tiefsten Täler der Schweiz, etwa der gewaltige Genfer See, früher mit Schnee und Eis angefüllt waren, dann sehe ich kein Halten mehr. Von dieser Hypothese kann man gleich weitergehen und die Ostsee und nördlichen Meere anfüllen, den Süden Englands, halb Deutschland und Rußland unter vergleichbaren Eisdecken begraben, von denen all die Findlinge im Norden heruntergeschossen wurden ... So lange, wie sich die Mehrheit praktischer Geologen in Europa der weiteren Verbreitung einer terrestrischen Gletschertheorie widersetzt, bleibt das Risiko gering, daß sich diese Lehrmeinung zu tief einnistet ... Die Existenz von Gletschern in Schottland und England, ich meine im alpinen Sinne, gilt bei dem, was ich für den weitaus größeren Teil britischer Geologen halte, in keinster Weise als erwiesen.«

Genf, 11. August 1845 ...

Kontinentaleuropäische Geologen dachten anders. Die Mehrheit von ihnen war der Ansicht, daß ein großer Gletscher die Schweizer Täler bedeckt habe. In England war der Druck gegen die Gletschertheorie so groß, daß selbst Buckland verstummt war, in Europa wirkte sich genau derselbe Druck hingegen umgekehrt aus. Hier waren es die Skeptiker wie Leopold von Buch, denen langsam ungemütlich wurde. Er war zum alljährlichen Dreitagestreffen der Schweizer Gesellschaft für Naturwissenschaften nach Genf gekommen. Im August scheint Genf das Paradies auf Erden zu sein. Das Klima ist mild, die Berge im Hintergrund sind prachtvoll, und der See ist bezaubernd. Buch regte dieses Treffen aber so auf, daß er es vorzeitig verließ und zurück in den Norden, nach Zürich, entschwand.

Murchison hatte allerdings unrecht, wenn er darauf beharrte, sowie man nur an den Schweizer Gletscher glaube, komme die ganze Eiszeit gleich hinterher. Um 1845 setzten es die meisten Geologen Frankreichs, der Schweiz und Deutschlands als gegeben voraus, daß ein Monstergletscher die gesamte Schweiz begraben hatte, dessen Ausdehnung sich bis vom Jura im Westen, Italien im Südosten und Österreich im Osten erstreckte. Trotzdem glaubten sie nicht an eine Eiszeit.

Jetzt lag die Auswirkung des schottischen Desasters klar auf der Hand. Maclaren und ein paar weitere Amateure bildeten die Ausnahme, im übrigen hatte die Ablehnung der Indizien, die Agassiz und Buckland vorgestellt hatten, eine weitere Akzeptanz der Eiszeittheorie verhindert. Etwas Neues wurde gebraucht, um sie zu revitalisieren. Vielleicht hatte Murchison auf lange Sicht doch recht, daß eine Akzeptanz des Schweizer Gletschers auch der Eiszeittheorie den Weg ebnen würde. Wenn er richtig lag, dann spielten die kontinentalen Geologen, vor allem die Schweizer, eine Rolle wie die irischen Mönche im frühen Mittelalter. Sie hielten das Wissen, das andernorts erlöscht war, lebendig. Für einen Anti-Gletscher-Mann wie Leopold von Buch war das Treffen der Schweizer Gesellschaft springender Beweis, daß sich der Gedanke des großen Gletschers der allerbesten Gesundheit erfreute. Agassiz war anwesend und berichtete von seinen Untersuchungen auf dem Aaregletscher in den vergangenen drei Sommern. Auch Charpentier war mit dem Sohn von Ignatz Venetz gekommen, und die beiden moderierten eine Diskussion über die Bedeutung der frühen Beobachtungen im Rhonetal.

Buch besuchte in Zürich Arnold Escher von der Linth, einen langjährigen Mitarbeiter von Agassiz, und brachte eine merkwürdige Bitte hervor. Escher von der Linth sollte ihn durch die Alpen der Zentralschweiz führen, aber er durfte kein Wort über Gletscher oder ihre Auswirkungen sagen. Escher von der Linth stimmte zu, und so brachen sie auf ins Rhonetal und ins Wallis.

Leopold von Buch war mit 71 Jahren immer noch ein geübter Wanderer und Kletterer. Im Jahr 1837 wurde er von einem Tagebuchschreiber im Jura so charakterisiert:

»Ich kann nur sagen, daß uns der alte von Buch wie magere Kätzchen zum Rennen brachte. Dieser Mann, der den Eindruck machte, nicht viel mehr als die Hand vor seinen Augen zu erkennen, der mit gebeugten Knien lief, große Schuhe mit losen Schnallen trug, seine Füße zitternd aufsetzte und immer geradeaus weiterlief, die Augen auf den Boden geheftet, zwang uns zu einem so schnellen Schritt, daß wir jungen Leute kaum mit ihm Schritt halten konnten ... Er hielt jedoch von Zeit zu Zeit an, um Steine abzuschlagen und zu untersuchen. Die, die er für interessant hielt, steckte er in seine Tasche, nachdem er sie vorsichtig in Papier eingewickelt hatte.«

Acht Jahre später war Buch vielleicht etwas langsamer geworden, aber nicht viel. Er lief mit Escher die Hänge auf und ab, und es gab genug zu sehen. In der Zentralschweiz sind die Spuren der Moränen besonders deutlich, und Moränen sind die offensichtlichsten Gletscherspuren. Die Straße zum Simplon-Paß führt an einer alten Moräne entlang, die so groß ist, daß der Gletscher, der sie produziert hat, mindestens 70 Meter hoch gewesen sein muß. An den Flanken des Rhonetals, hoch oben auf den Hängen und weit entfernt von heutigen Gletschern, gibt es eine Reihe von Moränen. Buch konnte zwar dem Transport von Findlingen durch Gletscher widersprechen, aber wie wollte er diese Moränen erklären?

Buch ging jedoch einfach seiner Wege. Escher hatte sein

Versprechen gehalten und hatte nichts über Gletscher von sich gegeben. Buch sagte auch nichts.

Jahre später, in den frühen 1850ern, als Leopold von Buch fast 80 Jahre alt war, wanderte er immer noch in den Alpen, und er schien immer noch zu zweifeln. Diesmal wurde er von Roderick Murchison begleitet, der seine Anti-Gletscher-Haltung wortreich zum Ausdruck brachte. Die beiden stießen auf einen erratischen Block von der Größe eines Hauses, und wie Moses auf der Suche nach Wasser klopfte Buch mit seinem Wanderstock dagegen. Wo, so wollte er wissen, gibt es einen Gletscher, der diesen Block getragen und dann hier fallen gelassen haben könnte?

KAPITEL FÜNF

Vorstoß nach Hause

Das Ende der *Advance* • Drei Muschelsucher auf dem Ärmelkanal • Louis Agassiz erobert Amerika • Elisha Kent Kane kehrt als Held zurück • Charles Lyell wittert Gletscherluft

Rensselaer Harbor, Grönland, 17. Mai 1856 ...
Der Frühling war vom Inferno ins Purgatorium übergegangen. Auch wenn der Wind noch schneidend war, die Temperaturen waren jedenfalls nicht mehr erbarmungslos. Die Sonne ging nicht mehr unter. Doch das Eis war immer noch fest wie ein Marmorboden, und es hielt die *Advance* gepackt. Natürlich war die Brigg auch als Segelschiff nutzlos, wenn das Eis tauen würde. Den grauenvollen Winter und den todbringenden Frühling hindurch hatten die Männer viel zuviel von ihr verheizt. Selbst wenn sich das gesamte Eis in Wasser verwandelte, war das Schiff nicht mehr robust genug, um in See zu stechen. Mit diesem Gefährt würden sie nicht nach Hause kommen.

Die ganze Mannschaft hatte sich am demolierten Schiff versammelt – auch diejenigen, die zu schwach zum Arbeiten waren – neben ihren drei Rettungsbooten und den Schlitten. Jedes der Boote war mit einem Leinenfetzen dekoriert, rot-weiße Streifen und weiße Sterne auf blauem Grund. Geleitet von diesen Resten der amerikanischen Flagge, begannen die stärksten Männer, die Boote nach Westen zu zerren. Es war ein entsetzliches Gewicht – das wäre es sogar für gesunde Männer gewesen. Zum Teil waren die Boote auf Schlitten vertäut, um den Transport zu erleichtern, aber die Vorrichtungen waren unbeholfen und forderten den physisch ruinierten Männern die grimmigste Entschlossenheit ab. Sie gaben die *Advance* auf.

Wochenlang hatte Kane die Männer auf diese Stunde vorbereitet. Er hatte lange im voraus verkündet, daß dies mit Sicherheit der Tag sei, an dem sie ihren letzten Rückzugsversuch unternehmen würden. Wer nicht unterwegs starb, würde schließlich doch noch zu Hause ankommen. Um zu überleben, mußten sie die mehr als 2000 Kilometer bis nach Upernavik zu Fuß und in den Beibooten zurücklegen. Wenn die Männer erst die Boote bis zum offenen Wasser gezogen hätten, müßten sie rudern. Kane selbst war in guter Verfassung, aber viele aus der Crew waren zu schwach, um aus eigener Kraft bis zum Rand des Eises zu laufen. Während die Gesünderen zu Fuß gingen, nutzte Kane den Hundeschlitten, um die Kranken und das Gepäck zu einem Lager am Rand der Eisdecke zu ziehen. In ein paar Stunden legte er Entfernungen zurück, für die die Männer noch Wochen brauchen würden.

Die Seeuntüchtigkeit der Rettungsboote trug zum Risiko des Unternehmens bei. Christian Ohlsen, der Tischler, hatte getan, was er konnte, aber um sie am Untergehen zu hindern, mußten sie andauernd überholt werden. Trotz alledem machten die Männer einen unverzagten Eindruck. Vorbei waren die Verdrießlichkeit und die Verachtung, die sie angesichts von Kanes Führungsqualitäten an den Tag gelegt hatten, und sie bewegten sich mit eisernem Willen voran. Sie würden die Boote mehr als 160 Kilometer über das Eis ziehen müssen. Am ersten Tag schafften sie drei.

In dieser ersten Nacht führte Kane die Männer wieder zur Brigg. Am Morgen kehrten sie zu den Booten zurück, zerrten sie ein paar Kilometer weiter, und dann liefen sie wieder zur Brigg. Eine letzte Nacht mit warmem Essen und einem guten Unterstand.

Erst am Morgen des 20. Mai verabschiedete sich der Großteil der Mannschaft für immer von dem Schiff, das sie durch zwei Winter ohne Sonnenlicht gebracht hatte. Alle naturgeschichtlichen Fundstücke, die sie gesammelt hatten, wurden zurückgelassen. Gesträuch, Knochen, Käfer – was einst so wichtig schien, war jetzt nur noch nutzloses Gewicht. Nur die Galionsfigur nahmen sie mit, ein geschnitzter Baumstamm mit dem Spitznamen »die schöne Augusta«, der zur äußersten Not verfeuert werden konnte. Kane hielt den Männern eine mitreißende Ansprache, daß sie großen Herausforderungen entgegensehen würden, die sie aber meistern könnten, wenn sie seinen Befehlen gehorchten und ihre Energien für die Aufgabe sammelten. Er wußte ganz genau, daß keiner von ihnen auch nur die geringste körperliche Energie übrig hatte.

Kane setzte seine bemitleidenswerten Hunde weiter ein, um Männer und Vorräte über das Eis zu ziehen. Wie die Eskimos trug er einen Augenschutz, um sich zu schützen, wenn er über das blendend helle Eis glitt. Seine gefrorene Route war gefährlich und monoton, und damit anstrengend und langweilig zugleich. Kilometer um Kilometer mußte er auf der Eisebene zurücklegen. Die draußen im Sund verkeilten Eisberge waren inzwischen zu einem gewohnten Anblick geworden und ließen keine Neugierde mehr bei ihnen aufkommen. Im Süden hob sich das Land an, an manchen Stellen steil, aber auch dort gab es nichts als gefrorene Wildnis und schwarze, im weißen Eis eingeschlossene Steine. Einmal, als er die Langeweile nicht mehr ertragen konnte, versuchte Kane, der Küstenlinie zu folgen, er stieß jedoch plötzlich auf einen Abgrund im Schnee und war froh, als er die Sicherheit des geschlossenen Eises wieder erreicht hatte. So furchtbar sie war, die Eisebene war am sichersten, jedenfalls solange sie zugefroren blieb.

Ab und an fuhr Kane zur Brigg zurück, um weitere Vorräte zu holen, vor allem Essen. In die verlassene Kombüse kehrte wieder Leben ein, als er etwas von dem gefrorenen Schweinefett ausließ und Brot backte.

Tag für Tag zerrten die ermatteten Männer die Boote über das Eis. Gesunde Männer entwickeln einen Rhythmus, eine gemeinsame Zugkraft, wenn sie solch eine Arbeit verrichten. Und wenn sie die Seile erst einmal angezogen haben, traben sie neben den über das Eis fliegenden Lasten her, auch wenn diese schwer sind. Aber die Männer waren an Leib und Seele entkräftet, sie waren außerstande, die Sache so beschwingt anzugehen. Auch die Hunde waren erschöpft von den Mühsalen und der Arbeit. Ab und zu gaben sie einfach auf und zwangen Kane, das Lager dort aufzuschlagen, wo er sich gerade befand.

Zwölf Tage nach dem Beginn ihres Vorstoßes nach Hause holte Kane den Rest der Schiffsvorräte – Säcke mit Puddingpulver und Schweinefett. Dann kehrte auch er dem Schiff den Rücken zu und begab sich auf den Rückmarsch, so lange er auch dauern mochte. Als er das Lager erreichte, erschrak er. Er hatte die Eiswüste durchquert und war auf einen Hügel gefahren, von dem aus er einen kilometerweiten Blick auf die Ebene vor sich werfen konnte. In den vorangegangenen Tagen hatte er immer dieselbe monotone Wildnis gesehen, doch jetzt war die Szene auf eine grauenhafte Art interessant geworden. Das Eis begann zu schmelzen. Der Schnee hatte sich vom arktischen Weiß in ein lichtes Grau verwandelt und nahm die bleierne Färbung eines im Handschuh schmelzenden Schneeballs an. Wasserlachen sickerten durch die Eisdecke und verwandelten die Ebene in eine Art Sumpf. Das Aufbrechen des Eises war das unerhört gebliebene Gebet des letzten Jahres gewesen, aber in diesem Jahr würde es zum Alptraum werden. Vorher hätte sich die *Advance* ihren Weg durch die Eisschollen erzwingen können und wäre entkommen. Die Lücken in der Eisdecke verhinderten den Transport auf dem Eis, doch mit ihren mehr als dürftigen Booten konnten sie auch nicht hoffen, durch das Packeis zu rudern. Plötzlich begriff Kane, daß der Rückzug nur im Winter gelingen konnte. Selbst in Grönland begann jetzt aber der Sommer.

Sie konnten es nicht ändern, sie konnten es nur weiter versuchen und darauf hoffen, daß sie entkamen, bevor zuviel von dem gehaßten Eis verschwunden wäre. Kane schaffte es bis zum Lager und gab den Männern Order, egal wie krank sie seien, sie hätten sich auf eine augenblickliche Flucht vorzubereiten. Dann verließ er sie, um in dem Eskimodorf Etah um Hilfe zu bitten.

Die überlebenden Hunde hatten sich tapfer gehalten, aber es waren zu wenige und sie waren zu schwach für eine rasche Flucht. Mit dem Aufbrechen der Eisdecke brauchte Kane mehr und bessere Hunde, um das Fortkommen voranzutreiben. Die Eskimos hatten solche Hunde, aber eine Bitte von der Art, an die Kane dachte, würde ihr Los noch verschärfen. Sie konnten keine Hunde entbehren.

Etah lag etwa 120 Kilometer südlich an der grönländischen Küste unter einem schwarzen Kliff. Zwischen zwei Klippen ragte über den Menschen und ihren Behausungen ein Gletscher auf, dem genau wie denen, die Agassiz untersucht hatte, ein Gletscherbach entströmte. Das Rinnsal entsprang in einem Gewölbe an der Gletschersohle und speiste einen See am Ort. Es gab sogar Fische darin, aber Kane berichtete, daß die Eskimos überraschenderweise nichts vom Fischen verstanden und auch nie Fisch aßen. Auch wenn ihm die Zeit davonlief, blieb Kane Forscher genug, um die Bedeutung dieses Flusses im Eis herauszufinden. Er berichtete, daß selbst im tiefsten Winter, wenn das Wasser an der Oberfläche hart wie Stein ist, das fließende Wasser des Etahgletschers unter dem Eis gehört werden konnte. »Diese Tatsache ist wichtig«, schrieb Kane. »Sie zeigt, daß diese großen Polargletscher in ihrem Inneren eine hohe Temperatur bewahren, die nicht weit vom Gefrierpunkt entfernt ist und es ihnen erlaubt, ihre großen

Funktionen der Bewegung und Entladung wieder aufzunehmen, wenn die Kälte des Winters nachläßt und die natürliche Strenge des Klimas nicht unwahrscheinlich bis zu einem gewissen Grad mäßigt.« Kane konnte es nicht ahnen, aber diese Flüsse unter dem Eis, die durch die Gletscher flossen, waren die Ursache für die merkwürdigen langen Wälle, die man Esker nennt, die Lyell erst in Schweden und dann wieder in der Nähe Torontos gesehen hatte.

Als Kane mit dem Schlitten in das Dorf unter dem Gletscher einfuhr, brachte er nichts zum Handeln mit außer seiner menschlichen Bitte um Hilfe. Die Eskimos hörten ihn an, und dann tauschten sie erschöpfte Hunde gegen bessere ein und gaben ihm einen Vorrat Walroßfleisch mit. Kane schirrte sein neues Team ein und fuhr zurück zu den Männern, die immer noch ihre Boote über das aufbrechende Eis zerrten.

Es kommt einem Wunder gleich, daß Kane immer zu seinen Männern, die die Lasten über das Eis zogen, zurückfand. Sie waren kleine Pünktchen auf einer riesigen Leinwand, doch er scheint sie jedesmal ohne besondere Schwierigkeiten gefunden zu haben. Diesmal fand er sie, als sie sich durch nasse Schneeverwehungen hindurchkämpften. Er erreichte sie gerade rechtzeitig, um mit ihnen zusammen den schwersten Sturm zu erleiden, den man in Grönland je erlebt hatte. Die Sommersonnenwende war nur noch ein paar Wochen entfernt, und doch tobte hier ein Wintersturm mit solch einer grausamen Wucht, daß es die neuen Hunde buchstäblich aus ihrem Geschirr herausfegte. Als die Männer das sahen, warfen sie sich nieder und klammerten sich am Eis fest. Wie sie dort lagen, riß ihnen der entsetzliche Wind die Felljacken vom Rücken und lieferte sie den heulenden arktischen Elementen aus.

In dem Augenblick, in dem es etwas ruhiger wurde, standen sie auf und riefen die Hunde. Die Tiere tauchten wieder auf, und die Gruppe kämpfte sich verzweifelt mit ihren Booten zu dem bescheidenen Schutz einer nahe gelegenen Insel durch. Der Sturm kehrte zurück, begrub Menschen und Tiere unter einem Schneehügel. Die Männer legten sich wie ein Löffel an den anderen und wärmten sich gegenseitig. Von oben sah es nur wie eine weitere Schneeverwehung aus, ein Hügel, der mit dem Sturm anwuchs. Doch von innen waren es lebende Körper, die Wärme und Feuchtigkeit abstrahlten, wie Frösche, die ihren Winterschlaf unter den schlimmsten Bedingungen halten.

Als der Sturm sich endlich beruhigt hatte, hielt ihre Erleichterung nur kurze Zeit an, denn das Eis war noch trügerischer geworden. Die Eissümpfe wurden zu offenen Tümpeln. Wenn sie sich jetzt voranbewegten, mußten sie oft einen Weg nehmen, der vielleicht zu schwach für die Lasten war.

Es war unvermeidlich, daß der Moment kam, in dem sie einen Fehler machten und das Eis nachgab. Ein Schlitten, auf dem eines der Boote transportiert wurde, ging unter und zog sechs Männer mit sich. Doch den restlichen gelang es, die durchnäßten Gefährten mitsamt dem Boot zu retten. Mit nassen Sachen, ohne ausreichende Felle waren sie nun dem dünner werdenden Eis ausgesetzt.

Getrieben vom Willen zu überleben schleppten sie sich weiter, zerrten die Lasten über den Eissumpf, und 24 Stunden nach dem Ende des Sturms erreichten sie endlich den Rand des Packeises. Sie hatten getan, was sie tun mußten – sie hatten sich selbst und ihre Ausrüstung noch so spät im Jahr 120 Kilometer über das Eis gerettet. Es hatte sie fast einen Monat gekostet.

Noch mehr Grund zur Freude wurde ihnen zuteil, als plötzlich die Eskimos aus Etah eintrafen und ihnen ausgeruhte Hunde und frisches Fleisch brachten. Die offizielle

Geschichte, die sie den Einheimischen erzählt hatten, ging dahin, daß sie eine weite Jagdreise machen wollten, aber die Eskimos werden diese Version wohl durchschaut haben. Sogar weiße Männer nehmen keine Leute mit auf die Jagd, die zu schwach zum Laufen sind. Sie waren alle aus ihrem Dorf gekommen, um den Männern Lebwohl zu sagen.

Allerdings war der Trupp am Rande des Eises nicht vollzählig. Die Kranken waren noch im Lager zurückgeblieben, zusammen mit den gesamten Vorräten. Kane schirrte die frischen Hunde ein und fuhr ein letztes Mal zum Schiff zurück, um weitere Nahrungsmittel, die er noch finden konnte, mitzunehmen.

Kanes Freude hielt nicht lange an. Sie endete abrupt, als er zum Rande des Packeises zurückkehrte und erfuhr, daß der Schiffstischler Ohlsen vor Erschöpfung zusammengebrochen war. Ohlsen hatte bemerkt, wie das Eis unter dem einen Boot nachgegeben hatte und war hinzugesprungen, um es zu retten. Er hatte eine Metallstange darunter geschoben, um es so lange über Wasser zu halten, bis die anderen es wieder aus dem Meer gezogen hätten. Ohlsen hatte dabei mehr Energie verbraucht, als er zu vergeben hatte. Als Kane zu ihm trat, lag er vollkommen verausgabt und kraftlos auf dem Boden. Drei Tage später, als Kane gerade versuchte, eine Passage durch die Eisschollen ausfindig zu machen, hörte er, Ohlsen sei gestorben. Ohlsen war einer der Kräftigeren gewesen, doch seine Substanz war verbraucht, und er hatte keine Möglichkeit, sich von plötzlich anfallender Arbeit zu erholen. Diese Männer trieb Aktivität in den Untergang.

Unterwegs mit der Southamptoner Eisenbahn, September 1846 …

Bequem fuhr Lyell mit der Eisenbahn von London zum Ärmelkanal durch die englische Landschaft. Die herausragendsten Wissenschaftler Englands nahmen diese schnelle Verbindung, die 1840 eröffnet worden war, um zu dem Treffen der British Association for the Advancement of Science zu reisen. Unter Umständen würde sich die Gletscherangelegenheit wieder einmal zuspitzen. Lyell hatte zwar nichts Neues beizutragen, aber zwei andere Herren, deren Teilnahme erwartet wurde, standen kurz vor der Veröffentlichung wichtiger Beiträge. Edward Forbes, kein Verwandter von Agassiz' Rivalen, James Forbes, wollte in dem Vortrag seinen Fund fossiler Indizien behandeln, der nahelegte, daß es in England einmal viel kälter gewesen sein mußte. Man mußte schon eine blühende Phantasie haben, wenn man sich vorstellen wollte, daß diese Landschaft, durch die Lyell so bequem mit der Bahn fahren konnte, früher so kalt gewesen ist wie die nördlichen kanadischen Gebiete, in denen Sir John Franklin vor kurzem verschwunden war.

Auf seinem Weg in die Vereinigten Staaten kam auch Agassiz zu diesem Treffen. Er hatte sich die letzten Monate in Paris aufgehalten, wo er den ersten Band seines neuen Werkes fertiggestellt hatte, *Système glaciaire*, das alles zusammenfaßte, was Agassiz über die Wirkungen von Gletschern herausgefunden hatte. Agassiz würde Forbes' Vortrag natürlich als eigenständige Bekräftigung seiner Eiszeittheorie ansehen. Dabei hatte Forbes nur nachgewiesen, daß die entsprechende Periode »glazial«, also »eisig«, gewesen ist, nicht daß es einen Gletscher gegeben habe. Agassiz war jedoch so ein enthusiastischer Mensch, man konnte sich darauf verlassen, daß ihn ein solcher Unterschied nicht bremsen würde.

Und so war es auch. Als Agassiz in Southampton eintraf, machte er den Eindruck öffentlichen Triumphes. Sein Privatleben war zu diesem Zeitpunkt ein Desaster. Cécile hatte ihn verlassen, sie war zu ihren Eltern nach Deutschland zurückgekehrt. Sie hatte ihre Töchter mitgenommen und den Sohn Louis' Obhut anvertraut. Natürlich kam eine Scheidung überhaupt nicht in Frage, doch auch eine Versöhnung schien eine psychologische Unmöglichkeit. Keiner von ihnen war bereit gewesen, sich mit den Interessen des anderen auseinanderzusetzen, und schließlich gab es nichts mehr zu teilen.

Die europäische Öffentlichkeit bewunderte Agassiz jedoch nach wie vor. In Agassiz' Nachlaß an der Harvard-Universität findet sich ein wunderbarer Beweis seiner Berühmtheit: Der Brief eines Bewunderers, der eine schöne, handgezeichnete Karte der erratischen Blöcke im Rhonetal enthält. Der Absender, ein gewisser Edouard Collomb, scheint Agassiz' Adresse nicht gekannt zu haben, denn der Brief war nur an »Monsieur L. Agassiz, Mitglied des Französischen Nationalinstituts, Neuchâtel (Schweiz)« adressiert. Noch beeindruckender war die studentische Fackelparade mit Gesangseinlagen, die Agassiz zu Ehren bei seinem Abschied aus Neuchâtel gegeben wurde. Er wollte etwa ein Jahr reisen, erst nach Paris, dann nach England und schließlich nach Amerika. Natürlich gingen alle möglichen Leute andauernd aus Neuchâtel fort, aber in Agassiz' Fall hatten die Einwohner diese Zeremonie inszeniert, weil sie ihn schätzten und er nicht vergessen sollte wiederzukehren.

In Paris war Agassiz gut mit seiner Arbeit vorangekommen. Lyell fand die metaphysische Interpretation, die wie eine Schicht über Agassiz' Arbeit lag, in geradezu absurder Weise altmodisch, sein Buch war jedoch eine außerordentlich moderne Leistung. Es gab zwei Ko-Autoren – Arnold Guyot und Edouard Desor – und stellte die Ergebnisse eines ganzen wissenschaftlichen Teams vor. Nur sehr wenige wissenschaftliche Werke beruhten zu jener Zeit auf Teamarbeit. Das Buch war der erste Band eines auf drei Bände angelegten Werkes. Der große Ehrgeiz des Projektes wurde im Untertitel angezeigt: Untersuchungen über Gletscher, ihre Mechanismen, ihre frühere Ausbreitung und die Rolle, die sie in der Entstehungsgeschichte der Welt gespielt haben. Dieser erste Band beschränkte sich darauf, Gletscher im allgemeinen zu beschreiben: ihr Aussehen, die Gründe für ihre Bewegungen und die klimatischen und geographischen Umstände, unter denen sie entstehen. Im Vergleich zu dieser Anstrengung war Lyells letztes Buch, in dem er seine nordamerikanischen Reisebeobachtungen festgehalten hatte, wissenschaftlich kaum ernst zu nehmen.

Es war unvermeidlich, daß Lyell, Forbes und Agassiz sich bei dieser Tagung treffen würden. Agassiz kannte Forbes von vorangegangenen Tagungen und schien ihn zu mögen. Auf dem Glasgower Treffen hatten sie viel Zeit miteinander verbracht, und nachdem Agassiz von seiner Schottlandtour in die Schweiz zurückgekehrt war, erhielt er einen schmeichelhaften Brief von Forbes: »Sie haben alle Geologen in eine Gletschermanie versetzt, und jetzt verwandeln sie Großbritannien in ein Kühlhaus.« Aber in der Zwischenzeit hatten sich Forbes' Ansichten eher an Lyells Positionen als an Agassiz' angenähert.

Agassiz erschien es besonders besorgniserregend, daß Forbes' fossile Indizien darauf hindeuteten, daß vor und nach »der glazialen Epoche« dieselbe Sorte Schalentiere in den Gewässern vor der britischen Küste gelebt hatten. Für Agassiz war die Eiszeit eine tote Periode gewesen, in der alle Kreaturen ausgelöscht worden waren, um die Bühne für die nachfolgenden frei zu machen. Seit seinem Neuchâteler Vortrag mußte sich Agassiz mit den Skeptikern abmühen, die nicht an die Eiszeit glaubten, und deswegen wurden die biologischen Auswirkungen des Ereignisses auch nicht oft bestritten, doch mit Forbes stand Agassiz ein Kritiker gegenüber, der zwar an die Große Kälte glaubte, aber nicht an die Zerstörung allen Lebens in dieser Zeit.

Mit 31 Jahren war Forbes schon ein herausragender Forscher auf seinem Gebiet der Meeresfossilien. Er hatte in der Ägäis und in den Gewässern um Großbritannien herum viele Funde geborgen. Austernfischer hatten seit Jahrhunderten Techniken entwickelt, wie sie Eimer am Meeresgrund entlangzogen, um die Meeresfrüchte einzubringen. Vor kurzem waren Maschinen erfunden worden, die Sandbänke abtragen, um die Hafenzufahrten zu vertiefen. Forbes war der erste, der sich diese Techniken wissenschaftlich zunutze machte. Er holte Schalentiere vom Boden des Meeres, um sie zu katalogisieren, und er konnte den Meeresgrund auf der Suche nach Fossilien durchbrechen lassen.

Mit diesen Mitteln konnte die kalte Epoche nachgewiesen werden. Forbes hatte entdeckt, daß arktische Arten früher einmal direkt vor der britischen Küste gelebt hatten, woraus deutlich hervorging, daß Britannien so kalt gewesen war wie die Arktis heute. Forbes berichtete auch, daß viele von den Arten, die vor der Kälte in diesen Gewässern gelebt hatten, zurückgekehrt waren und im Jahre 1846 noch dort lebten. Statt von der Kälte ausgelöscht zu werden, waren sie nach Süden migriert und später zurückgekommen, so wie auch arktische Arten von Norden nach Süden und zurück gewandert waren. Dieses Ergebnis streute Salz in die Wunde der alten Rivalität zwischen Agassiz und Lyell. Agassiz bestand weiterhin darauf, daß katastrophische Eiszeiten periodisch alles Leben auf der Erde ausgelöscht hatten, während Lyell den Katastrophen immer noch jegliche Rolle in der Naturgeschichte verweigerte. Lyell lehrte, daß die Arten in einem gleichförmigen Tempo geschaffen wurden und ausstarben. Praktisch bedeutete dies, daß sich auf einer Liste präglazialer Arten nach Agassiz keine zeitgenössischen finden dürften, während Lyell der Ansicht war, daß sich ein gewisser Prozentsatz zeitgenössischer Arten dort finden müßte. Je weiter die Liste zeitlich zurückreichte, desto weniger zeitgenössische Arten wären auf ihr zu finden. Auch wenn weder Agassiz noch Lyell zwingende Beweise für ihre Thesen hatten, so schien Agassiz' Absolutismus durch Forbes' Funde der Boden genommen.

Agassiz' erste Reaktion war ein Leugnen, daß die präglazialen Fossilien von derselben Art seien wie die postglazialen. Um das zu unterstreichen, arbeitete er Unterschiede zwischen zeitgenössischen und alten Muscheln heraus. Forbes und Lyell räumten ein, daß es diese Unterschiede gebe, aber trotzdem vertraten sie die Ansicht, daß die Muscheln alle zu derselben Art gehörten. Sie waren nur unterschiedliche Varietäten ein und derselben Art.

Für Laien kann sich der Streit Art versus Varietät anfechtbar oder geradezu metaphysisch anhören, aber für diese Männer war das der springende Punkt. Wenn die Muscheln Varietäten einer Art waren, so waren sie genetisch miteinander verbunden. Diese Verbindung konnte nicht von einer Eiszeit unterbrochen worden sein. Wenn sie verschiedenen Arten angehörten, dann konnten sie keine direkte Verbindung haben. Weder Agassiz noch Lyell waren Anhänger der Evolution, und deswegen glaubten sie auch nicht daran, daß es genetische Verbindungen zwischen unterschiedlichen Arten gab.

Eine solche Kontroverse hätte man in den Clubräumen von Southampton zurücklassen können, aber weder Agassiz noch Lyell oder Forbes waren Elfenbeinturm-Intellektuelle. Sie bestiegen ein Boot und fuhren in den Ärmelkanal, um es herauszufinden. Sie holten eimerweise Mollusken vom Grund und sahen sich an, was es zu sehen gab. Mollusken sind Schalentiere wie Schnecken, Austern, Klaffmuscheln und Schneckenmuscheln. Wenn sie tot sind, verwest ihr weiches Fleisch sehr schnell, aber die Schalen halten sich ewig. Agassiz stützte seine Argumentation auf feine Unterschiede der Schalen. So sind zum Beispiel Austernschalen mehr oder weniger eng gefurcht. Die Schalen gibt es in unterschiedlichen Größen und Formen. Einige sind flach, andere kommen einem beinahe pelzig vor. Was sagen uns diese Unterschiede? Sind es unterschiedliche Arten, wie Löwen und Leoparden, oder handelt es sich um bloße Unterarten, wie gefleckte Leoparden und schwarze Panther nur Varietäten derselben Art sind?

Wie sie da draußen auf dem Ärmelkanal hin und her schaukelten und ihre Eimer mit Schalen hochhievten, diskutierten die drei Männer diese Punkte. Zuerst war Agassiz unnachgiebig, und da die Unterscheidung zwischen Art und Unterart sowohl auf Interpretation als auf Beobachtung beruht, war die Auseinandersetzung vielleicht gar nicht zu klären. Während die Matrosen herumstanden, hatten die drei Herren keine Scheu davor, naß zu werden und dreckige Hände zu bekommen. Sie beugten sich über die Funde, die sie vom Grunde des Meeres heraufbefördert hatten, und plötzlich war es da.

Eine der an Deck gezogenen Unterarten glich einer präglazialen Unterart, von der Agassiz behauptet hatte, daß es sich um eine andere Art handele. Agassiz erlebte einen jener schrecklichen Momente, in dem er sich zwischen seinen Augen und seinen Überzeugungen entscheiden mußte. Laien denken, daß diese Entscheidung leichtfallen sollte und daß eigentlich nur der Stolz im Wege stehen kann, doch tatsächlich ist das nur für Techniker leicht. Wenn etwas außer der Tatsache selbst auf dem Spiel steht, kann der Konflikt fast unerträglich werden. Es gibt Helden, die dem gewachsen sind, so wie es Helden gibt, die sich quer durch den Norden Grönlands schleppen können. Bukkland war aus diesem Holz geschnitzt. Er hatte seinen Glauben an die geologischen Spuren der Sintflut aufgegeben, und dann hatte er sogar die Überschwemmungsidee ganz abgeschrieben, um die Eiszeit anzunehmen. Aber die meisten Wissenschaftler sind keine Helden. Eine Zeitlang erweckte es den Anschein, als sei Lyell einer, doch dann negierte er, daß er die Moräne erkannt hatte, und kehrte zu der Drifttheorie und seinen anti-katastrophischen Prinzipien zurück. Jetzt war es an Agassiz zu zeigen, was in ihm steckte. Vor lauter Muschelschalen konnte er keinen Fuß mehr auf den Boden bringen. Er zögerte, dann machte er einen bitteren Witz in dem Sinne, wenn er die eine Hälfte seiner Einwände gegen überlebende Arten fallen ließe, würde Lyell dann die Hälfte seiner Doktrin der Prozentzahlen fallenlassen? Lyell fand das gar nicht amüsant, und noch Jahre später murrte er über den Vorfall. Es war ja auch noch nicht klar, ob Agassiz sich eine neue Aufgabe gestellt hatte – einen Kompromiß zu finden zwischen der Theorie der Erschaffung und der Auslöschung – oder ob er einfach nur einen peinlichen Moment überspielen wollte.

Halifax, Nova Scotia, Anfang Oktober 1846 . . .
Agassiz schien unverändert. Er war so begeisterungsfähig wie eh und je. Als sein Schiff das erste Mal in der Neuen Welt ankerte, ging er augenblicklich von Bord und wanderte auf den nächstgelegenen Hügel. Von oben hatte er einen schönen Blick auf die Bucht von Halifax, einen der größten und geschütztesten Häfen an der Atlantikküste.

Auch wenn sich eine herrliche Szenerie vor ihm ausbreitete, war Agassiz noch begeisterter von dem, was er zu seinen Füßen sehen konnte, die verräterische »*Liniengravur* eines Gletschers«. Die Felsen von Nova Scotia waren poliert, und sie waren mit Parallelschrammen und -kratzern gefurcht. Dann ging er zurück zum Hafen, wo sein Schiff mit Proviant beladen wurde, bevor es nach Boston auslief.

Die Stadt, die Agassiz willkommen hieß, war nicht die, die wir heute kennen. 1846 war hier das finanzielle Zentrum der industriellen Revolution Amerikas. Die Textilfabriken, die Massachusetts verpesteten, gehörten Bostoner Investoren, Puritanern mit Träumen, die ihr Geld dazu benutzten, die Bostoner Gesellschaft zu verbessern, ohne sie jedoch fröhlicher zu machen. Agassiz stand in einer ganzen Reihe europäischer Gelehrter, die mit Bostoner Kapital nach Amerika geholt wurden, um Vorlesungen zu halten und sich die neue Demokratie anzusehen. Lyells Besuch ein paar Jahre zuvor war von denselben Geldgebern unterstützt worden.

Das Laub New Englands zeigte sich in all seiner Pracht, als Agassiz zum Pemberton Square lief, wo einer der Gründer der Textilfabriken von Massachusetts, John Amory Lowell, den Professor begrüßte und ihm sein neues Haus zeigte. Lowell war an Naturgeschichte interessiert und zu einem Mäzen der Wissenschaften und Künste geworden. Er war daran gewöhnt, Wissenschaftler kennenzulernen, während Agassiz seinerseits viel Umgang mit vielseitig interessierten Geschäftsmännern gepflegt hatte.

Agassiz hatte eine Blitztour durch die nördlichen Staaten geplant und wollte dann nach Boston zurückkehren, um eine Reihe von Vorlesungen über den »Plan der Schöpfung im Königreich der Tiere« zu halten. Bei den amerikanischen Zuhörern war sein Thema – die spirituelle Untermauerung der materiellen Realität – außerordentlich beliebt. In unseren Ohren hört sich eine solche Vorlesungsreihe unwissenschaftlich, vielleicht gar antiwissenschaftlich an, der Materialismus – die Lehrmeinung, daß die Materie und ihre Eigenschaften die gesamte Existenz erklären können – hatte die Wissenschaft noch nicht erobert. Was an Agassiz' Vorträgen wirklich antiwissenschaftlich war, war die Tatsache, daß er genau wußte, daß etwas mit seiner Prämisse der erneuten, voneinander losgelösten Schöpfungen und Auslöschungen nicht stimmen konnte – und sie trotzdem vertrat.

Natürlich waren die Vorträge erfolgreich. Die Bostoner liebten Agassiz' Akzent, seine Respektlosigkeit, sein Wissen. Die Amerikaner, vor allem eben die Bostoner, waren von Agassiz dermaßen begeistert, daß sie seinen Vortrag über Gletscher bejubelten – obwohl er ihn auf französisch gehalten hatte. Dieser Enthusiasmus beruhte auf Gegenseitigkeit. Agassiz verliebte sich in Amerika, und zwar genau auf die Art, von der Amerikaner meinen, daß Besucher ihr Land lieben sollten. Er begeisterte sich für ihre Energie, ihren Optimismus und ihre Ignoranz der Vergangenheit. »Ihre Blicke sind nur auf die Zukunft gerichtet«, schrieb er einem Freund. Das Land paßte außerordentlich gut zu seiner Energie, zu seiner Zuversicht und seinen ehrgeizigen Plänen. Doch gab es auch eine dunklere Seite in Agassiz' Liebe, die den Amerikanern nicht so überaus gut gefallen hätte. Er wußte, daß er größer und besser war als alles, was Amerika zu bieten hatte. Seit dem Tode Benjamin Franklins gab es keinen Mann mit solchen fundierten naturwissenschaftlichen Kenntnissen, wie er sie besaß. Agassiz hatte ja nichts vom klassischen Immigranten, der aus einem alten Land geflohen war, das er verachtete. Er liebte Neuchâtel, und es war ihm gelungen, aus seiner nicht gerade vielversprechenden Stelle mehr zu machen, als irgend jemand erwarten konnte. 1846 waren die

Vereinigten Staaten ein riesiges Neuchâtel. Sie waren eine aufgeblähte Variante der Schweizer Kleinstadt, aber von derselben Art: eine Gesellschaft mit zweitklassiger Bildung und erstklassigem Ehrgeiz. An beiden Orten konnte Agassiz sofort und unumstritten den Titel des führenden Wissenschaftlers an sich reißen.

Während seines ersten Monats in den Vereinigten Staaten traf Agassiz viele fähige amerikanische Wissenschaftler: James Hall, den Geologen, der Lyell zu den Niagarafällen begleitet hatte, Asa Gray, ein Botaniker aus Harvard, und James Dwight Dana, den aufsteigenden geologischen Starwissenschaftler. Der führende amerikanische Wissenschaftler war damals Benjamin Silliman, ein Chemiker, Geologe und Herausgeber, aus dessen Seminaren in Yale sich in der ersten Hälfte des 19. Jahrhunderts amerikanische Nachwuchswissenschaftler rekrutierten. Als Agassiz ihm in Yale einen Besuch abstattete, war Silliman so angetan von ihm, daß er ihm gleich das Wort übergab. Sein Besucher hielt einen Vortrag über Gletscher aus dem Stegreif.

Die meisten Amerikareisenden bemerkten die ehrerbietige Seite des Landes nicht, doch für Agassiz war es einer der ganz großen Pluspunkte. Er sonnte sich in der Gesellschaft gebildeter Männer, die ihm sofort den ranghöchsten Status einräumten. Hier war er sicher vor diesen Reibereien, die er vor Southampton beim Ausbaggern der Schalentiere erleiden mußte. In Boston freundete er sich schnell mit den wichtigen Männern an – mit Ralph Waldo Emerson, Henry Wadsworth Longfellow, Oliver Wendell Holmes –, von denen niemand auch nur im Traum daran dachte, ihn auf seinem Spezialgebiet herauszufordern. Er berauschte sich noch am Beifall, da wurde er schon in Neuchâtel erwartet. Er reiste nicht ab, vielmehr erschien im Februar 1847 sein Assistent Eduard Desor, dem bald das ganze Schweizer Team folgte. Agassiz wollte bleiben. Er hatte sich viele Projekte ausgedacht, und viele weitere würden ihm erst noch einfallen, aber mit Sicherheit wollte er sich dem Problem der Arten, die die Eiszeit überlebt hatten, nicht mehr widmen.

Cape Alexander, Grönland, 18. Juni 1855 …

Die Mannschaft verteilte Geschenke an alle Bewohner Etahs, meist wertlosen Kleinkram, aber Kane überreichte ihnen auch sein chirurgisches Amputationsskalpell und gab ihnen ihre Hunde zurück. Sie behielten nur die beiden Leithunde, zum einen aus Sentimentalität und zum anderen als Nahrungsreserve für den absoluten Notfall. »Fleisch auf Pfoten« nannte McGary sie.

Um Mitternacht versuchten sie, in See zu stechen, doch das Meer war zu rauh, und sie wurden zur Umkehr gezwungen. Am späten Nachmittag des folgenden Tages waren sie erfolgreicher. Sie konnten die Eskimos von Etah hinter sich lassen. Zunächst war das Wasser ruhig wie ein Gartenteich, doch schon bald kamen Wellen auf, und sie erkannten die Gefahren, denen sie sich ausgesetzt hatten. Ein Boot kenterte, und die Besatzung von vier Männern wurde in das Eiswasser geworfen. Die Männer konnten gerettet und das Boot wieder aufgerichtet werden, aber die kostbaren Vorräte gingen verloren. In einem zweiten Boot sickerte das Wasser schneller durch, als es ausgeschöpft werden konnte. Und zu all dem kam noch das Wetter. Es begann zu regnen, und am Morgen des 22. Juni war der Nieselregen in einen Schneesturm übergegangen.

Der Schnee fiel gleichförmig, als sie zu einem Anlegeplatz namens Northumberland Island ruderten. Dieser Ort mutete wie Grönland *en miniature* an. Klippen säumten die Küste, und das zentrale Plateau lag unter einer Miniatureisdecke, die sieben unterschiedliche Gletscher speiste. Es war beeindruckend, wie diese Gletscher über den Rand der Klippen hingen. Lange Eisstränge zogen sich aus einer gefrorenen Mitte wie Zahnpasta aus einer Tube. Die Luft war erfüllt von einem Dröhnen, das von den Gletschern kam, wenn sie gegen die Klippen stießen. Von Zeit zu Zeit brach ein eisiger Strang mit lautem Getöse durch und fiel die Steilwand herunter. Die Küste Northumberlands war mit Findlingen und Geröll übersät, die diese Gletscherkaskaden zurückgelassen hatten.

Der größte Gletscher Northumberlands erinnerte Kane an Agassiz' Aaregletscher, weil er sich in zwei Ebenen teilte. Das Eis der oberen Ebene wälzte sich etwa 120 Meter lang einen Hang von vielleicht 70 Grad Gefälle herunter. Nach einem Abstand von zirka 800 Metern, der flach verlief, schloß sich die zweite Ebene mit einem Gefälle von etwa 50 Grad an, hier fiel das Eis ebenfalls um 120 Meter ab, diesmal entlang einer Steilwand. An seiner Basis war der Gletscher 800 Meter breit und fast 70 Meter mächtig. Erstaunlicherweise schien es in seiner gesamten Länge, von der Stelle, an der er sich über die Klippen ergoß, bis zu der Ufermoräne, keine verunstaltenden Brüche oder Spalten zu geben. Es wirkte, als sei der Gletscher so pur und zähflüssig wie gurgelnde Molasse, die aus einer gigantischen Flasche herausquillt.

Ebenso bemerkenswert wie die Northumberlandgletscher war Kane, der für die Eiswunder der Insel noch Aufmerksamkeit erübrigen konnte, verzweifelt und halb verhungert, wie er war. Trotz seiner Verantwortung für den Rückzug und der Aussicht auf die Eisberge der Melville Bay nahm Kane sich die Zeit, den hängenden Gletscher zu skizzieren und die Wellen der zähflüssigen Bewegung, die er oben auf dem Gletscher sehen konnte, festzuhalten.

An den hängenden Gletschern von Northumberland zeigte sich der fundamentale Unterschied zwischen den Gletschern der Eiszeit und den Schweizer Talgletschern. Die Northumberlandgletscher waren trotz ihrer Größe und Spektakularität nur die Spitze dessen, was von einem inneren Eiskessel herunterfloß. In der Schweiz bildeten die Gletscher nur den Rest eines ehemaligen Eiskessels. Es verwundert nicht, daß sich vor Kane fast niemand vorstellen konnte, wie sich Eis überallhin ausdehnen kann, während man nach ihm Schwierigkeiten hatte herauszufinden, wo das Problem gelegen haben könnte. Vor Kane hatten die Menschen versucht, sich einen Talgletscher auszumalen, nur etwas länger und vielleicht auch etwas breiter. Es war so schwer, sich vorzustellen, wie solche Gletscher die Welt unter sich begraben sollten. Aber nach Kane verstanden es alle: Stellt euch einen Ozean aus Eis vor! Das Kernstück der Eiszeit ist nicht der Gletscher, sondern das zentrale Inlandeis. Eiszeitgletscher waren nur kleine Ausläufer, die aus dem Umriß des Eisozeans herausflossen.

Hinter Northumberland durchquerten die Männer den Murchison Sound, benannt nach ebendem Murchison, der sich zu jenem Zeitpunkt seit fast 20 Jahren über die Eiszeittheorie lustig gemacht hatte. Als die Meerenge zugefroren war, hatten Kane und McGary hier ihren Versuch aufgeben müssen, Hilfe von Beechy Island zu holen. Jetzt war das Wasser frei genug, um ein Durchkommen zu ermöglichen, aber inzwischen hatten sie große Proviantprobleme, und Kane mußte sich dazu entschließen, die tägliche Ration noch weiter zu drosseln. Jedem Mann standen 6 Unzen Puddingpulver und ein walnußgroßer Klumpen Talg zu. Die beiden Zutaten wurden in Wasser gekocht und über den Tag verteilt in kleinen Schlucken getrunken. Sie schmolzen kesselweise Eiswasser und brauten »Tee« damit, der ihnen zumindest die Illusion von Nahrung vermittelte. Diese Ration war natürlich nicht genug. Inzwischen konnten sie die Boote nicht mehr über das Eis zerren. Ihnen fehlte ganz einfach die Kraft dazu. Sie konnten auch die Arbeiten nicht mehr verrichten, die sie noch vor einer Woche bewältigt hatten, als sie ihre Ausrüstung zum Cape Alexander geschleppt hatten. Und da sie so geschwächt waren, konnten sie auch nicht jagen. Kane wußte von den Eskimos, daß ganz in der Nähe unendlich viele Vögel nisteten, aber um sie zu finden, hätten sie mindestens ein Boot hinter sich herzerren müssen, und das konnten sie nicht mehr. Weil sie am Verhungern waren, mußten sie noch weiter hungern.

Nun war es an der Zeit, den Geschmack von Hundefleisch kennenzulernen. Die überlebenden Hunde hatten dem Trupp über viele schwierige Stellen hinweggeholfen, aber nun hieß es, so unsentimental wie die Eskimos zu sein.

Das plötzliche Auftauchen von Eidergänsen, Tausenden von ihnen, rettete die Hunde. Die Männer waren auf die Nistplätze der Vögel gestoßen, und sie beteiligten sich alle an der großen Eierjagd. Eidergänse schützen sich, indem sie im hohen Norden brüten. Wenn Jäger auftauchen, die weder von der Entfernung noch von der Kälte abgeschreckt worden waren, sind die Vögel hilflos. Die Gruppe blieb drei Tage, und in dieser Zeit sammelte sie fast 4000 Eier. Die ganze Jagd spielte sich im Schneesturm ab, doch sie rannten herum und schlugen sich die Bäuche voll. Auch die Hunde tobten herum. Die Männer aßen; sie machten sich keine Sorgen, wie nah sie dem falschen Ende einer Gabelung gekommen waren.

Als der Sturm vorübergezogen war, war nach dem Kalender der 4. Juli 1855, und so feierten sie den amerikanischen Unabhängigkeitstag, bevor sie weiterfuhren. Sie schenkten Eidergans-Eierpunsch aus, immerhin gab es noch einen Schuß Alkohol, der die zwei Jahre im Norden irgendwie überstanden hatte. Dann ruderten sie zu einer Insel, wo das Wasser allem Anschein nach zu Eis wurde. Sie hatten die Jahreszeit überholt, jetzt konnten sie nichts tun als zu warten und darauf zu hoffen, daß es schmolz. Man konnte keine Prognosen wagen, ob es das tun würde, auch wenn ein nahe gelegener Gletscher ein gutes Omen schien. Denn mit einer Gletscherzunge von mehr als zehn Kilometer Breite und einer Mächtigkeit von mehr als hundert Metern über dem Meeresspiegel tropfte Wasser aus seiner Stirnseite, und von einer Stelle weit oben konnte Kane einen gigantischen Wasserfall aus Tauwasser ausmachen. Wenn aus diesem Eis Wasser wurde, warum nicht aus dem gefrorenen Eis um sie herum?

Glücklicherweise waren sie an einem Ort gestrandet, an dem es genug zu essen gab. Unzählig viele Polartaucher brüteten hier, und diese Vögel waren zur Verteidigung so unfähig wie Eidergänse. Die Männer aßen täglich Eier und Fleisch, und allmählich stellten sie ihre Arbeitsfähigkeit wieder her. Für die Gesundheit aller bedeuteten diese Ruhepause und gute Mahlzeiten das bestmögliche Rezept. Aber die Jahreszeit schritt voran, und sie mußten die Melville Bay erreichen, bevor weiteres Eis sie gänzlich unpassierbar machte. Darüber hinaus gab es keine Gewißheit, daß das Meer so weit auftauen würde, daß es schiffbar wäre. Demnächst würden die Vögel aufbrechen, und die Polartaucherkolonie wäre wieder eine Eiswüste. Mit dem Fleisch der Hunde konnte man aufhalten, aber nicht verhindern, was dann geschehen würde.

Nach einer Woche auf der Insel zeigte das Eis immer noch keine Anzeichen aufzubrechen, also sammelten die Männer weiter Eier, kochten Polartaucher und behaupteten, es sei das beste Geflügel, das sie je gegessen hätten. Kane kletterte auf einen Hügel, der ihm einen Blick auf den gefrorenen Ozean im Inneren Grönlands gewährte.

Er beschrieb es als »eine ungeheure wellenförmige Ebene purpurfarbigen Eises, mit Inseln dicht besetzt, und der ganze Horizont erschien durch das Spiel der Sonnenstrahlen in dem krystallreinen Eise wie ein prächtiger Brillantring«. Geologen würden nie wieder darauf bestehen, daß Eis nicht die Transportmöglichkeit der größten erratischen Blöcke der Schweiz gewesen sein konnte.

In der anderen Richtung konnte Kane die Baffin Bay und ihre Rückzugsroute gen Süden sehen, die noch immer so unpassierbar wie das Inlandeis war. Die Männer blieben zwei Wochen auf der Insel; sie kamen wieder zu Kräften und taten, was sie konnten, um die Boote seetüchtig zu machen. Schließlich schien das Eis aufzubrechen und gab ihnen Hoffnungen auf ein Vorwärtskommen, und so schirrten sie die Hunde an und setzten ihren Rückzug fort. Gleich darauf hatten sie Pech, eines der Boote kippte um, wobei das beste Gewehr und der Kessel, in dem sie ihren vorgeblichen Tee gebraut hatten, verlorengingen. Dann ruderten sie weiter nach Süden, auf die Melville Bay zu.

Niagarafälle, 17. Juni 1848 . . .

Agassiz traf mit seinem Team von 17 Wissenschaftlern aus Buffalo ein. Er hatte Zimmer mit Blick auf die Fälle gebucht. Im Juni war der Wasserstand am höchsten, wenn das Tauwasser den Fluß anschwellen ließ. Die Strömung war so reißend, daß die Fälle selbst fast nicht zu erkennen waren, sie lagen hinter einer gewaltigen Dunstglocke, die von unten emporstieg und über dem Wasser schwebte wie Wolken, die einen Gipfel verdecken.

Die Gruppe war einer spontanen Eingebung gefolgt. Sie wollten eigentlich nur die Zeit totschlagen, bis ihr Schiff von Buffalo über die Großen Seen nach Mackinac Island ablegte. Sie verhielten sich eher wie Touristen als wie Naturforscher, und sie trugen nicht dazu bei, die Geologie Niagaras besser zu verstehen. Sie buchten eine touristische Attraktion, die seit Lyells Besuch hinzugekommen war, die Bootsfahrt auf der *Maid of the Mist*. Das Boot fuhr direkt an den Wasserfall heran, verschwand im Nebel und gewährte der Gruppe einen guten Blick auf den Bogen fallenden Wassers.

Dann fuhren sie mit dem Zug zurück nach Buffalo und zu ihrer eigentlichen Arbeit. Sie wollten nach Norden zum Lake Superior und dort in Kanus umsteigen, um die kanadische Küste zu erkunden. Zu der Gruppe gehörten neun Studenten aus Harvard, wo Agassiz einen Lehrstuhl erhalten hatte, einige von Agassiz' Kollegen von seinen Sommern auf dem Aaregletscher, ein Schriftsteller, der eine Erzählung über diese Reise schreiben wollte, während Agassiz die wissenschaftlichen Beobachtungen festhielt, sowie mehrere europäische Naturforscher, die fanden, daß 1848 wegen der Revolution ein schlechtes Jahr sei, um sich in Europa aufzuhalten.

Agassiz hatte eine Tafel im Gepäck, weil er regelmäßig Vorträge über das halten wollte, was sie gesehen hatten. Gleich am ersten Tag nach ihrer Abreise aus Boston bedeutete er der Gruppe in Albany, gut auf alle erratischen Materialien zu achten. Den ganzen Tag über hatten sie auf der Strecke nach Westen erratische Blöcke gesehen, und wenn sie nach Norden reisten, würden sie noch mehr davon begegnen.

In Buffalo mußten sie den Schweinen ausweichen, die frei durch die Stadt streiften. Im Hafen bestiegen sie ein Dampfboot, das sie bis zur Mittagszeit des nächsten Tages nach Detroit bringen würde. Am darauffolgenden Tag befuhren sie zur Frühstückszeit bereits den Lake Huron. Sie hatten das geschäftige Treiben hinter sich gelassen. Michigan befand sich zu ihrer Linken, doch damals war es ein dünn besiedeltes Waldland. Cleveland und Detroit hatten nach der Eröffnung des Eriekanals einen schwunghaften Aufstieg genommen, aber diese Städte lagen weiter südlich im Gebiet der Großen Seen. Noch immer gibt es am Lake Huron keine großen Städte. Von Zeit zu Zeit sahen sie Indianerkanus. Das Wetter war wieder kühl geworden, und es sollte kühl bleiben, bis sie den Lake Huron wieder hinter sich ließen. Sie stellten fest, daß sie dort oben fast jede Nacht auf die Wärme eines Lagerfeuers angewiesen waren.

Am nächsten Morgen erreichten sie Mackinac Island, nur um festzustellen, daß das wöchentliche Dampfboot nach Sault Sainte Marie gerade abgelegt hatte. Agassiz fand eine Möglichkeit, um die Zeit zu nutzen. Die Indianer von Mackinac waren Fischer, und der Professor machte sich schnell mit ihnen bekannt. Er kaufte ihnen Fisch ab, erstens wollten sie welchen essen, zweitens wollte er sich anschauen, wie die örtlichen Fischsorten aussahen.

Statt eine Woche zu warten, heuerten sie ein Boot, das sie nach Sault Sainte Marie brachte. Während der Überfahrt kam starker Wind auf, und sie mußten den Schutz einer Insel suchen, wo sie von einem ortsansässigen Pionier begrüßt wurden. Er sah so wild aus wie Johannes der Täufer, aber es stellte sich heraus, daß er ein gebildeter Mann war, der den Namen Agassiz schon gehört hatte. Er verschwand in seiner Hütte und kam mit einem präparierten Fisch aus dem Lake Huron wieder heraus. Er bestand darauf, daß Agassiz ihn als Geschenk annahm.

Als der Wind nachließ, fuhren sie weiter. In Sault trafen sie auf eine andere geologische Exkursion, auf James Hall, der Lyell durch die Gegend um die Niagarafälle begleitet hatte und jetzt eine ausgedehnte geologische Erforschung des Gebietes plante, zusammen mit Josiah Dwight Whitney, einem jungen Mann, der gerade seinen Abschluß gemacht hatte. Hall lieh dem Team ein zusätzliches Kanu.

Whitney amüsierte sich eher über Agassiz' Team, als daß er beeindruckt gewesen wäre. Nach Agassiz befanden sie sich auf einer wissenschaftlichen Erkundungsreise, etwa wie Humboldt während seiner fünf Jahre am Amazonas. Whitney beschrieb ihr Abenteuer jedoch eher als »wissenschaftliche Vergnügungsfahrt«, und tatsächlich trifft dieser Ausdruck den Kern von Agassiz' Sommerurlaub. Sie stießen in keine *terra incognita* jenseits kartographierter Gebiete vor. Vielmehr besorgten sie sich eine gute Karte des Lake Superior, als sie in Sault waren. Auf der kanadischen Seite des Sees befand sich eine Kette von Handelsposten, die von der Hudson's Bay Company betrieben wurden, während John Jacob Astors Leute an der amerikanischen Küste Felle eintauschten. Auf dem See verkehrten Dampfboote, und mehrere Firmen begannen, sich für den Abbau der Bodenschätze an den Ufern des Sees zu interessieren. Im Team gab es aber tatsächlich etwas Neues, und das waren Agassiz' gletschergewöhnte Augen. So wie er Buckland beigebracht hatte, die bekannte schottische Landschaft ganz anders anzusehen, so konnte er sich die Umgebung des Lake Superiors ansehen und Einzelheiten erkennen, die bislang unbemerkt geblieben waren.

Lake Superior ist eine gigantische Mulde, die von hohen Wänden umgeben ist. Die vielen Flüsse, die den See speisen, kommen alle aus dem Norden und fließen über das Steilufer in den See. Am Nordufer gibt es viele Wasserfälle. Agassiz bemerkte, daß die Nordwand zerklüftet ist, aber eine ebene Oberfläche hat. Nirgends gibt es hervorstehende Spitzen. Agassiz war sich sicher, daß die ganze Gegend unter einem riesigen Gletscher abgeschliffen worden sein mußte. Er konnte die Schrammen in den Felsen sehen, und die Strände des Sees waren mit so viel erratischem Geröll übersät, daß Schlafen am Strand unbequem war.

Hinter Sault Sainte Marie reisten die Wissenschaftler in Kanus, die von ortskundigen Führern gesteuert wurden. Die erste Hälfte der kanadischen Küste wird Gaulais Bay genannt, und als sie dort lagerten, zeigte Agassiz dem Team einen polierten Felsen, den er sofort als Beweismittel für seine gesamte Eiszeittheorie beanspruchte. Der Granitfelsen war mehrere hundert Meter breit. Er war geschliffen, seine Oberfläche schimmerte und war vollkommen eben. Schrammen zeigten die Richtung an, die der Gletscher genommen hatte, als er den Fels überquert hatte, während andere Furchen die Rückzugsspuren des schmelzenden Gletschers anzeigten. Der Winkel der Kerbungen machte deutlich, daß sie nicht von etwas stammen konnten, was auf dem See getrieben war. Die Ebenmäßigkeit der polierten Flächen bewies, daß sie nicht vom Wasser geschaffen worden sein konnten. Wasser höhlt verschiedene Teile eines Steins unterschiedlich aus, je nachdem wie hart der Stein an einer bestimmten Stelle ist. Dieser Felsen war jedoch von etwas abgetragen worden, für das die Härte des Materials überhaupt keine Rolle spielte.

Die Wissenschaftler gingen weiter von Fluß zu Fluß, bis alle Flüsse einer zu werden schienen. Viele von ihnen hatten sogar dieselben Namen – die Blackwater Rivers, Whitewater Rivers und Montreal Rivers reihten sich scheinbar endlos aneinander. Manchmal deutete Agassiz auf einen Felsen, der die eindeutigen Spuren eines Gletschers erkennen ließ. Er sah sich nach Felsen mit Rundungen und Schrammen um wie die, die er im Jura gesehen hatte. Die Nordlichter, die Kane nur selten in seinem Journal erwähnte, waren hier fast jede Nacht zu sehen, obwohl sich das Seeufer unterhalb des 50. Breitengrads befindet. Am Himmel zuckten blitzende Lichter wie in einem starken, aber donnerlosen Gewitter. Wenn sich starke magnetische Ereignisse abspielen, sind die Nordlichter weit unterhalb des Polarkreises sichtbar, aber daß Agassiz sie jede Nacht sah, ist schon überraschend.

Einen Monat lang reisten sie nach Westen über den See und kamen fast bis an die amerikanisch-kanadische Grenze. Die entfernteste Niederlassung ihrer Expedition war Fort William, heute heißt der Ort Thunder Bay, wo sie Briefe und Zeitungen erwarteten. Die Post war ihnen von Sault Sainte Marie mit dem Dampfschiff zu einer Kupfermine in der Nähe nachgesandt worden. Wer mit den Schwierigkeiten einer echten Entdeckungsreise vertraut ist, dem scheint diese Tour zumindest insofern touristisch, als daß die Zivilisation nie weit entfernt war, doch der Schweizer ließ seinen wissenschaftlichen Blick wachsam schweifen. Nachdem sie die Gegend um die Thunder Bay eine Woche lang erkundet hatten, wendeten sie die Boote und machten sich auf den Rückweg nach Sault.

Der Landstrich um die Thunder Bay ist besonders spannend, weil Inseln und Halbinseln überall mit ihren Steilwänden aus der Küstenlinie hervorragen und Buchten schaffen. In Thunder Cape gibt es spektakuläre blanke Klippen, die steil abfallen. Der Ostzugang zu dieser Bucht wird heute aus dem offensichtlichen Grund, weil es dort natürliche Terrassen gibt, Terrace Bay genannt. Drei große und einige kleinere Terrassen erheben sich über den See. Agassiz erklärte der Gruppe, daß die Terrassen aus Materialien geformt worden seien, die abgelagert wurden, nachdem Gletscher das Land geprägt hatten. Er erkannte das daran, daß die Terrassen auf geschrammten und abgerundeten Felsen lagen. Der Gletscher, so rechnete er sich aus, mußte in etwa anderthalb Kilometer mächtig gewesen sein. Er hielt nichts von Lyells Einwand, daß es um den Lake Superior keine Berge gebe, die hoch genug für Gletscher seien, weil er bemerkt hatte, daß steile Hänge für Gletscherbewegungen nicht notwendig sind. »Die Schweizer

Gletscher bewegen sich oft am langsamsten an der steilsten Strecke des Hangs, und einige Gletscher mit einem Neigungswinkel von sieben Grad bewegen sich schneller als andere mit einem solchen von 40 Grad.«

Mitte August 1848 – zwei Monate nach ihrem Besuch der Niagarafälle – waren sie wieder zurück in Sault. Agassiz hatte eine riesige naturkundliche Sammlung mitgebracht, von der er offensichtlich kein Stück verloren hatte. Er verstaute die Sammlung in vier Fässern und zwölf großen Kisten und verschickte sie nach Boston. Auf der Rückfahrt über den Lake Huron hielt Agassiz einen weiteren Vortrag. Er nahm einen kleinen Findling in die Hand und sagte, dieser sei »das Epitom aller Felsen«. Er sprach darüber, wie uralt der Findling sei und daß er überhaupt keinen fossilen Gehalt habe. Er wurde weit entfernt von der Stelle gefunden, wo solche Steine entstanden seien, und doch zeigte er keine Zeichen von Transport durch Wasser. Statt dessen war er gleichmäßig geschrammt und auf eine Art und Weise gerundet, die der unterschiedlichen Härte des Steines keine Rechnung trug. Zusammenfassend sagte er, er habe »aufgrund der Ähnlichkeit dieses Findlings mit den Felsen der heutigen Schweizer Gletscher keine Zweifel, daß er fest in einer mächtigen Eismasse eingeschlossen gewesen sei und allmählich vorwärts bewegt wurde, wobei er angeschliffen wurde«.

Außer den Mitgliedern der Gruppe hörten noch andere Passagiere diesem Vortrag zu. Ein Geistlicher erhob Widerspruch und erinnerte Agassiz daran, daß die ganze Welt auf einmal erschaffen worden sei. Doch Agassiz blieb in diesem Punkt fest. Der schockierte Geistliche bestand darauf, daß Agassiz zugab, daß die Sache in der Bibel ein für allemal geklärt worden sei, doch Agassiz weigerte sich. Da ihm die Argumente ausgegangen waren, konnte der Geistliche nur noch seine Empörung zum Ausdruck bringen, und dies tat er lang und laut. So wurden die Wissenschaftler nach ihren zwei Monaten abgeschiedenen Forschens daran erinnert, was sie eigentlich mit ihrer radikalen Geologie taten: Sie schlugen den Verfechtern der Tradition ins Gesicht.

Edinburgh, 30. November 1851 . . .

James Forbes spuckte Blut. Er blutete fürchterlich und schien ein Todeskandidat. In jenen Tagen war Blut in der Lunge das allzu bekannte Tuberkulosesymptom und bedeutete nur noch wenig Zeit zum Leben. Forbes war gläubiger Christ und bereitete sich auf das Letzte Gericht vor, dabei hatte er, wie sich im nachhinein herausstellte, noch 17 Jahre zu leben. Nach dieser Krankheit setzte Forbes jedoch nie wieder einen Fuß auf einen Gletscher und arbeitete auch nie mehr im Feld. Die Periode seiner aktiven Rivalität mit Agassiz hatte zehn Jahre angedauert, und Agassiz hegte für den Rest seines Lebens einen Groll gegen Forbes. Den Gletscherbewegungen hatte Forbes' Hauptinteresse gegolten. Er entwickelte ein Vokabular für diese Bewegungen, aber keine mechanische Erklärung dafür, und er gelangte auch zu keinem tieferen Verständnis der Eiszeit.

Die blauen Bänder, die Forbes aufgefallen waren, konnten Gletscherbewegungen nicht erklären, und sie sind auch kein universelles Merkmal von Gletschern. Forbes' Bänder werden heute mit der Überquerung eines »Eisfalls« in Zusammenhang gebracht. Der Eisfall ist das Gletscheräquivalent zu Stromschnellen. Wenn Gletscher über einen Geländeknick fließen, reißen sie auf in viele Spalten und Eistürme, die *séracs*. Während des Sommers erodiert dieser Gletscherbruch, der Gletscher wird dünner. Zugleich wird er am Gletscherbruch dunkel, weil der vom Wind herbeigewehte Staub sich in den Spalten niederläßt. Im Winter wird das Eis wieder dicker, und die Spalten zwischen den *séracs* füllen sich mit Schnee. Nach einem Jahr haben sich zwei neue Bänder gebildet – ein dünneres dunkles und ein dickeres weißes. Auch wenn Forbes irrte, als er annahm, diese Bänderung sei der Motor der glazialen Bewegung, so kann man an ihr doch die Geschwindigkeit eines Gletschers messen. Jedes Paar hellerer und dunklerer Bänder zeigt, wie weit sich der Gletscher während eines Jahres über den Eisfall bewegt hat. Gibt es fünf Bänderpaare zwischen dem Eisfall und der Gletscherzunge, dann wissen wir, daß das Eis im Gletscher fünf Jahre zum Zurücklegen dieser Strecke gebraucht hat.

Forbes' nachhaltigster Beitrag war, daß er eine Tradition britischer Glaziologen begründete, die noch heute existiert, auch wenn es auf den britischen Inseln gar keine Gletscher gibt. Auf Forbes folgte John Tyndall, ein Physiker, der vor allem wegen seiner Erklärung in Erinnerung geblieben ist, warum der Himmel blau ist. In den 1850ern erkundete er jedoch die Alpengletscher und erläuterte ganz klar die Mechanismen, die hinter ihrer Bildung, Größe und Bewegung stehen. Tyndalls Kollege war Thomas H. Huxley, der bald als aggressivster Verfechter der Darwinschen Evolutionstheorie hervortreten sollte, doch dieser Fortschritt im Verständnis der Gletscher löste die grundlegende Frage nicht, ob es eine Eiszeit gegeben habe oder nicht.

Vielleicht hätte es deutlich weniger Widerstand gegen die Eiszeit gegeben, wenn die Bewegung von Gletschern von Anfang an verstanden worden wäre. Auf der anderen Seite hätten sich Agassiz und Schimper vielleicht nicht dafür begeistern können, wenn sie diesen Punkt verstanden hätten. Im Grunde ist es einfach: Gletscher entstehen, wenn der jährliche Schneefall die Schneeschmelze des Sommers übertrifft. Sie wachsen an, bis sie sich in ein Gebiet ausdehnen, in der die Schmelzrate der Schneefallrate gleicht.

Mit der Zeit ändert sich die Kristallstruktur, aus Schnee wird Firn und schließlich Eis. Unter anhaltendem Druck wird Eis plastisch, und so beginnt die Eismasse unter ihrem eigenen Gewicht bergan zu fließen. In den Alpen bewegen sich die rasantesten Gletscher 150 Meter im Jahr vorwärts. Auf seiner Oberfläche und seinem Inneren transportiert ein Gletscher wie ein riesiges, aber träges Förderband Gesteinsschutt, der durch die Verwitterung entstanden ist.

Von den Pionieren der Eiszeitkontroverse verstand niemand diese grundlegenden Prinzipien. Agassiz stellte sich vor, ein plötzlicher Kälteeinbruch habe einen Gletscher, wie eine Idee, aus der dünnen Luft gegriffen, aber so war es nicht. Durch Schnee und nicht allein durch einen Temperaturabfall entstehen Gletscher. Auf der anderen Seite funktioniert auch Charpentiers, und damit Forbes' Theorie nicht. Ihnen fiel auf, daß höhere Berge oft größere Gletscher hatten, und deswegen kamen sie zu der Schlußfolgerung, daß der große Schweizer Gletscher das Resultat höherer Berge gewesen sei. Sie hatten auch noch nicht verstanden, daß der Gletscher zu schmelzen beginnt, wenn er Regionen mit höherer Jahrestemperatur erreicht, also tiefere Gebirgslagen wie Täler oder das Alpenvorland. Bildet sich auf höheren Bergen ein mächtiger Gletscher, so fließt er vielleicht ein paar Kilometer weiter, doch dann schmilzt auch er. Es blieb späteren Generationen von Glaziologen vorbehalten, den komplizierten Zusammenhang von Klimaschwankungen, Schneehöhe, Temperatur, Relief und dem Fließen von Gletschern zu verstehen.

Die Unkenntnis dieser Mechanismen hatte eine weitere Konsequenz für die damalige Theorie: Man bestritt die Möglichkeit, daß sich Gletscher auch in tiefer gelegenen Regionen bilden können. Das Argument gegen britische und amerikanische Gletscher, das wissenschaftlich am haltbarsten zu sein schien, war ja, daß es dort keine Berge gebe, die hoch genug seien, um Gletscher entstehen zu lassen. Der Fehler in dieser Argumentation wird klar, wenn man sich Kanes Alptraum vergegenwärtigt, der in die Falle einer Welt kurzer Sommer geraten war. Sogar eine Sonne, die wochen- und monatelang nicht untergeht, kann die grönländischen Gletscher nicht schmelzen. Gletscher bilden sich im kalten Klima arktischer Breiten sogar auf Meereshöhe, dafür brauchen sie keine hohen Berge. Das Beharren auf der Vorstellung, Gletscher brauchten erhabene Gipfel, war wie diejenige, eine Flugmaschine müsse mit den Flügeln schlagen.

All diese Feinheiten mußten erst von dem Ausgangspunkt einer fast vollkommenen Unwissenheit ausgearbeitet werden, doch leider war nichts geschehen, um der menschlichen Kleinlichkeit entgegenzuwirken. Forbes war ein intelligenter Mann, aber er scheint nicht besonders charakterfest gewesen zu sein. Bei seiner Untersuchung der Schweizer Gletscher konnte er sich schnell davon überzeugen, daß Agassiz recht hatte. Die Schweiz hatte einst unter einer großen Eisdecke gelegen, aber Forbes überzeugte das noch nicht von einer großen Eiszeit. 1845 änderte er jedoch seine Meinung. Normalerweise wäre er in diesem Jahr wieder in die Schweiz gefahren, aber seine Gesundheit war bereits so angegriffen, daß er nach Norden, zur Isle of Skye vor der Westküste Schottlands reiste. Er war 1836 schon einmal dort gewesen, dieses Mal verblüfften ihn jedoch die üppigen Indizien einer glazialen Vergangenheit. Die Hänge waren von Gletschern geschrammt worden, und herumliegende Felsen waren in einer Art gelagert, die »eigentlich von jener ununterscheidbar ist, die unter ähnlichen Umständen von einem Gletscher stammen könnte«.

Als Forbes diese Beobachtungen publizierte, druckte Sir George Mackenzie eine Erwiderung im Magazin der Royal Society of Edinburgh, in der er leugnete, daß Gletscher das Produkt eines viel kälteren Klimas gewesen sein konnten. Statt dessen vertrat er die Ansicht, daß die Berge der Isle of Skye viel höher gewesen sein mußten. Mackenzie war ein ziemlicher Einfaltspinsel und schon ausgelacht worden, als er versucht hatte, Agassiz' und Bucklands schottische Beobachtungen mit dem Hinweis abzuwehren, daß sämtliche Gletscherschrammen und Findlinge, von denen jene berichteten, den Eisbergen der biblischen Sintflut zuzuschreiben seien. Seine neue Erklärung schien auch nicht besser. Es ist ja reichlich unwahrscheinlich, daß die oberen paar tausend Meter eines Berges durch Erosion dem Vergessen anheimgefallen sein sollten, während die Spuren des Gletschers, der von dem Berg getragen wurde, noch deutlich auf den Oberflächen zu erkennen waren. Fünf Jahre nach Agassiz' Tour hatten sich die Fronten jedoch dermaßen verhärtet, daß Mackenzies Erklärung für die Vergletscherung der Insel der Idee eines schottischen Eiszeitalters vorgezogen wurde. Forbes hatte keinen persönlichen Grund, um sich für Agassiz' Eiszeittheorie einzusetzen, und er lenkte auch nicht ein.

Im nächsten Frühjahr machte Forbes mit seiner Frau Urlaub im englischen Lake District. Buckland hatte ihm gesagt, wo er Gletscherspuren finden könnte, und Forbes' Notizbuch zeigt, daß er Moränen, erratische Blöcke und *frische* Schrammen festhielt. Nun hatte Forbes die Chance, sich zu Wort zu melden. In Großbritannien, wo er als der Schotte galt, der den Schweizer Agassiz auf seinem Heimatgebiet herausgefordert hatte, genoß er sehr hohes Ansehen. Der Lake District im Nordwesten Englands liegt etwa 60 Kilometer südlich der Insel Skye, und die dortigen Erhebungen sind mehr als dreihundert Meter niedriger. Die Behauptung, diese Hügel seien früher einmal höher gewesen, war hier noch schwerer durchzuhalten, aber Forbes behielt seine Beobachtungen für sich. Er veröffentlichte nichts und hielt auch keine Vorträge. In den Jahren vor seinem Zusammenbruch im Jahre 1851 war er sehr viel in Großbritannien gereist, vor allem in seiner schottischen Heimat, und er hatte überall Gletscherspuren ausgemacht. Er äußerte sich einfach nicht dazu. Aber es war auch nicht an Forbes, Agassiz' Eiszeittheorie in Großbritannien durchzusetzen.

Agassiz hatte ihn schlecht behandelt, sollte er doch schmoren. Es war alles nur allzu menschlich, aber es war auch kleinlich und gehässig. Geschichte hat manchmal diesen Anschein von Unausweichlichkeit, und heldenhafte Taten wie Kanes Kampf, seine Leute sicher nach Hause zurückzubringen, kommen einem überflüssig vor, bis man sich erinnert, was Kleinlichkeit anrichten kann. In diesem Fall war es diese menschliche Schwäche, die dafür sorgte, daß die Glückwünsche und der Applaus, die Agassiz als Entdecker der Eiszeit gebührten, auf einen späteren Zeitpunkt verschoben wurden, und Forbes in der Obskurität verschwinden ließ. Mit dem Nachlassen seiner Kräfte wurden ihm die Reisen zu den alpinen Gletschern zu beschwerlich, und so suchte er neue Studienobjekte auf dem Land. Er erkannte die Gelegenheit, der Experte für die britannische Eiszeit zu werden, und er ließ sie vorübergehen.

Im Norden der Baffin Bay, 21. Juli 1855 ...

Nebel und Eis umgaben Kanes Rettungsboote. Am 60. Tag ihres Rückmarsches sahen die Männer Cape York durch den Dunst aufragen. Sie hatten die Einfahrt der Melville Bay mit all ihren Gefahren erreicht. Kane nahm Kurs auf die Küste. Die Männer sollten ihre Beine zu etwas anderem als zum Sitzen gebrauchen, und die Hunde sollten herumspielen können, ohne alle zu ärgern. Doch dann teilte Kane den Offizieren seine Entscheidung mit, den küstennahen Kurs aufzugeben und in die offene See abzudrehen. Die Kursänderung war nachvollziehbar. Zwei Jahre vorher war Kane schon weit von der Küste durch die Melville Bay gefahren, und da der Sommer in diesem Jahr so spät kam, würden die Gletscher das Rudern an der Küste mit Sicherheit verhindern.

Eine Reise über das offene Meer erforderte seetüchtige Boote, und so hievten die Männer die drei Rettungsboote an Land, um sie gründlich zu untersuchen und zu reparieren. Eines der Boote, die *Red Eric*, machte nicht den Eindruck, als ob es die Reise überstehen würde, deswegen verteilten sie seine Fracht auf die beiden anderen. Sie nahmen auch die Ausstattungsgegenstände heraus. Wenn die Zeit gekommen wäre, das Boot zu verlassen, konnte man es immer noch verheizen.

Nun mußte noch das übliche Ritual vollzogen werden. Kane schrieb eine kurze Notiz über ihren verzweifelten Zustand und ihre Absicht, die Melville Bay zu überqueren. Die Botschaft steckte er in einen großen Steinhaufen, den die Männer zusammengetragen hatten. Dann nahm er das rote Flanellhemd eines Mannes und befestigte es an den Steinen. Ein aufmerksamer Seemann könnte es später bemerken und auf diese Weise erfahren, welches Schicksal die Expedition erlitten hatte, für den Fall, daß sie das südliche Ende der Bucht nicht erreichen würden. Nachdem sie gewissermaßen ihren eigenen Grabstein errichtet hatten, stießen die Männer ihre kleinen Boote vom Ufer los und fuhren hinaus aufs offene Meer.

Sie hielten Kurs Südwest, und der brachte sie ins aufbrechende Eis. Sie ruderten auf einer der Wunderstraßen der Erde. Natürlich war es kalt – vor allem für Ende Juli. Die Männer trugen Fuchspelze, um nicht zu erfrieren. Sie waren umgeben von herrlichen Eisgebilden, die halb hinter Dunstschleiern verborgen blieben, und wenn sich der Nebel lichtete, flimmerte das Eis am Horizont wie funkelnde Sterne.

Schollen und Eisberge zwangen die Männer zu einem Zickzackkurs. Die Sonne sank nie; sie kreiste von Osten nach Westen und von Westen nach Osten. Es war also nicht überraschend, daß Kane einmal beim Aufwachen feststellen mußte, daß sie vom Kurs abgekommen waren. Der Rudergänger hatte einen Eisberg östlich passiert, dabei hätte er ihn auf der Westseite umfahren sollen, und die Boote waren ihm in der sich verengenden Rinne zwischen den Schollen gefolgt. Als Kane erwachte, waren sie in einem engen Kanal gefangen, der noch nicht einmal breit genug war, um alle Beiboote nebeneinander zu fassen. Schlimmer war allerdings, daß sich die Zickzackrinne hinter ihnen schloß. Sie fror zu, und die Männer konnten nicht umkehren.

Sie waren dermaßen desorientiert, daß sie das Einschlagen einer falschen Richtung noch nicht bemerkt hatten, und Kane behielt das Geheimnis noch eine Weile für sich. Er sagte ihnen einfach nur, daß sie ihre Kleidung und alles andere einmal trocknen sollten, und ließ die Boote auf eine Eisscholle hieven. McGary und er liefen über das Eis zu einem Eisberg, und wie bei ihrem Vorstoß nach Beechy Island im Jahr zuvor kämpften sie sich schlitternd eine hundert Meter hohe Eisflanke hoch, um ihre Umgebung von oben zu überblicken. Der abgehärtete Walfänger McGary brach in Tränen aus, als sie den Kamm des Eisberges erreicht hatten.

Es war derselbe Anblick, der ihren vorangegangenen Rückzugsversuch beendet hatte. Sie waren von Eis und vom grönländischen Eismeer umgeben. Im Osten erhob sich die grönländische Küste, deren Gletscher ihre ununterbrochene Armada aus Eisbergen entließ. Das anhaltende Grollen des sich lösenden Eises war leise aus dieser Richtung zu hören. Im Norden Eisberge, im Süden Eisberge, und im Westen nichts als Eisberge, Aberhunderte von ihnen. Zwischen den Eisbergen lag eine Ebene gefrorenen Eises, in der keine fahrbare Rinne zu entdecken war. Der Anblick, der McGary zum Weinen brachte, war keine Metapher einer Eiszeit. Dies war die Eiszeit selbst: Ihre ursprünglich unermeßliche Ausdehnung war zwar geschrumpft, doch sie war so grausam und unbewohnbar wie vor Urzeiten.

Wäre der Rest der Crew zusammengebrochen wie McGary, ihr Rückzug hätte dort enden können, dort auf dem gefrorenen Meer, und vielleicht wären sie auch wirklich zusammengebrochen, wenn Kane immer noch der Egoist gewesen wäre, der seine Männer für seine persönliche Ehre und seinen Ruhm opferte. Aus Kane war jedoch ein richtiger Expeditionsleiter geworden, und seine Leute zeigten in dieser Stunde, was in ihnen steckte. Sie konnten nicht bleiben, sie konnten nicht rudern, also zogen sie die Boote. Die Männer packten die Boote auf die Schlitten und spannten sich davor wie Hunde. Allerdings war der Schlitten der *Red Eric* bereits als Feuerholz gebraucht worden, und deswegen konnten sie nur zwei Boote ziehen. Die *Red Eric* wurde auseinandergenommen, ihre Planken zur Verstärkung der Böden der beiden übriggebliebenen Boote eingesetzt. Es hatte nur ein paar Stunden gedauert, sich in diese Sackgasse hineinzumanövrieren, aber die erschöpften, halbverhungerten Männer brauchten drei Tage, bis sie die Boote zurück zu jenem Eisberg gezerrt hatten, an dem sie die falsche Richtung eingeschlagen hatten. Sowie sie dort angekommen waren, ließen sie die Boote ins Wasser und hielten sich westlich des Eisberges.

Die Hunde liefen immer noch Gefahr, geschlachtet zu werden. Kane schätzte, daß sie genug Nahrung für acht Tage hatten, aber es konnte länger dauern, die Melville Bay hinter sich zu lassen. Sie blieben in Sichtweite der Schollen und Eisberge, weil sie hofften, dort auf etwas Eßbares zu stoßen. Nur selten sahen sie einen Vogel. Ab und an gelang es ihnen, einen einzelnen zu fangen, aber für 15 Männer, die dem Verhungern nahe sind, ist ein Vogel nicht gerade viel. Noch seltener sahen sie eine Robbe, aber diese Tiere waren zu aufmerksam und ängstlich, um ein Rettungsboot auf Schußweite herankommen zu lassen. Walrösser waren weniger vorsichtig, aber da sie so ein dickes Fell haben, mußten sie mit der Harpune erlegt werden. Ein Walroß schien so fest zu schlafen, daß die Männer die Lanze schon hochgehoben hatten, aber plötzlich griff das Tier die überraschten Jäger an und verschwand.

Ab und zu machten sie an einem Eisberg Rast, auch wenn das bedeutete, daß sie einiges ihrer hart erarbeiteten Strecke verlieren würden, weil der Eisberg langsam gen Norden trieb. Als sie einmal vertäut waren, trieb die *Faith* ab und mit ihr alle Journale, Tabellen, Zeichnungen und Logbücher, die die Expedition rechtfertigen konnten. Ohne diese Unterlagen konnten die Männer noch nicht einmal beanspruchen, Entdecker zu sein. Wenn sie überlebten, kehrten sie als bloße Abenteurer zurück, die zwar entsetzliche Gefahren gemeistert hätten, die kleine Jungen beeindrucken würden, doch sie hätten keinen größeren Zielen gedient. Außerdem würden sie ohne die *Faith* nicht überleben. Das Boot faßte die halbe Crew, und wenn es abtrieb, mußten sie sich alle in ein einziges Boot von nicht mehr als 5 mal 1,8 Meter Größe quetschen. Laut brüllend sprangen McGray und Kane auf eine kleine Eisscholle und rannten ihrem Boot hinterher. Durch diese Verzweiflungstat retteten sie sich selbst, die Dokumente und ihren Ruf.

Allmählich erfaßte die Crew eine fiebrige Erschöpfung. Durch das ununterbrochene Tageslicht, den Hunger und die unerfüllte Hoffnung auf Essen schliefen sie sehr schlecht. Niemand konnte sich mehr richtig ausruhen. Eine Woche, nachdem sie Cape York hinter sich gelassen hatten, befand Kane, daß ihre Eischollenjagden die Zeit nicht wert waren, die sie ihnen stahlen. Er brachte die Boote weiter westlich auf Kurs, weit hinaus in die offene See, weg vom Eis. Ihre Geschwindigkeit verbesserte sich deutlich, aber jetzt ernährten sie sich nur noch von dem kümmerlichen Proviant, den sie bei sich hatten. Im Osten konnten sie Eisberge nach Norden treiben sehen, gegen die Oberflächenströmung. Andere Orientierungspunkte gab es nicht. Die Ostwand aus Gletschern war zu weit weg, um gesehen oder gehört zu werden. Die Sonne zog weiterhin ihre Kreise am Himmel. Kane benutzte einen Kompaß, um ihren Kurs festzustellen. Die Männer waren bei ihrer winzigen Ration Puddingpulver und Talg kurz vorm Verhungern. Sie verspürten keine Hungerkrämpfe mehr, aber sie hatten auch keine Kraft mehr. Das Rudern fiel ihnen immer schwerer. Von Gebet zu Gebet, vom Morgen zum Abend und vom Abend zum nächsten Morgen, zeigte sich das Nachlassen ihrer Kräfte. Die Boote hielten sich nicht von allein über Wasser. Die Männer mußten das Wasser rund um die Uhr ausschöpfen, damit sie nicht sanken.

Kane erkannte den riesigen Umriß eines Walrosses auf einem kleinen Eisfloß etwa fünf- oder sechshundert Meter von ihnen entfernt. Auch wenn es sehr unwahrscheinlich schien, daß sie es erbeuten konnten, so deutete Kane doch auf ihr Ziel, und die Männer lenkten die Boote darauf zu. Jetzt bestanden alle Kommandos nur noch aus Handzeichen, um das Tier nicht zu wecken. Sie umwickelten die Ruder mit Socken, das dämpfte die Geräusche. Kane sah jetzt, daß es kein Walroß war, sondern eine große Robbe. Sie mußten sich nur in Schußweite heranpirschen, aber das war beinahe aussichtslos.

Als sie dreihundert Meter entfernt waren, signalisierte Kane den Männern, die Ruder einzuziehen. Jetzt bewegte sich nur noch ein gedämpftes Hinterruder. Sie waren noch nicht ganz in Schußweite, da richtete sich die Robbe plötzlich auf ihrem kleinen Eisstück auf. Auch sie wollte leben. Die halbverhungerten Jäger waren stumm, aber Kane sah die Verzweiflung in ihren Gesichtern. Langsam bewegte sich die Robbe an den Rand des Eises, dann rollte sie sich zusammen, wie Robben das tun, wenn sie sich durch den Sprung ins Wasser in Sicherheit bringen. Unverdrossen legte Petersen sein Gewehr an und schoß, und ohne jede überflüssige Bewegung fiel die Robbe tot aufs Eis.

Das brach das Schweigen. Die Männer schrien und setzten all ihre Kräfte ein, um so schnell wie möglich zu rudern. Kane war so hungrig und verzweifelt wie der Rest. Eigentlich wollte er noch einen Schuß befehlen, um sicherzugehen, daß die Robbe nicht doch noch ins Wasser klatschte, doch befürchtete er, damit nur die Hysterie seiner Männer zu steigern, wenn klar wurde, daß sie die Robbe noch nicht hatten, und so sagte er nichts.

Sowie die Boote das Eis erreicht hatten, schlitzten die Männer die Robbe mit ihren Messern auf und stopften sich voll mit ihrem rohen, fetten Fleisch. Sie hatten alle schon einmal Eskimos gesehen, die überraschende Jagdbeute so heruntergeschlungen hatten, und Kane hatte sich über ihre Gleichgültigkeit für den nächsten Tag mokiert. Jetzt machte er sich nicht mehr lustig, jetzt aß er mit den anderen um die Wette. Das Essen herunterzuschlingen schien der sicherste Weg zu sein, den nächsten Tag überhaupt zu erleben. Als sie genug hatten, fingen einige der Männer an zu lachen, so wie es Menschen tun, die dem Tod knapp entkommen sind. »Die Hunde sind gerettet«, war der Witz des Tages. Das stimmte, aber es stimmte auch, daß die Männer jetzt gerettet waren. Sie würden den Rückzug überleben.

Sie hatten die Robbengewässer erreicht. Am folgenden Tag erlegten sie noch eine Robbe. Am 1. August 1855, nach einer zehntägigen Reise durch die Melville Bay, konnten sie Devil's Thumb am Südende der Bucht erkennen. Ein paar Meilen dahinter lag Wilson Point mit dem Gletscher, den Kane einst zu den beeindruckendsten der Welt gezählt hatte.

Die Männer sahen einen Eskimo in einem Kajak, doch der beeilte sich, aus der Reichweite der finsteren, abgemagerten und bärtigen Geister in ihren Rettungsbooten zu gelangen. Ihr Rückzug endete 84 Tage, nachdem er begonnen hatte. Die Männer wurden von einem Boot, das Walöl in die Dörfer nördlich von Upernavik brachte, an Bord genommen. Sie hörten zum ersten Mal nach zwei Jahren, was in der Welt vorgegangen war. Auf der Krim war Krieg ausgebrochen, aber niemand wußte genau, wo die Krim lag. Verständlicher war die Nachricht, daß die sterblichen Überreste der Franklin-Expedition mehr als 1500 Kilometer westlich von Kanes grönländischem Lager gefunden worden waren.

Im Grunde bedeutete der Tod der Franklin-Mannschaft vor fünf Jahren, daß Kanes Reise vergeblich und unnötig gewesen war, doch die Nachrichten, die Kane mitbrachte, stellten sich als beständig heraus. Zu der Zeit, als Kanes Truppe auf ihrem Rückzug an den grönländischen Gletschern vorbeiruderte, erschien die achte Ausgabe der *Encyclopaedia Britannica*. Den Eintrag über die Gletscher hatte Agassiz' Rivale James Forbes verfaßt, der sich überall in der Welt Talgletscher vorstellte. Forbes besprach Gletscher in der Schweiz, im Himalaja, in Norwegen, auf Spitzbergen und Island, aber über Grönlands Eisdecke sagte er schlicht: »An der Westküste Grönlands scheint es dieselben Phänomene zu geben, aber im größeren Maßstab.« Die Fakten des Inlandeises und ein hundert Kilometer breiter Gletscher waren den skorbutgeplagten Überlebenden, die gerade in Upernavik eintrafen, ebenso bekannt wie den Eskimos, die sie hinter sich gelassen hatten, nicht aber den Geologen. Die Kane-Expedition hatte die Eiszeit bis in ihr Versteck zurückverfolgt. Ihre Dokumente und Zeichnungen veränderten die Gespräche von einer eisverhüllten Welt: Aus einem vorstellbaren *Vielleicht* wurde ein eindeutiges *Ist*.

Doch wie sollten die Männer mit ihren Nachrichten von Upernavik abreisen? Eine Zeitlang sah es so aus, als ob die Route heimwärts über England führen würde. Eine dänische Brigg war dorthin unterwegs, aber im letzten Moment tauchte ein amerikanischer Dampfer auf. Er hatte den Auftrag, Kane und seine Männer zu retten. Zum letzten Mal bestiegen die Männer die *Faith* und ruderten hinaus, dem Schiff entgegen. Als sie am Dampfer hochkletterten, glaubte der Kapitän, jemanden zu erkennen, und fragte: »Ist das Dr. Kane?«

»Ja«, lautete die Antwort, und da brachen die Seeleute in der Takelage in Freudenrufe aus.

Boston, 28. Mai 1857 . . .

Die Zeit hatte Agassiz eingeholt und Lyell ebenso. Der erforderliche Dichter betrat die Bühne. Nach Kanes Wiederkehr konnten alle das Große Eis mit Agassiz' Augen sehen. Zwanzig Jahre waren vergangen, seit Agassiz die Wissenschaft mit seiner Theorie einer Eiszeit aufgeschreckt hatte. Wieder und wieder hatte er Spuren gigantischer Gletscher aufgezeigt, nur um seine gebildete Zuhörerschaft zu verlieren, die nicht an die Wahrheit seiner Vision glauben konnte. Jetzt hatte Kane aber den Reportern der Massenblätter den Humboldt-Gletscher beschrieben. Seine Worte hatten sich in die Vorstellungskraft der Leute eingenistet, und sie hatten ihnen Bilder der Melville Bay geliefert, die eine Wand von Eisbergen in die See entließ. Endlich eroberte sich das Große Eis einen Platz im Bilderrepertoire der Welt. Agassiz stimmte zu, den Klappentext für Kanes Bericht seiner Jahre in Grönland zu schreiben, der in zwei Bänden und mit Illustrationen versehen erscheinen sollte. Nun war Agassiz der Mann, der das Eis schon immer verstanden hatte. Die Stunde war gekommen, in der er aufstehen und sagen konnte: Jetzt seht ihr, was ich damals in Edinburgh meinte, als ich die Eiszeit in Schottland mit Grönland verglich.

Aber die Zeit war auch an Agassiz nicht vorbeigegangen. Am 28. Mai 1857 feierte er seinen 50. Geburtstag. Er war gerade 24 geworden, als er sich mit Humboldt Cuviers letzte Vorlesung angehört hatte. Jetzt gehörte er selbst zu den angesehensten Naturwissenschaftlern der Welt, und das Bostoner Bildungsbürgertum kam, um ihn zu ehren. In Agassiz' Club, dem sogenannten Samstagsclub, gab man diesmal ein feierliches Donnerstagsessen zu Ehren Agassiz'.

Unter den Gästen, die triefend naß aus dem Regen hereintraten, waren auch die Schriftsteller Ralph Waldo Emerson, Oliver Wendell Holmes und James Russell Lowell, der Begründer der pragmatischen Philosophie, Benjamin Peirce, der Historiker John Lothrop Motley, dessen *Rise of the Danish Republic* heute noch lesenswert ist, sowie der Essayist E. R. Whipple, der sich mit seiner Verbindung von Witz und hehren ethischen Idealen einen Namen gemacht hatte. Agassiz' Co-Autor des Buches über den Lake Superior, John Elliot Cabot, erschien ebenfalls. Auch einige erfolgreiche Geschäftsmänner waren geladen, doch als Zeremonienmeister fungierte der Dichter Henry Wadsworth Longfellow.

Die Feierlichkeiten begannen um halb vier und dauerten bis nach Sonnenuntergang gegen neun Uhr am Abend.

Die Gäste aßen, rauchten Zigarren, lachten. Natürlich wurden viele Reden gehalten. Longfellow, Holmes und Lowell verlasen Gedichte zu Agassiz' Ehren.

Emerson muß guter Stimmung gewesen sein, denn er erinnerte sich, daß die Gedichte alle »auf ihre Art exzellent« gewesen seien.

Emerson war der berühmteste Redner an diesem Nachmittag. Seine Vorträge waren immer sehr gut besucht, doch hatte er gar kein Talent, bei festlichen Anlässen wie einem 50. Geburtstag feierliche Reden zu halten. Cabot meinte, daß Emerson »selten auch nur die kürzeste Stegreifrede hielt und niemals Erfolg damit hatte«. Es gibt keine Unterlagen darüber, ob Emerson bei Agassiz' Fest sprach, es ist eher unwahrscheinlich, aber mit Sicherheit war Emerson ein guter Freund von Agassiz geworden. Er schätzte Agassiz' Ideen und sah ihn als philosophischen Verbündeten an. In seinem Notizbuch hielt er fest: »Unsere These ist, daß die Natur allein den Menschen interessiert, denn der Mensch scheint Ziel der Natur ... Agassiz hat dies entwickelt & bestätigt. Die Natur ist für den Menschen und nicht der Mensch für die Natur.«

Dieser Saal voller Menschen war zusammengekommen, um Agassiz zu würdigen, aber was einem Wissenschaftshistoriker auffallen muß, ist, daß die Größen, die sich hier zu Ehren Agassiz' versammelt hatten, allesamt Humanisten oder Literaten waren und keine Naturwissenschaftler. In Boston gab es aber Naturwissenschaftler, die man hätte einladen können. Elisha Kanes alter Erdkundelehrer, William Barton Rogers, war mittlerweile nach Boston gekommen und stand kurz vor der Gründung des Massachusetts Institute of Technology. Asa Gray, der Botaniker, war ein Kollege von Agassiz. James Dana aus New Haven war Geologe und eifriger Befürworter der Eiszeittheorie. Diese Wissenschaftler und Lehrer mögen einem wie die natürlichen Gefährten Agassiz' und Gäste seines »goldenen« Geburtstags vorkommen, aber sie teilten etwas mit Lyell und Edward Forbes, nämlich die Bereitschaft, Agassiz direkt zu widersprechen, und das mochte er überhaupt nicht. Selbst als junger Mann hatte es ihm gut gepaßt, als einsames Genie eine Gesellschaft fähiger Amateure zu leiten.

Agassiz' Bildung, seine Begeisterungsfähigkeit und Redegewandtheit machten ihn unter Philosophen und Studenten beliebt. Er war jetzt seit zehn Jahren in Amerika und hatte die wissenschaftliche Ausbildung stark mitgeprägt. Seine erste Ehefrau Cécile war verstorben, und danach hatte Agassiz eine neue Frau aus einer alten Bostoner Familie geheiratet. Henry Adams, der von sich selbst in der dritten Person schreibt, faßt seine Collegejahre so zusammen: »Der einzige Unterricht, der seine Vorstellungskraft beschäftigen konnte, war eine Reihe von Vorträgen von Louis Agassiz über die glaziale Periode und die Paläontologie, die seine Neugier mehr fesselten als der ganze Rest seiner Collegeerziehung zusammengenommen.« Aus Adams wurde ein literarischer Humanist, aber Agassiz unterrichtete auch viele gute Studenten der Naturwissenschaften. William James zog am Ende des 19. Jahrhunderts die Schlußfolgerung, daß es »kaum einen amerikanischen Naturforscher in meiner Generation gibt, der nicht bei Agassiz studiert hat«. Dieser arbeitete jedoch weniger an neuen Themen, sondern unterrichtete immer noch die Eiszeittheorie, ohne allerdings den Versuch zu unternehmen, seine Thesen nachzuweisen.

Nach der Expedition zum Lake Superior unternahm Agassiz keine weiteren Reisen, um Fakten zur Eiszeit zusammenzutragen. Er hatte weder die beiden angekündigten Folgebände seines *Système glaciaire* geschrieben, in denen er doch die Eiszeittheorie unter Beweis stellen wollte, noch hatte er etwas getan, um seine Theorie auf den neuesten Stand zu bringen, auch nicht in unveröffentlichten Aufzeichnungen.

Agassiz war zuversichtlich, daß die Grundvoraussetzungen seiner Theorie stimmten. Seine schottische Reise und das, was er in Neu England und in der Umgebung der Großen Seen gesehen hatte, war Beweis genug, doch es gab einige Unstimmigkeiten in seiner ursprünglichen Idee. So war zum Beispiel deutlich geworden, daß die Eiszeit keineswegs alles Leben ausgelöscht hatte, und genauso deutlich war es, daß es in der gefrorenen Welt mehr als einen Gletscher gegeben hatte. Agassiz hatte sich selbst davon überzeugen können, daß die Furchen am Lake Superior in eine andere Richtung wiesen als jene um Boston herum. Beide Gebiete hatten unter gigantischen Gletschern gelegen, jedoch nicht unter ein und demselben.

Diese Fakten stellten keine Probleme für die Eiszeittheorie an sich dar, sondern für die Bedeutung, die Agassiz ihr beimaß. Agassiz' Theologie eines Schöpfers, der alle Kreaturen in einem Augenblick auslöscht, der Mammuts in ihren Spuren festfriert, indem er die Welt vom Nordpol bis zum Mittelmeer in Europa beziehungsweise vom Nordpol bis zum Long Island Sound in Amerika mit einem Gletscher bedeckt, war einfach nicht haltbar. Wenn Agassiz sich mit den Indizien auseinandergesetzt hätte, so hätte er seine alte Idee nur revidieren, nicht gänzlich über Bord werfen müssen. Schließlich überlebten sogar in der biblischen Version der Sintflut einige Tiere in der Arche Noah. Agassiz war aber nicht bereit, sich erneut Gedanken zu machen. Statt dessen hatte er es in Amerika aufgegeben, Indizien der Eiszeit zu sammeln, und bestand dafür immer mehr darauf, daß es keine Unterarten gab, sondern nur unterschiedliche Arten. Dieser Streit über die Unterarten wurde so berüchtigt, daß Emerson und Henry David Thoreau sich darüber lustig machten, wenn sie wahrscheinlich auch keine Ahnung von Agassiz' Ärmelkanalausflug mit Edward Forbes hatten.

Emerson kannte seinen Freund jedenfalls gut genug, um zu erfassen, auf welche Art und Weise dessen theologische Grundsätze mit seinen naturwissenschaftlichen kollidierten und umgekehrt. In ein Notizbuch schrieb er:

»Man muß seine Regel der Genialität von dem ableiten, was man tut, und nicht von Nebenabsichten. Man sollte keinen Roman schreiben, um ein Prinzip der politischen Ökonomie zu etablieren, denn das verdirbt beides. Man sollte sich nicht daranmachen, seine Lehre Schülern lukrativ erscheinen zu lassen, denn das wird einen nur in der eigenen Kunst und im Profit versagen lassen. Man sollte sich nicht daranmachen zu gefallen, sonst wird man nur mißfallen. Man sollte sich nicht daranmachen, Theologie aus der Naturgeschichte heraus zu lehren wie Paley & Agassiz, denn das verdirbt beides.«

Erkannte er die Grenzen seines Ansatzes, oder warum drängte Agassiz andere, literarische Geister, sich seiner Sache anzunehmen? Jedem Schriftsteller bereitet es Unbehagen, wenn andere ihm Themen vorschlagen, aber es ist überraschend, daß Agassiz, der selbst ein erfolgreicher und humanistisch gebildeter Mann war, Longfellow zu nötigen versuchte, ein Gedicht darüber zu schreiben, was die Wissenschaft über die Naturgeschichte herausgefunden hatte. Er beschrieb ihm die aufeinanderfolgenden Perioden, beginnend mit dem urzeitlichen Gestein über große Farnenwälder, phantastische Ungeheuer und so weiter. »Es sollte ein Epos darüber geben«, sagte Agassiz zu Longfellow. So eine Aufforderung ist Schriftstellern immer peinlich, aber Longfellow war schlagfertig und nahm es auf die leichte Schulter. Er sagte zu Agassiz, kein Zweifel, solch ein Epos sollte es wirklich geben, und vielleicht würde es ja auch bald eins geben, doch er war nicht derjenige, der es verfassen würde.

Agassiz hatte sich verzettelt, und die Zeit lief ihm davon. Er war in Amerika als ein Mann der Zukunft angekommen, seine Ideen und Vorstellungen waren seiner Zeit voraus gewesen, aber jetzt hatte ihn die Zeit eingeholt. Die Pattsituation war vorbei. Kanes Rückkehr aus Grönland verursachte den Umschwung des allgemeinen Vorstellungsvermögens. Schon bald bemerkten die Leute, daß ihnen die Idee einer Eiszeit gar nicht mehr so merkwürdig vorkam. Sie würden entdecken, daß sie sich auch eine Welt aus Gletschern vorstellen konnten. Der Skandal des Neuchâteler Vortrags und die Ablehnung der schottischen Indizien wurden immer schwerer nachvollziehbar. Kanes Rückkehr war der Moment, auf den Agassiz hätte warten sollen. Die Zeit war reif, um Kanes Beschreibungen ausdrücklich mit seiner eigenen Theorie eines globalen Frostes zusammenzubringen. Doch Agassiz ließ die Gelegenheit verstreichen.

Zürich, 16. August 1857 ...

Zum ersten Mal in seiner Laufbahn bildete Lyell die geologische Nachhut, und er hatte es eilig, den Anschluß zu finden. Er wachte früh auf und bereitete sich auf einen weiteren Reisetag vor. Viele Gedanken und Erinnerungen stiegen in ihm auf, seit er vor einigen Wochen zum ersten Mal nach 20 Jahren in die Alpen zurückgekehrt war. Selbst in den Städten vollführten seine Gedanken die wildesten Pirouetten. In Zürich hatte ihn seine Lektüre an alte Orte und neue Fragen erinnert. Die Eiszeit konnte nicht länger als »unplausibel« abgetan werden.

Das Große Eis war eine der »tatsächlichen Ursachen« geologischer Veränderung. Die Presse hatte die Leute über Kanes Reise aufgeklärt, und plötzlich wußten alle, daß Eis von den grönländischen Küsten hervorbrach. Obwohl Eis in den ersten Ausgaben von Lyells Buch nicht vorkam, existierte es. Außerdem war es den Katastrophen zuzuordnen – eine Ursache, die mit plötzlichen und heftigen Veränderungen im Alpengebiet in Verbindung gebracht wurde. Wie er später zugab, war Lyell mit der geheimen Absicht in die Schweiz gekommen, sich »mit eigenen Augen« anzusehen, daß Gletscher »dies alles vermögen«.

Als er sich endlich dazu entschlossen hatte, seine Abkehr vom Glauben bei den Niagarafällen vor 16 Jahren wieder wettzumachen, widmete er sich seinen Reisen mit der Inbrunst eines mittelalterlichen Pilgers. Er wanderte überall herum und kletterte überall hin. Seine Führer, wahrscheinlich an müßige Touristen gewöhnt, wurden schnell zu praktischen Geologen. Er nötigte sie, vor einem Gletscher stundenlang nach ortsfremden Findlingen zu suchen, die offensichtlich von dem Eis hierher befördert worden waren. Und schließlich fanden sie wirklich einen tonnenschweren Felsbrocken, der einzeln am Hang lag, nah am Gletscher, aber weit entfernt von seinem heimatlichen Granitgestein. Mit seinen Führern ging er zur Stirnseite eines sich zurückziehenden Gletschers. Dort ließ er sich auf alle viere nieder und wischte Eis und Matsch dort unter der Gletscherwand weg. Hier trat Felsgestein zutage, das sechs Monate vorher noch unter dem Gletscher gelegen hatte. Es war glattpoliert und parallel gefurcht.

Am Morgen des 16. August 1857 genoß Lyell die Annehmlichkeiten eines Eisenbahnabteils, bis er im Aaretal auf dem Weg zu Agassiz' Gletscher in eine Kutsche umstieg. Im Westen des Tales erhob sich der Jura. Dieses ganze Gebiet hatte nach Agassiz' Theorie unter einem Gletscher gelegen. In Solothurn stieg Lyell aus der Kutsche und machte einen Spaziergang zu den Kalksteinbrüchen der Stadt. Hier wurde ein Kalkstein von fast marmorner Schönheit gebrochen, und Lyell kam zur rechten Zeit, um ein ausgedehntes Kalksteinriff zu sehen, welches gerade von den Arbeitern freigelegt worden war. Es hatte unter einer drei Meter dicken Schuttschicht gelegen, von der die Arbeiter meinten, sie sei glazialen Ursprungs, weil es sich um eine ungeschichtete Mischung von Erde und Gesteinsschutt handelte. Die Oberfläche des entblößten Kalksteins ähnelte dem großen flachen Findling, auf den Agassiz in der Gaulais Bay gestoßen war. Der Solothurner Kalkstein war zu einem funkelnden Schimmer poliert worden, und er wies solche parallelen Riefungen auf, von denen Lyell in Kanada gesagt hatte, daß es sich um Eisbergkratzer handeln müsse. Lyell bemerkte, daß man in Solothurn diese Markierungen ganz selbstverständlich »der Aktivität von Charpentiers großem Gletscher« zuschrieb. Nun glaubte auch Lyell, daß ein Gletscher »über das große Schweizer Tal gewandert war, vom Mont Blanc und Monte Rosa bis zum Jura, mit einer Mächtigkeit von 1300 Metern«, wo er auch das Riff, das im Steinbruch gerade freigelegt worden war, poliert und gefurcht hatte.

In derselben Nacht schrieb Lyell den ersten einer bemerkenswerten Serie von Briefen an seinen Schwiegervater. Im Verlauf dieser Korrespondenz beleuchtete er alle Gründe seiner erneuten Einsicht in das, was Agassiz vor 20 Sommern verkündet hatte. Schon in der Nacht davor war es fast aus Lyell hervorgebrochen, als er seine Erörterung der Botanik Madeiras mit der Bemerkung unterbrach, »die Gletscherphänomene erscheinen mir wunderbarer denn je«, aber er behielt sein Geheimnis noch für sich und sprang zu einem weiteren Thema: »Hier wird viel an kleinen Orten unterrichtet, so wie in den Vereinigten Staaten.« Nachdem er jedoch den polierten Kalkstein von Solothurn gesehen hatte, konnte er sich nicht länger beherrschen, und er mußte mit seiner Sinnesänderung herausplatzen.

Jetzt sprach Lyell wie ein Mann, der unter der Folter zusammengebrochen ist und ununterbrochen von etwas reden muß, von dem er sich lange weigerte, es auch nur zu erwähnen. Im großen und ganzen hält sich Lyells Korrespondenz an die Konventionen. Als er ein junger, begeisterungsfähiger Mann war, beschrieb er viele Szenen und Themen ausführlich, doch als er reifer wurde, skizzierte er seine Ansichten und Gedanken in seinen Briefen nur noch grob. Insbesondere auf seine Ideen spielte er eher an, als sie hier zu entwickeln. Zur Präsentation komplexer Gedankengänge wählte er andere Medien. Ganz anders verhält es sich mit den Briefen, die er am 16. August begann: Sie ließen sogar seine Jugendkorrespondenz zurückgenommen und kontrolliert wirken. Nun schlug sich Lyell – sicherlich zur Verwunderung des Empfängers – Seite um Seite mit der schrecklichen Tatsache herum, daß er, der Fortschrittliche, sich geirrt hatte, während Agassiz, der Altmodische, recht hatte.

Lyell hielt fest, wie er die ganze Gletschergeschichte noch einmal überprüft hatte. Vielleicht hatte er zuerst noch daran geglaubt, daß die Gletschertheorie sich als falsch herausstellen und seine Drift-Doktrin haltbar sei, doch er sah sich vielen anderen Meinungen gegenüber. Agassiz' Botschaft war überall auf dem europäischen Kontinent gehört worden, und Lyell mußte feststellen, daß jeder ernst zu nehmende Geologe in der Schweiz und den angrenzenden Ländern von einem großen Gletscher ausging. Die Missionäre der Geologie warteten darauf, ihre Kenntnisse weitergeben zu können, die sie so viele Jahre bewahrt und vertieft hatten.

In Heidelberg gab Robert Bunsen – dessen Name heute vor allem im Zusammenhang mit seinem Laborbrenner genannt wird – Lyell einen soliden Überblick. In Neuchâtel zeigte Agassiz' langjähriger Assistent Edouard Desor dem englischen Besucher die Findlinge und Schrammen des Jura. Lyell sprach noch mit anderen ehemaligen Kollegen von Agassiz, mit Männern wie Bernard Studer und

Escher von der Linth. All diese Wissenschaftler stützten ihre Argumente auf Tatsachen, die man sehen konnte.

Desor unternahm mit Lyell einen Ausflug zum Pierre-à-bot, dem größten erratischen Block des Jura. Lyell kannte ihn bereits, aber nun ließ er den Anblick auf sich wirken, wie ein Kritiker sich einem Bild aussetzt. »Der Pierre a bot«, schrieb er an seinen Schwiegervater, »ist noch herrlicher, wenn man ihn zum zweiten Mal sieht, so enorm und eckig, so deutlich auf einer Kalksteinkette ruhend, mit einem großen Tertiärtal zwischen sich und den Alpen.«

In dem Tal, das zwischen dem Neuchâteler und dem Genfer See liegt, zeigte ihm ein anderer Führer einen weiteren spektakulären Beweis dafür, daß ein riesiger Gletscher das Tal eingenommen hatte. Hoch oben an den Wänden waren ganze Stellen von irgend etwas geschrammt und poliert worden. Konnten das nicht treibende Eisberge gewesen sein? Nein, sagten seine Führer. Erstens hatten sie nicht genug Kraft dafür, und zweitens gab es überhaupt keinen Hinweis darauf, daß die Alpenregion während einer geologisch noch nicht weit zurückliegenden Periode unter Wasser gestanden habe. Man hatte überhaupt keine Meeresfossilien in den Moränen oder Geschieben gefunden. Dieses Fehlen beeindruckte Lyell so nachhaltig, daß er es schon früh in seinem ersten Brief über Gletscher erwähnt. Im selben Brief schreibt er ein paar Seiten weiter: »Ich hätte Dir schon vorher mitteilen sollen, daß die Geologen trotz fleißiger Suche in keinem Teil der Schweiz auch nur eine einzige Muschelschale in irgendeiner Moräne oder im Lehm der Felsen gefunden haben.« Daß er vergaß, was er bereits gesagt hatte, deutet auf die Emphase des Bekenntnisdranges hin, der Lyell ergriffen hatte, als er bis spät in die Nacht Briefe schrieb.

Escher von der Linth – derselbe Führer, der Leopold von Buch durch die Alpen begleitet hatte – wies ihn auf Markierungen hin, die nicht durch Wasser entstanden sein konnten. Er zeigte Lyell, worüber Charpentier 1834 gesprochen hatte. Die erratischen Blöcke auf der rechten Seite des Aaretals kamen aus einem Gebiet, während diejenigen auf der linken Talseite aus einer ganz anderen Region stammten. Im fließenden Wasser kann so eine Trennung nicht erhalten bleiben, aber im soliden Eis schon.

Lyell durchlitt die Qualen eines Halb-Konvertiten, der in der neuen Doktrin viele Wahrheiten erkennt, sich aber fragt, ob er seinen geliebten alten Glauben dafür aufgeben muß. Er gestand Escher, er fühle sich zu der neuen Gletscheridee hingezogen, aber er könne den Gedanken nicht ertragen, daß die Alpen blitzschnell durch eine Katastrophe entstanden sein sollten. Escher – ganz Diplomat – versicherte Lyell, daß die großen Verfaltungen der Alpen sehr langsam entstanden seien. Wenn damals Menschen dort gelebt hätten, hätten sie gar nicht bemerkt, daß Berge entstehen. Der Gletscher und seine Bewegungen waren große Ereignisse mit vielen plötzlichen Effekten, die aber nur im Zusammenhang bereits bestehender Alpen stattgefunden haben konnten.

Mit der Bestätigung seines wichtigsten Prinzips wurde Lyell gewonnen. Er begann, die Spuren von Gletschern als Unterstützung seiner Theorie aktueller Ursachen und unbegrenzter Zeit zu deuten, und von der Zeit an finden sich in seinen Briefen spöttische Anspielungen auf Leopold von Buch und Élie de Beaumont, deren auf Katastrophen basierende Theorie das Große Eis nicht mit einschlossen. So vieles von dem, was Lyell in der Schweiz sah, paßte zu dem, was er in Schottland gesehen hatte – zum Beispiel die Art und Weise, wie Moränen die Eingänge von kleinen Seitentälern an großen Tälern blockieren. Mit den schottischen Bildern im Gedächtnis distanzierte sich Lyell von seinem alten Irrglauben und schrieb: »Wenn die

Hypothese, von der hier allseits ausgegangen wird, ... nicht nur ein Traum ist, so müssen wir sie auch auf Schottland anwenden, oder jedenfalls auf die Teile Schottlands, die ich am besten kenne. Alles, was ich über die ehemaligen Gletscher von Forfarshire gesagt habe, muß ich nochmals bekräftigen.«

Mit diesen Worten verwandelte sich Lyell von einem reaktionären Vertreter der Drifttheorie zu einem modernen Verfechter des Großen Eises: Seine Reisen unternahm er als eifriger Student des Eises, nicht als Skeptiker, der sich nach Beweisen für die Unzulänglichkeit der Gletschertheorie umsah. Er reiste noch mehrere Wochen durch die Schweiz, untersuchte die Wirkungen des Eises und bekannte sich zu seiner Konversion. Dann fuhr er nach Norditalien, wo er auch auf Spuren eines Supergletschers stieß. An seinen Schwiegervater schrieb er:

»29. Aug. Unter den Schweizern gibt es viel Bruderschaft ... Wirkliche Liebhaber der Naturgeschichte und Naturwissenschaften; 10. Sept., es ist wunderbar, wie vielfältig diese einzigartigen Andenken an Eistätigkeiten sind, die weder durch Erdrutsche, Lawinen, Stöße von Erdbeben noch irgend etwas außer durch Eis entstehen konnten: und die ein Strom, sei er aus Schlamm oder aus Wasser, nicht verursachen kann, sondern im Gegenteil sofort auslöscht; 21. Sept., ein hoher Bergkamm von knapp 700 Metern, der Serra genannt wird und der aus der Überschwemmungsebene hinausläuft, ist nichts als die zurückgebliebene seitliche Moräne eines ehemaligen Gletschers. Daß dies so ist, dessen bin ich mir nun ganz sicher.«

Eine hohe Moräne setzte natürlich – das war Lyell klar – einen Gletscher mit phantastischen Proportionen voraus. Selbst der Humboldt-Gletscher, dessen Zunge inzwischen weltberühmt war, würde von der Talmoräne der Poebene in den Schatten gestellt werden. Die Gletscher der heutigen Schweiz haben wenig mit dem Großen Eis der Vergangenheit gemein, und Lyell bezeichnete das alpine Eis spöttisch als »Pygmäengletscher«. Tatsächlich bemerkte Lyell, daß die Spuren ehemaliger Gletscher sogar jetzt noch beeindruckender und vielfältiger sind als die relativ kümmerlichen Aktivitäten zeitgenössischer Schweizer Gletscher, und er kritisierte Agassiz dafür, daß er nicht genug aus diesen »negativen Fakten« gemacht hatte.

Trotz seiner Nörgelei in diesem oder jenem Punkt, der ihm gerade in den Sinn kommen mochte, war es Lyell aber sehr bewußt, daß er unrecht gehabt hatte und Agassiz recht und daß er dies irgendwann sagen mußte. Eine ausdrucksvolle Geste wäre es gewesen, wenn er aus Zürich ein Telegramm nach Boston geschickt hätte: »Glückwunsch! Hier waren nur Gletscher und keine Eisflüsse am Werk!« Aber Lyell war weder so dramatisch noch so bescheiden veranlagt. Erst im Januar nach seiner Rückkehr nach London schrieb er in dem Wissen, daß die Nachricht sofort an Agassiz weitergeleitet werden würde, an George Ticknor in Boston: »Meine Reise war außergewöhnlich ergiebig, erst in bezug auf Gletscher, dann auf Vulkane. Ich kam zu dem Schluß, daß Agassiz, Guyot und andere den Alpengletschern zu Recht eine große Ausdehnung zuschreiben … Ich fand Agassiz' Karte des Zermattgletschers und der Moränen sehr richtig und hilfreich.«

KAPITEL SECHS

Zwei Tragödien und ein Triumph

Ein dänischer Beamter für die Nachwelt • Grönland in aller Munde • Louis Agassiz auf der falschen Spur

London, 12. April 1858 ...

Im Saal der Royal Geographic Society wurde es still. Die Mitglieder setzten sich hauptsächlich aus Privatgelehrten und wohlhabenden Unternehmern zusammen, aber es befanden sich auch ein oder zwei weitgereiste Herren darunter. Sir Roderick Murchison leitete die Zusammenkunft, derselbe Murchison, der Louis Agassiz' Gletscherthese beim Glasgower Treffen der British Association im Jahr 1840 in Frage gestellt und sich danach geweigert hatte, irgendwelche Indizien von Schottlands ehemaliger Gletscherdecke anzuerkennen. Es sollte noch weitere vier Jahre dauern, bevor Murchison Agassiz mitteilen würde, daß er nun an die Eiszeittheorie glaubte. Er war jedoch ein begeisterter Unterstützer Elisha Kent Kanes und deswegen sehr unglücklich, als ein gewisser Dr. Henry Rink, ein dänischer Beamter, der mehrere Jahre in Grönland gelebt hatte, aufstand, um Kanes Beschreibung des Humboldt-Gletschers in Frage zu stellen.

Murchison war an diese Dinge natürlich gewöhnt. Entdecker gebärdeten sich so streitsüchtig wie politische Sektierer. Nichts taten sie lieber, als ihre Egos aufzublasen, wer denn nun den höheren Berg gefunden habe und wessen Quelle der Ursprung irgendeines Flusses sei. Normalerweise konnte sich Murchison das mit olympischer Gelassenheit ansehen. Als Bewunderer Kanes hatte sich Murchison schnell von der Aufregung über dessen Rückkehr aus dem Norden Grönlands anstecken lassen – und die Aufregung schlug unglaublich hohe Wellen. Noch bevor der Rettungsdampfer in den Hafen eingelaufen war, hatten aufmerksame New Yorker seine Ankunft durch die Verrazano Narrows bereits ausgemacht. Eine fahnenschwenkende Menschenmenge hatte sich bei dieser Nachricht eingefunden, um die Männer willkommen zu heißen.

In den Zeitungen wurde ihre Geschichte gedruckt: wie sie überlebt hatten, wie unglaublich ihr Entkommen gewesen war, wie sie vielleicht den Zugang zum offenen Polarmeer entdeckt hatten und wie der Humboldt-Gletscher eine »Kristallbrücke« zwischen Grönland und Nordamerika bildete. Nachdem Kane genug von Grönland erzählt hatte, zog er sich zurück, um seine Abenteuer niederzuschreiben. Noch vor dem Erscheinen des zweibändigen Berichts verlieh die Royal Geographic Society ihre selten überreichte Goldmedaille im Mai 1856 an Kane. Im Rahmen einer von Murchison in London organisierten Feierstunde wurde die Goldmedaille dem amerikanischen Gesandten George Dallas ausgehändigt. Dann schickte Dallas sie nach Philadelphia, wo die Medaille während einer zweiten öffentlichen Feier von John Crampton, dem königlichen Gesandten in den Vereinigten Staaten, schließlich an Kane überreicht wurde.

Kane sagte vielen Dank und kehrte zu seinem Schreibtisch zurück, während Murchison Überlegungen anstellte, wie er den Amerikaner nach London locken könnte. Kane fühlte sich geehrt und von der Aussicht geködert, die großen britischen Erforscher der Arktis kennenzulernen, aber er konnte nicht kommen, bevor sein Buch nicht fertig war. In der Zwischenzeit hatte sein Verleger die Erwartungen hochgeschraubt, Stimmen von allen möglichen Prominenten, darunter auch Agassiz, rankten sich schon vor dem Erscheinen um sein Buch. Erstaunlicherweise stellte sich heraus, daß es die ganze Aufregung wert war. Die vielen Stiche zeigten beeindruckende Ansichten des Polareises, und Kanes Sprachgewalt konnte die Wunder und Macht der Gletscher in der Vorstellungskraft der Menschen verwurzeln. George Templeton Strong, ein New Yorker Chronist, schrieb über Kanes Buch: »Franklins Bericht über seine erste Reise weckt ein starkes, tragisch gefärbtes Interesse, dieses Buch übersteigt jenes jedoch bei weitem in seiner Klarheit und dem Bilderreichtum der Beschreibungen, und es vermag auch, eine viel genauere Vorstellung von den Gefahren und Wundern des Polareises zu vermitteln.« Das Buch wurde zu einer Art Einrichtungsgegenstand, den man stolz und gut sichtbar im Wohnzimmer präsentierte. Noch Jahre später, so hieß es oft, konnte man in einem normalen amerikanischen Haus nur zwei Bücher sehen: die Bibel und Elisha Kent Kanes Bericht. Dank der vielen Illustrationen konnten sogar Nicht-Leser sich ein Bild davon machen, wie das überwältigende grönländische Eis aussah.

Bald nachdem das Buch erschienen war, reiste Kane tatsächlich nach London, wo Murchison ein großes Fest zu seinen Ehren veranstaltete. Murchison war also kein neutraler Beobachter, als Rink Kanes Arbeit angriff. Sir Roderick Murchison hatte selbst einen Ruf als Streithahn, und er verteidigte Kane vehement.

Rink, der allem Anschein nach niemals weit über Upernavik hinausgekommen ist, hatte drei Punkte zu beanstanden. Er wendete ein, daß die Cape-Forbes-Seite des Humboldt-Gletschers sicherlich ein Teil Grönlands sei und sich nicht, wie Kane annahm, auf einer anderen Insel befand. Zweitens bezweifelte er die Genauigkeit dessen, was Kane über das Gebiet jenseits des Humboldt-Gletschers berichtete. Von manchen wurde diese Anschuldigung so verstanden, daß William Morton, der Scout, den Kane zum Cape

Forbes geschickt hatte, in Wirklichkeit gar nicht so weit vorgedrungen war. Und schließlich stellte Rink Kanes Beschreibung, der Gletscher sei »das Gegenbild des großen Stromsystems des arktischen Asiens und Amerikas Flußsystem, der sich als ein mächtiger gefrorener Strom in den unbekannten arktischen Raum hineinstürzt«, in Frage.

Es sollte noch Jahrzehnte dauern, bevor die ersten beiden Punkte geklärt werden konnten. Bis in die 80er Jahre des 19. Jahrhunderts kamen keine Entdecker bis ans Cape Forbes. Diese berichteten, daß Mortons Beschreibung zu genau war, um erfunden zu sein. Rinks Hinweis, daß der Humboldt nicht das grönländische Äquivalent zur Lena sei, der Sibirien entwässert, war allerdings eine entsetzliche Verzerrung dessen, was Kane gesagt hatte. Rink bestand darauf, daß außer dem Humboldt viele andere Gletscher vom grönländischen Inlandeis gespeist wurden, doch hatte Kane exakt dasselbe gesagt. Genau zu dem Aspekt, den Rink in Frage stellte, hatte Kane geschrieben, daß das Kontinentaleis Grönlands sich weiterbewege »wie ein großer Eisstrom, in jedem Tal und Fjord Auswege suchend und eisige Katarakte in das Atlantische und Grönländische Meer wälzend«.

Warum versuchte Rink Kanes Theorien mit solch unlauteren Mitteln anzufechten? Es ging um das Vorrecht! Seine Kampfansage sollte das Publikum davon unterrichten, daß er die elementaren Fakten über das Inlandeis schon vor dem Erscheinen von Kanes Buch veröffentlicht hatte. Rinks Bericht hatte die Vorstellungskraft jedoch nicht zu fesseln vermocht, und er führte auch zu keinerlei Neubewertung der grönländischen Gletscher – so setzte sich James Forbes' Essay über Gletscher für die *Encyclopaedia Britannica* zum Beispiel gar nicht mit Rinks Bericht auseinander –, aber nun, wo Rink sich zu Wort gemeldet hatte, ging den Anwesenden ein Licht auf.

Murchison verteidigte Kane augenblicklich und brachte Rink zum Verstummen. Es war ein Ringen um Anerkennung, wie es Agassiz und Forbes seit so vielen Jahren umtrieb. Doch Kane selbst antwortete nicht. Er war seit vierzehn Monaten tot.

Grönland hatte ihn physisch ruiniert, und er erholte sich nicht mehr davon. Wie Ulysses S. Grant, der seine Memoiren in einem atemberaubenden Tempo beendete, kurz bevor er an Kehlkopfkrebs starb, war Kane todkrank, als er sein Buch vorantrieb. Als er sich unmittelbar nach der Publikation des Buches nach London einschiffte, war er schon sehr schwach. Deshalb blieb er nicht lange in England, er reiste acht Tage nach seiner Ankunft wieder ab. So verpaßte er die Feier, und nie traf er die vielen britischen Entdecker, die zu seinen Ehren gekommen waren.

Am 16. Februar 1857 starb Kane in Havanna. Sein Tod löste eine amerikaweite Welle der Trauer aus. Sein Leichnam wurde nach New Orleans gebracht, auf dem Deck eines Flußbootes aufgebahrt und nach Cincinnati befördert, bevor er auf einen Zug nach Philadelphia umgebettet wurde. Überall an seinem Weg, in New Orleans und den vielen Landestellen am Mississippi und am Ohio wurde der heroische Erforscher und Autor von lokalen Rednern vor den trauernden Menschenmengen gewürdigt.

Gegen diese Bestürzung und das große Gemälde des grönländischen Eises, das Kane der öffentlichen Imagination hinterlassen hatte, war ein Mann wie Rink machtlos. Er war ein dänischer Bürokrat, der ein paar Jahre in einer grönländischen Niederlassung postiert war und dann 1853 einen kurzen Bericht veröffentlicht hatte, in dem er das grönländische Inlandeis beschrieb. Der Bericht war ordentlich, aber er hatte weder die öffentliche noch die wissenschaftliche Aufmerksamkeit auf das Phänomen gelenkt.

Doch unter Wissenschaftlern, die daran glauben, ihre Fortschritte rein prosaisch zu machen, hatte Rinks Herausforderung Kanes eine Auswirkung. Als er sich in London zu Wort meldete, erinnerte er die Wissenschaftler daran, daß ihm das Vorrecht über die Tatsache gebührte, daß das grönländische Inlandeis nicht nur die Quelle seiner vielen Gletscher, sondern auch der Motor war, der die grönländischen Gletscher soviel gewaltiger gestaltet, als es die Schweizer sind. Wenn Geologen von dem Zeitpunkt an die grönländischen Gletscher und die sie speisende Eisdecke besprachen – und von da an würden sie das oft tun –, beriefen sie sich auf Rink als Quelle ihrer Fakten. Kane, die Quelle ihrer Vorstellung, ließen sie unerwähnt. Elisha Kent Kane, der prominente Held und poetische Lehrer, war schon wieder auf dem besten Weg in die Vergessenheit.

London, Januar 1863 . . .
Lyell hatte gerade ein neues Buch publiziert, das anscheinend nur noch von Grönland handelte. Schon vor Jahren, als Lyell und Agassiz vor den Geologen von Edinburgh gesprochen hatten, hatte niemand verstanden, wie Agassiz Schottland mit Grönland vergleichen konnte und warum Lyell von der Antarktis sprach. Jetzt hatten alle von Kane gehört und konnten dem Vergleich folgen. Lyell schob die Antarktis zur Seite. In seinem neuen Buch ging es in erster Linie um Grönland: Er schrieb von Kontinentaleis in einem grönländischen Maßstab, verglich vergangene glaziale Phasen in Norwegen und Schweden mit dem heutigen Grönland und nutzte beinahe jede Gelegenheit, um immer wieder von Grönland zu sprechen.

Lyell verschaffte Kanes Bilderwelt als Wissenschaftsklischee Geltung. Natürlich berief er sich auf Rink und nicht auf Kane, aber er setzte einen Leser voraus, der etwas von

Kane gelernt hatte. In Zukunft würden Autoren auf das zeitgenössische Grönland verweisen, wenn sie über die Eiszeit – oder die glaziale Periode, wie Lyell sie immer noch nannte – schrieben, dies war eine Art, sich dem Eiszeitalter anzunähern.

Lyells neues Buch, *The Geological Evidences of the Antiquity of Man*, war ein weiterer Erfolg und wurde im April und November 1863 nachgedruckt. So wie die meisten seiner Bücher war auch dieses eine Zusammenstellung von Fakten und Beobachtungen anderer. Lyell breitete unzählige Einzelheiten aus, um seine jeweilige Argumentation zu untermauern, und überwältigte jegliche Gegnerschaft mit der bloßen Quantität seiner Beweise. Im Rahmen dieser Studie mußte Lyell allerdings viele seiner alten Positionen revidieren. Vor allem an zwei Punkten mußte er klein beigeben. Er war nicht nur ein Gegner der Eiszeittheorie gewesen, sondern hatte auch in allen Ausgaben und Nachauflagen seiner *Principles of Geology* die biblische Vorstellung weiterverbreitet, daß es erst seit ein paar tausend Jahren Menschen auf der Erde gab. In diesem Buch wandte er sich davon ab. Ende der 1850er Jahre hatten britische Geologen ein menschliches Skelett zusammen mit Fossilien ausgestorbener Tiere gefunden. Kurz darauf tauchten in Frankreich neue und ebenso klare Hinweise auf, so daß Lyell – kurz nachdem er den Schweizer Gletscher konzediert hatte – auch seine Meinung über den Ursprung des Menschen revidieren mußte. Die Menschheit war viel älter, als man es sich bis dahin vorgestellt hatte. In seinem neuen Buch legte er seinen Sinneswandel deutlich dar; doch wäre es naiv anzunehmen, daß Lyell lediglich die Fakten aufzählte, so wie es unter Wissenschaftlern zuweilen Usus ist. James Forbes hatte sich nicht die Mühe gemacht, seine Meinungsänderung zu veröffentlichen, und auch wenn Lyell vielleicht einen besseren Charakter als Forbes hatte, so erniedrigte er sich nicht nur um der Wissenschaft willen. Von seiner ersten Veröffentlichung bis zu seiner letzten verfocht Lyell sein großes Dogma, daß die Welt immer von denselben Gewalten und auch in der Stärke dieser Gewalten, die die Welt noch heute formen, geprägt worden ist.

In seinem neuesten Buch zeigte Lyell, daß seine ursprüngliche Argumentation nicht mehr schlüssig war. Der Eiszeittheorie billigte er vieles zu. Er hatte behauptet, daß die Terrassen von Glen Roy durch eine Überschwemmung entstanden seien, als das Meer einen großen Teil Schottlands bedeckt hatte. Jetzt akzeptierte er Agassiz' Idee, er wies ihn sogar ausdrücklich als Quelle aus, daß ein vom Ben Nevis stammender Gletscher einen See in diesen Seitenschluchten gestaut hatte. Lyell hatte auch gesagt, daß skandinavische Findlinge auf schwimmenden Eisbergen transportiert worden seien. Nun räumte er ein, daß eine Eisdecke über Skandinavien gelegen habe. Irland, die Schweiz, Schottland, Wales, Skandinavien, Belgien – sie waren alle unter Eis begraben gewesen.

Lyells Eingeständnisse scheinen eine erstaunliche Kehrtwendung zu markieren, dabei hatte er gar keine vollzogen. Schon in seinen revidierten *Principles* hatte sich gezeigt, daß er sich wie ein geschickter Politiker verhielt, der seinen Gegnern alles zugestand und gerade dadurch seinen eigenen Zielen unerklärlicherweise näher rückte, während er die gegnerischen zerstörte. Viele zeitgenössische Rezensenten beschwerten sich über einen endlosen Exkurs in der Mitte des Buches – die mittleren 163 Seiten, die ein Drittel des Buches ausmachten –, die der glazialen Periode gewidmet waren. Damals wie heute überrascht das Material, weil es gar keinen Zusammenhang mit dem Titelthema – dem Ursprung der Menschheit – erkennen läßt, aber Lyells Hauptaugenmerk galt nach wie vor seinem lebenslang gepredigten Dogma. Für sich genommen hatte das Alter der Menschheit wenig Bedeutung für Lyells Hauptinteresse, doch im Zusammenhang mit der Eiszeit war es eine wirksame Waffe gegen seinen erbitterten Feind, dem einzig wahren Schüler Cuviers, Louis Agassiz.

Unter einer Menge Fakten, die belegen sollten, inwiefern Agassiz recht hatte und Lyell unrecht, fand sich die folgende Behauptung: Wenn Nordeuropa unter Eis gelegen hatte, so konnten an den Rändern dieser Eisdecke Arten überleben, die vorher weiter nördlich gefunden worden waren. Dies traf den Kern der Auseinandersetzung, die Forbes und er mit Agassiz geführt hatten, bevor der Professor nach Amerika gefahren war. Edward Forbes hatte eine gute fossile Grundlage für die klimagebundene marine Nord-Süd-Migrationstheorie der Arten. Agassiz war jedoch nicht gewillt, selbst das Überleben einer einzigen Molluskenart einzuräumen. Lyell war scharfsinnig genug, um zu begreifen, daß er etwas Wichtigeres als Schalentiere in die Waagschale werfen mußte, bevor seine Position sich durchsetzen konnte, etwas wie Menschen zum Beispiel. Auch Menschen migrierten mit dem Klima. Lyell argumentierte, während in Frankreich Menschen lebten, die Werkzeuge benutzten, »können wir erwarten, Skandinavien von Gletschern überwältigt vorzufinden, die das Land für Menschen unbewohnbar machten«.

Das war Lyells Coup. Diese Argumentation erlaubte es ihm, sich Agassiz' Eiszeittheorie anzuschließen, nicht jedoch dem Neuchâteler Vortrag. Die vermeintlichen Folgen der Eiszeit, die Agassiz und Schimper vor 30 Jahren so sehr in Aufregung versetzt hatten, waren inzwischen Schnee von gestern. Das Eis war nicht wie eine Katastrophe über die Welt hereingebrochen und hatte alles Leben ausgelöscht und später eine neue Schöpfung erzwungen. Nördliche präglaziale Arten hatten überlebt, indem sie weiter nach Süden gezogen waren. Es hatte sogar Menschen gegeben, die Werkzeuge hergestellt hatten, während sich das Eis über Nordeuropa schloß, genauso wie bei uns alles blüht und gedeiht, während Grönland zugefroren ist.

Agassiz war einmal durch die Luft geschleudert und hilflos auf den Boden geworfen worden, allein durch den Schwung seiner eigenen Argumentation. Sein Schicksal war demjenigen Kanes entgegengesetzt. In der wissenschaftlichen Welt hatte Kane sich kein Ansehen erringen können. Man nutzte seine grönländischen Bilder und zitierte Rink als Quelle. Und man zitierte Agassiz für das, was man mit der Eiszeit verband, dabei rekurrierte man auf Lyells Deutungen. In den kommenden Jahren war es Lyells Buch, das die Grundlage bildete für die erneute Diskussion der Eiszeit und des Ursprungs der Menschheit. Bald sollten ihm zwei große Bücher folgen: John Lubbocks *Pre-Historic Times* (1865) prägte den Begriff »prähistorisch«, während James Geikes *The Great Ice Age and Its Relation to the Antiquity of Man* (1874) die Verbindung zwischen dem Alter der Menschheit und der Eiszeit klarzustellen versuchte. Die beiden Monographien standen unter dem Einfluß Lyells. Dieser hatte Nordamerika noch immer unter Wasser gesetzt und gletscherfrei gehalten, und die Beschaffenheit großer Teile von Europa wurde weiterhin durch das Vorbeidriften von Eisbergen während einer Überschwemmung erklärt. Lyell war auch der Ansicht, daß der Schweizer Gletscher wohl nicht zur selben Zeit existiert hatte wie der im Norden Europas. Andere Autoren klärten diese Punkte, doch genau wie Lyell in seinen *Principles* von 1830 die Regeln aufgestellt hatte, mit denen man die Geologie zu diskutieren hatte, so schaffte er mit *Antiquity of Man* das Modell für die neue Archäologie. Agassiz' *Etudes* und sein Neuchâteler Vortrag waren für die Wissenschaft nicht mehr von Belang.

Am Anfang stand Unwissenheit, am Ende Verständnis. Louis Agassiz war unzufrieden mit dem Ergebnis. Er hatte viele Treffer erzielt, und trotzdem verlor er das Spiel.

Eis ist eine wesentliche geologische Kraft. Lyell hatte das übersehen, Agassiz hatte es bewiesen. Und doch durfte Lyell die Lorbeeren entgegennehmen.

Schottland hatte wie Grönland ausgesehen. Dieses überraschende Bild, das die Edinburgher Gelehrten so verwirrt hatte, stammte von Agassiz. Jetzt konnten alle sich das vorstellen, doch sie konnten es sich vorstellen, ohne an die metaphysischen Aspekte zu glauben, die Agassiz an dieses Bild geknüpft hatte.

Die Erde von heute ist erst vor kurzem aus einer Katastrophe entstanden. Lyell war diese Idee verhaßt, er hatte sein Leben dem Kampf gegen sie verschrieben. Jetzt räumte er es ein, doch ohne der Katastrophe so gewaltige Ausmaße zuzuschreiben, wie Agassiz es tat.

Das verbitterte Agassiz. Es war, als habe er schließlich die ungeheuerlichen Implikationen begriffen, die seine Zuhörer eine Generation zuvor so verschreckt hatten. Lyells Eiszeit war grausam, sie war mörderisch und kein Teil eines größeren Plans. Für Agassiz war die Eiszeit immer Vorhersehung gewesen, Gottes bedachtes Eingreifen in den Lauf der Geschichte. Auch das Massenaussterben war göttlich gewollt, ein Schritt auf dem Weg zur Schöpfung einer ganz neuen Welt. Ungeachtet seines Streits mit traditionellen Christen – wie dem Geistlichen auf dem Lake Huron – war Agassiz ein regelmäßiger Kirchgänger; er war der Meinung, seine Wissenschaft atme die wirkliche Wahrheit der Vorsehung. Jetzt erkannte er das Gesicht der Eiszeit, wenn sie nicht von der Vorsehung bestimmt war. Sie war von einer gleichgültigen Brutalität und löschte Mammuts und andere Arten mit genausowenig Absicht aus wie ein Fluß, der einen Kaninchenbau überschwemmt.

Seit seinem Ausflug auf dem Ärmelkanal mit Edward Forbes war Agassiz gewarnt, daß dieser Tag kommen könnte. Als eine präglaziale Molluskenvarietät auf Deck gespült wurde, witterte Agassiz seine Zukunft. Weitere 17 Jahre vergingen, bevor Lyell sein Eiszeitbuch veröffentlichte, reichlich Zeit zum Umdenken für Agassiz, aber er hatte sie nicht genutzt. Agassiz konnte sich jedoch immer noch auf seine Energie verlassen, und nun machte er den Versuch, sich auf die einzig ihm bekannte Art zu wehren. Er organisierte eine neue Expedition auf der Suche nach Fakten. Er fuhr mit einer neuen Gruppe den Amazonas hinauf und forschte nach Indizien, daß die Eiszeit sich bis zum Äquator ausgedehnt hatte. Sollte sich diese These bewahrheiten, so würde sie die Migrationstheorie von Lyell und Edward Forbes widerlegen. Auch für Agassiz war dieser Gedanke ein Novum. In seinem Neuchâteler Vortrag hatte er gesagt, der Nordgletscher habe sich nur bis zum Mittelmeer erstreckt, und in dem Bericht über den Lake Superior ganz klar argumentiert, der nordamerikanische Gletscher habe etwa um den 38. Breitenkreis geendet. Eine so eingeschränkte Eiszeit genügte seinen philosophischen Absichten nun nicht mehr.

Lyells abruptes Manöver hatte auch die Theorie der Transformation der Arten wiederbelebt. Darwin hatte dem alten Gedanken, daß die heutigen Arten aus den noch durch Fossilien nachweisbaren ehemaligen Arten entstanden sind, neues Leben eingehaucht. Wenn bewiesen werden konnte, daß die Eiszeit jegliche Verbindung zwischen prä- und postglazialen Arten untergebrochen hatte, konnte diese Theorie jedoch widerlegt werden. 1864 hielt Agassiz im Bostoner Lowell Institute eine Vorlesung, in der er darauf beharrte, daß die Eiszeit alles Leben auf der Erde zerstört hatte. Auf einer Erkundungstour durch Brasilien und die Anden wollte er Spuren von Gletschern am Äquator nachweisen. Agassiz war damals in seinen Fünfzigern und an effektives Arbeiten gewöhnt; im Frühling 1865 hatte er das Geld und die Leute zusammen. Wie bei der Tour zum Lake Superior hatte er ein Team aus Studenten und anderen Wissenschaftlern zusammengestellt. Diesmal kam auch seine amerikanische Ehefrau mit.

Einer der Harvard-Studenten war William James, der zukünftige Star der amerikanischen Psychologie. James erinnerte sich, wie Agassiz mit der Spannung eines Schuljungen an das brasilianische Abenteuer ging. Mitten in der Nacht, als sie den Amazonas hochfuhren, rief Agassiz James zu, er sei zu aufgeregt, um schlafen zu können. So war es Charpentier in Bex ergangen, Schimper in Neuchâtel, und Buckland in der Wildnis Schottlands. Diese energischen Männer hatten sich an den Schweif eines Kometen gehängt. Agassiz sammelte immer noch Fakten, und er war nach wie vor der scharfe Beobachter, der tausend vorangegangene Beobachtungen und Einzelheiten bei der Erwägung jeder neuen Tatsache in Betracht zog. Jedes Mal, wenn das Team eine merkwürdige Pflanze, ein unbekanntes Insekt, einen Fisch oder Vogel sah, konnte Agassiz sie zur ganzen Naturgeschichte in Beziehung setzen. Diesmal sollten alle Fakten jedoch eine Theorie stützen, die Agassiz sein Leben lang vertreten hatte. »Die Erforschung der Natur dient einem großen Zweck«, brachte er seine Grundannahme 1862 vor Zuhörern in Brooklyn auf den Punkt. »Sie soll die Verbindung zwischen allen erschaffenen Wesen herausfinden, um nach Möglichkeit den Plan aufzudecken, nach dem jene erschaffen wurden, und zugleich ihrem Verhältnis zu dem großen Urheber auf den Grund gehen.«

Als er in die Vereinigten Staaten zurückkehrte, verkündete Agassiz augenblicklich, die Expedition sei erfolgreich gewesen. Die Rolle der Vorsehung in der Naturgeschichte war wiederhergestellt. Agassiz kam am 6. August 1866 in New York an. Am 12. August verlas er in Washington, D. C., vor der National Academy of Sciences einen Artikel mit dem Titel »Gletscherspuren in den Tropen«, in dem er behauptete, daß sowohl das Amazonasbecken Brasiliens als auch die Anden von einem Gletscher bedeckt gewesen und keine physischen Beziehungen zwischen Prä- und Post-Eiszeitarten vorstellbar seien.

Statt eines Skandals stieß der Artikel nur auf Verlegenheit und Spott. Die Academy of Science publizierte den Artikel nie. Lyell lachte darüber. In einem Brief machte er sich lustig: »Agassiz ... sind seine Gletscher zu Kopf gestiegen. ... Das ganze große Amazonas-Tal war von Eis bedeckt bis zu seiner Mündung. ... Er gibt gar nicht vor, auf einen einzigen glazigenen Kiesel oder Fels gestoßen zu sein ... und nur auf zwei oder drei Blöcke, die aus größerer Entfernung stammen, auch die nicht glazigen.«

Agassiz ließ sich nicht zu einer öffentlichen Antwort herab, auch wenn er seine Bitterkeit mit Bleistift auf einem Zettel festhielt: »Sir Charles Lyell macht es sich sehr leicht mit meiner Erklärung der Fakten, die ich an der Amazonasmündung gesammelt habe. Seine Kritik sei ihm unbenommen. Doch worauf ich bestehe und was er nicht zu verstehen scheint, ist die Tatsache, daß dieser immense Fluß kein Delta hat wie der Mississippi, der Nil, der Ganges ... Im Gegenteil verliert der Amazonas täglich Boden durch das Eindringen des Ozeans, und seine strudelnden Wassermassen strömen durch ein Flußbett, das nicht durch den Fluß selbst entstanden ist ... Den Grund des Amazonas ... bildet eine Ablagerung aus feinstem Schlamm, welche den Schlammablagerungen erstaunlich ähnelt, die man überall in den Alpen finden kann, wo Gletscher am Rande einer ausgedehnten Ebene enden, auf welcher die schlammigen Fluten, die unter dem Eis herausströmen, ihren Ballast ablagern.«

Agassiz war etwas Wichtiges aufgefallen, heute glaubt jedoch kein Geologe, daß dieser Schlamm irgend etwas mit einem Gletscher zu tun hat. Wie es der Zufall will, sind die Geologen heute der Ansicht, daß das Land, wo sich jetzt das Amazonasbecken erstreckt, vor 250 Millionen Jahren von einem Gletscher bedeckt gewesen ist, doch das war, bevor die heutigen Ozeane und Kontinente entstanden sind. Agassiz sah keine Spuren aus jener Zeit.

Agassiz war noch nicht fertig. In den folgenden Jahren stieß er auf klare Indizien, daß es in den Rocky Mountains große Gletscher gegeben habe, und er wies nach, daß zu der Zeit, in der Nordamerika unter einer Eisdecke gelegen hatte, die südlichen Anden ebenfalls von einer Eisdecke bedeckt gewesen seien. Diese Beweise waren solide Zugaben zu der Eiszeitgeschichte, aber sie waren nicht die Zugaben, die Agassiz sich vorgestellt hatte. Er lieferte die Einzelheiten eines Ereignisses, das nicht mehr das bewies, was er beweisen mußte.

1872, ein Jahr bevor er starb, fügte Agassiz einem Brief an Karl Gegenbaur, einem deutschen Anatom und Evolutionisten, ein Postskript hinzu: »Finden Sie keine Bedeutung in der Natur? Ist diese Welt nicht voll der merkwürdigsten Kombinationen – denken Sie nur an den Menschen selbst? ... Woher kommt die Intelligenz, und wie kann es sein, daß wir selbst mit dieser Welt in Verbindung stehen, die wir nicht verstehen können?«

Das war eine tiefsinnige Frage, die ihm sein eigenes Leben stellte. Er hatte miterlebt, wie sich die Menschheit von nahezu vollkommener Unwissenheit über das überwältigende Eis bis zur Anerkennung und zum Verständnis einer Eiszeit bewegt hatte. Er hätte sagen müssen, wie dieses Verständnis zustande gekommen war. Tragischerweise hatte Agassiz jedoch niemals bemerkt, daß der Pfad, den er erforschte, nicht der war, den Cuvier beschrieben hatte.

Agassiz starb am 31. Dezember 1873 in dem Glauben, daß er nur die Logik der Fakten verfolgt hatte, und ohne je bemerkt zu haben, daß all die kritischen Zusätze, die gebraucht worden waren, um die Eiszeittheorie durchzusetzen, der Logik entbehrten. Seine Mammutsitzungen mit Schimper, Kanes Grönlandszenerie und Lyells Einfluß auf die Anhänger der Eiszeit hatten nichts mit dem Prozeß zu tun, den Cuvier in seiner letzten Vorlesung beschrieben hatte. Wenn Agassiz und die anderen nicht die Logik mißachtet hätten, so hätten sie die Ahnungslosigkeit des Jahres 1830 nie überwunden.

Als Agassiz starb, war sich die Welt im klaren, daß sie einen Helden verloren hatte. Die Bostoner Zeitungen trugen schwarze Trauerränder auf den Titelblättern. Die Elite von Harvard, die Elite von Boston und andere herausragende Persönlichkeiten, darunter auch der Vizepräsident der Vereinigten Staaten, nahmen an dem Begräbnis teil. Ein erratischer Block von mehr als einer Tonne Gewicht wurde aus der Schweiz herangeschafft und diente als Grabstein, dies wurde die erste von vielen Agassiz-Gedenkstätten. Inzwischen gibt es zahlreiche Schulen, Büchereien und Straßen, die nach ihm benannt wurden. Statuen und Gedenktafeln zu seinen Ehren sind über den Globus verstreut. Es gibt einen Mount Agassiz in Kalifornien und einen an der chilenisch-argentinischen Grenze. Selbst eine Formation am Grund des Pazifischen Ozeans trägt seinen Namen, und ein See, den es zu Ende der Eiszeit am Lake Superior gab, wurde Lake Agassiz getauft. 1882 veranstalteten die Einwohner von Neuchâtel eine Feier zum 50. Jahrestag seiner Ankunft, und 1896 gab es in Boston eine ähnliche zur Feier des 50. Jahrestages seiner Ankunft in Amerika – Gedenktafeln überall.

Rationalisten mögen ihre Köpfe schütteln. Schließlich war Agassiz auch nur ein Mensch, und er machte viele

Fehler – er irrte sich über die Unterarten, über die Evolution, über Gletscherbewegungen, über Auslöser und Auswirkungen der Eiszeit. Wer sich an ihn erinnerte, schätzte aber die Bedeutung des neuen Hinsehens, und man verstand, daß er etwas tat, was nur Menschen tun können. Zusammen mit Kane und Lyell schenkte Agassiz uns ein neues Verständnis unserer Erde und unserer Verbindung mit ihrer Vergangenheit.

Bei einer der Gedenkfeiern erinnerte sich ein früherer Student namens Nathaniel Shaler daran, wie es war, bei Agassiz zu studieren, und diese Erzählung wurde oft wiederholt. Ezra Pound begann sein Buch *The ABC of Reading* mit der Nacherzählung dieser »Parabel«. Agassiz' bevorzugte Lehrmethode bestand darin, einem Studenten ein Objekt zu überreichen – meist handelte es sich um einen Fisch – und ihn dann zu Studienzwecken sich selbst zu überlassen. In diesem Fall gab Agassiz Shaler einen kleinen Fisch und erklärte ihm, daß er alles über ihn herausfinden sollte, indem er ihn ansah, aber er sollte weder mit jemandem über den Fisch sprechen noch irgend etwas darüber lesen. Agassiz wollte wissen, was der Student durch bloße Beobachtung lernen konnte. Über einen Zeitraum von mehreren Wochen fragte Agassiz Shaler ab und an, was er schon herausgefunden hatte, und dann, nachdem er sich die Antwort angehört hatte, sagte er: »Das stimmt nicht.« Was gab es da zu sehen? Natürlich formten die Schuppen ein kompliziertes Muster. Die Kiemen sind mehr als Schlitze, wenn man sie genau betrachtet. Es sind allerlei Einzelheiten zu erkennen, die namenlos bleiben, solange man kein Buch konsultieren kann, die Shaler aber untersuchen und beschreiben konnte. Er konnte die Flossen, den Schwanz, die Augen, den Mund erforschen. Was legen sie nahe? Wie verläuft die Seitenlinie auf der Mitte des Fisches? Indem er gedanklich einen Schritt zurücktrat, fiel Shaler die Beziehung zwischen Organen auf. Welche lagen auf einer Linie? Waren sie auf beiden Seiten des Fisches gleich? Waren alle Flossen gleich konstruiert? Schließlich sah sich Shaler in der Lage, einen derart eingehenden Bericht abzustatten, daß der Professor zufrieden und er selbst ganz erstaunt war.

Pound brach die Geschichte hier ab. Die Wahrheit neu zu sehen sei die Essenz der modernen Vorstellungskraft, so sagte er, doch warum man das auf die Moderne beschränken sollte, das sagte er nicht. Wie jeder andere Entdecker hatte Kolumbus alle Dogmen hinter sich gelassen, um sich zitternd und entblößt der Wirklichkeit zu stellen. Falsche Festschreibungen sind der Grund, aus dem Stubenhocker Entdecker immer auslachen können, denn sie alle – Kolumbus, Kane und Agassiz bilden da keine Ausnahme – zogen los, um nach einer Sache zu suchen, und fanden eine andere. Doch gibt es einen Schluß in Shalers Geschichte, den Pound ausließ. Nachdem sich Shaler zufriedenstellend abgemüht hatte, wurden ihm weitere Objekte zur Beobachtung zugewiesen, und eines Tages fand er heraus, daß seine Aufzeichnungen alter Unterrichtsstunden einen Fehler enthielten. Agassiz klassifizierte Fische anhand ihrer Schuppen, doch dieser Student sah, daß ein Fisch auf der einen Seite eine Art von Schuppen hatte und auf der anderen Seite andere. Diese Entdeckung verwirrte den Studenten, und er begann, die Weisheit seines Lehrers zu hinterfragen. Eines Tages nahm er all seinen Mut zusammen und brachte das Problem zur Sprache. Agassiz antwortete: »Mein Junge, jetzt gibt es zwei, die das wissen.« Er hatte einem anderen beigebracht, wie wichtig es ist, die Welt mit offenen Augen zu betrachten.

Literatur

Da dieses Buch als eine allgemeinverständliche Darstellung gedacht ist, habe ich auf Fußnoten und Anmerkungen verzichtet.

Die unten aufgeführten Werke vermitteln dem Leser einen ersten Überblick über die Entdeckung der Eiszeit und ihrer Protagonisten:

Agassiz, Louis with a narrative by J. Elliot Cabot. *Lake Superior: its physical character, vegetation, and animals, compared with those of other similar regions*. Boston: Gould, Kendall and Lincoln (1850).

Agassiz, Louis. *Erwiderung auf Dr. Carl Schimpers Angriffe*. Neuchâtel: Selbstverlag (1842).

Agassiz, Louis. *Studies on Glaciers preceded by the Discourse of Neuchâtel*. Hg. von Albert V. Carozzi. New York: Hafner Publishing Company (1967).

Agassiz, Louis. *The Structure of Animal Life: Six lectures delivered at the Brooklyn Academy of Musin in January and February, 1862*. New York: C. Scribner and Company (1866).

Appel, Toby A. *The Cuvier-Geoffroy Debate: French Biology in the Decades Before Darwin*. New York: Oxford University Press (1987).

Berton, Pierre. *The Arctic Grail: The Quest for the North West Passage and the North Pole, 1818–1909*. New York: Viking (1988).

Buckland, William. *Geology and Minerology considered with reference to natural theology*. In 2 Bänden. Philadelphia: Carey, Lea and Blanchard (1837).

Charpentier, Jean de, *Essai sur les Glaciers et sur le terrain erratique de basin du Rhône*. Lausanne: Marc Ducloux (1841).

Corner, George W. *Doctor Kane of the Arctic Seas*. Philadelphia: Temple University Press (1972).

Cunningham, Frank F. *James David Forbes, Pioneer Scottish Glaciologist*. Edinburgh: Scottish Academic Press (1990).

Forbes, James D. *Travels through the Alps of Savoy and other parts of the Pennine chain with observations on the phenomena of glaciers*. Edinburgh: Adam and Charles Black (1843).

Kane, Elisha Kent. *Kane, der Nordpolfahrer.* Arktische Fahrten und Entdeckungen der zweiten Grinnell-Expedition in den Jahren 1853, 1854 und 1855 unter Dr. Elisha Kent Kane. Beschrieben von ihm selbst. Nach dem englischen Originale bearbeitet von Dr. F. Kiesewetter. Leipzig: Otto Spamer (1867).

Lurie, Edward. *Louis Agassiz: A Life in Science.* Baltimore: Johns Hopkins University Press (1988).

Lyell, Charles. *Life, Letters, Journals.* In 2 Bänden. London: Johns Murray (1881).

Lyell, Charles. *Principles of Geology: or, the modern changes of the earth and its inhabitants, considered as illustrative geology.* Sechste Ausgabe. London: John Murray (1840).

Lyell, Charles. *Travels in North America; with Geological Observations in the United States, Canada and Nova Scotia.* In 2 Bänden. London: John Murray (1845).

Lyell, Charles. *The Geological Evidences of the Antiquity of Man with Remarks on Theories of the Origin of Species by Variation.* London: John Murray (1863).

Rudwick, Martin J. S. *Georges Cuvier, Fossil Bones and Geologic Catastrophes: New Translations and Interpretations of the Primary Texts.* Chicago: The University of Chicago Press (1997).

Rudwick, Martin J. S. *Introduction to The Principles of Geology by Charles Lyell.* Chicago: The University of Chicago Press (1990).

Wilson, Leonard G. *Charles Lyell: The Years to 1841: The Revolution in Geology.* New Haven: Yale University Press (1972).

Danksagung

Dr. Albert V. Carozzi, Dept. of Geology, University of Illinois, Herausgeber vieler Werke von Louis Agassiz, half mir mit Unterstützung und Informationen, und dann korrigierte er die himmelschreiendsten Fehler meines Manuskriptes. Eventuelle Fehler des Buches sind meine eigenen, während mehrere richtige Hinweise auf ihn zurückgehen.

Charles Cowing, Vorsitzender der Elisha Kent Kane Historical Society (New York), zeigte mir großzügigerweise seine Sammlung von Kane-Memorabilien.

Dana Fisher von der Ernst Mayr Library des Museum of Comparative Zoology (Cambridge), führte mich kompetent durch die Louis-Agassiz-Manuskript-und-Schriftensammlung. Die Bibliothek genehmigte mir, aus den Manuskripten in ihrem Besitz zu zitieren.

Peter Friederici aus Falstaff (Arizona) übersetzte Agassiz' deutschen Bericht seiner Auseinandersetzung mit Schimper.

Scott DeHaven von der Bibliothek der American Philosophical Society in Philadelphia half mir beim Auffinden von Manuskripten und handgezeichneten Karten, die sich auf Elisha Kent Kanes Expedition beziehen. Zitate aus den Manuskripten wurden mit freundlicher Genehmigung der Philosophical Society abgedruckt.

Martin J. Rudwick unterbreitete mir weiterführende Lektürevorschläge.

Zu guter Letzt wurde mir von einigen Leuten online geholfen: Dank an Wendy R. Tordoff, S. J. Martens und Patricia Kennedy.